講談社文庫

ラストチャンス　再生請負人

江上 剛

講談社

目次

――次のことは事実である。――

学生時代、悩みを抱えた私は深夜、とある街の商店街を歩いていた。人通りが全くない寂しい通りにぽつりと明かりが見える。何かと思って眼をこらすと占師である。やや大柄な中年女性の占師である。私はなぜかその占師に引き寄せられるように近づいた。

「私の将来を占って下さいますか」私は占師に右手を差し出した。占師は、その手をじっと見ていた。そして「あなたは苦労するだろう。うらみ、つらみ、ねたみ、そねみ、いやみ、ひがみ、やっかみの人生の七味をたっぷり振りかけられるだろう。人生、七味とうがらしだよ。しかし、それがあなたの人生に深みを与えるのさ」と大儀そうに言った。

「人生、七味とうがらし……ですか」私は、役に立たないことを告げられたと少し不満になりながら、所定の見料を支払い、占師と別れた。

――その後の私の人生は占師の言う通りたっぷりの〝七味〟を振りかけられた。しかし、それが人生に深みを与えてくれたかどうかはまだわからない。いずれにしても不思議な預言をしてくれたあの占師に尊敬を込めてこの作品を捧げたい。

（著者）

第一章　うらみの銀行合併

1

　新宿の靖国(やすくに)通り沿いにある飲食店ビルの前で足が止まった。スーツのポケットからパソコンで打ち出した地図を取り出す。ビルの壁面にも窓にもとにかく人目につく、派手な看板が出ている。どれもこれも似たような居酒屋の看板ばかりだ。

「お客さん、どうですか？　店が決まってないのでしたら、うちへどうぞ。二千円で飲み放題です」

　サイズの合わないだぶだぶの黒服を着た若い男がチラシを持って近づいてくる。物言いは丁寧だが、目つきは真剣そのものだ。不景気で客の獲得に大変なのだろう。

　地図を、男に見えるようにかざして、入口のエレベーターに向かう。「さつま西郷(さいごう)」、四階にある黒豚のしゃぶしゃぶを売りにしている店だ。私が、他店に入るのが分かると、ちっ、と男の舌打ちが聞こえた。

男を避けるように私は店に向かった。もし男が近づいてこなければ、ビルの前まで来たものの帰っていたかもしれない。足が重い。というより気が重いのだ。今日、送り出すのは同期入行の宮内亮だ。先月にも後輩を送った。毎月、同期や先輩、後輩を送っている。こんなにも送別会ばかり続くと嫌になる。寂しいとか、哀しいとかという気持ちが薄れ、そのうち送別の辞を述べることさえ、面倒になってしまう。

それどころか人を送り出してばかりいると、残っていることに罪悪感を覚える。おおげさではなく特攻隊員を見送る、地上に居残った隊員の気持ちもこんなものではなかったのかと思うようにさえなってくるのだ。

俺も、すぐに後に続くぞと言いたいのだが、誰かが命令してくれなければ、なかなかそのきっかけがつかめないし、腹も決まらない。そのうち自分が卑怯者ではないかと思うようになる。周囲から決断しない、情けない男だと見られているのではないかという気がしてならない。それが辛くなってくる。だから足も重く、気も重い。

一緒に働いた同僚や先輩、後輩たちを次々に送り出さねばならないのは、私が勤務するＷＢＪ銀行が去年四月に、別の大手銀行である菱光銀行と合併したからだ。合併と言うより吸収されてしまったと言った方が適切だろう。

ＷＢＪ銀行は、名前こそワールド・バンク・オブ・ジャパンと大きく出たが、不良債権がどうしようもなく増大し、あえなく健全経営で有名な菱光銀行の軍門に降った。当時の頭取は、厳格な不良債権処理を迫る金融庁に、「一年、待ってほしい」と懇願したのだが、にべもなく断られ、菱光銀行との合併を飲まされたという。

東京大学経済学部を卒業して、世界に通用する金融マンになりたいと、ＷＢＪ銀行の前身である四和銀行に入行した。四和銀行は、他の中堅銀行と合併してＷＢＪ銀行になった。その時は、特段、動揺もしなかったし、将来に不安も感じなかった。それは合併相手の銀行が、どう見積もっても、規模と言い、収益と言い、四和銀行より格下だったからだ。

銀行というのは、おかしなところだ。いや、銀行ばかりではなく、日本の会社はおかしい。いや、会社がおかしいというより、そこで働く社員がおかしい。なにかと言えば、大きい会社の社員が、当然に優秀だとされ、合併後もいいポストを占めることになっているという事実だ。合併相手の小さな会社にもいい人材がいるはずだ。しかし、彼らはいつの間にか当然のように大きい会社の人間に支配されてしまう。

私が、前回の合併で動揺しなかったのは、覚悟が決まっていたのではない。自分の所属している四和銀行が、相手より大きかったという、ただそれだけの単純な事実によるものだ。

今回は、動揺した。驚天動地、青天の霹靂、寝耳に水、どんな表現をつかっても、菱光銀行との合併を聞いた時の衝撃を適切に言い表すことができない。

2

あの日のことは、今もありありと思いだす。入行して二十二年目のことだった。それはふいにやってきた。本当に突然だった。後から考えれば、まったく予測しなかったかと言えば、兆候くらいは感じていたかもしれない。不良債権が多いとか、金融庁にずいぶん厳しくやられているとか、どこかの銀行に無理やりくっつけられるんじゃないのとか、行内に噂がなかったわけではない。しかしそんなものは、対岸の火事のようなもので、当事者意識のない自分には切実に感じられなかった。四十四歳、働き盛りの私は前途を楽観していた。

その時、本部の証券部で企業の事業再生業務に従事していた。

経営不振に陥った企業や、新しい業務展開を考えている企業の相談を受け、不振事業を売却したり、他社との合併などを進めていた。

非常にやりがいのある仕事だった。経営者から、極秘に相談を受け、その企業の中身にとことん入り込んで行く。周囲に情報が漏洩すれば事業譲渡や合併が失敗する。それは企業にとっては致命傷になる可能性がある。非常に緊張するが、自分しか秘密を知らないという優越感にも浸ることが出来た。

他の会社の合併を進めながら、自分が勤務する銀行の合併をまったく知らなかったのだから、皮肉な話だ。

その日の朝、始業開始と同時に緊急に朝礼があるので、会議室に集合するようにとの指示があった。

証券部は、朝が一番忙しい。前日の海外の株価や為替の情報を整理したり、その他、関係する情報を集め、一日の活動方針を決めねばならないからだ。

誰もが、忙しいのに朝礼なんて止めてほしいなとぶつぶつ言いながら会議室に向かった。私も同じだった。その日は、ある会社の事業譲渡が大詰めを迎え、私は朝一番にその会社を訪問する予定になっていた。

どうせ、業績が低迷しているから、一層、奮闘努力せよという下らない指示が飛ぶだけだろう。部長の自己満足に過ぎない訓示に付き合わされるのはうんざりだと思って会議室の後方に陣取った。

部長が入って来た。なんだか張りのない顔だ。昨夜の酒が残っているようなどんよりとした雰囲気を漂わしている。いつもはエネルギッシュ過ぎて、こっちが辟易となるのだが……。

部長が、正面に立った。部員たちの間から垣間見えた顔は、青ざめているようだ。

「何を言い出すんだろう?」

私は、胸騒ぎを覚えて隣に立っていた同僚に聞いた。

「さあ？」

同僚は首を振った。

「皆さん、おはようございます」

部長が声を張り上げた。その次に彼の口から発せられたのは、生涯忘れることが出来ない言葉だった。

「当行は、本日、菱光銀行との合併を正式発表します」

一斉に、「えーっ」という声が上がった。私も、同じ声を上げた。隣の同僚と顔を見合わせ、「なんでだよ！」と、期せずして同じ言葉を発した。

まずは驚き、その次に不安になり、そして絶望感に襲われた。

菱光銀行は、国内で最大、最良の銀行だった。一方、ＷＢＪ銀行は規模も収益も明らかに格下だった。なによりも片や財閥系、こっちは非財閥系。この時代に財閥云々などというのは、時代錯誤のように聞こえるかもしれないが、これは銀行を評価する際の重要な要素だ。財閥系銀行は、歴史的な血脈とでも言うべき堅固なつながりで結ばれた企業集団の中核に位置している。それに対して非財閥系には、そうした企業集団がない。財閥系の企業集団は、あらゆる分野で日本を代表する企業ばかりだ。その中核に位置する銀行ということは、日本の経済界の中心にあるということになる。

会議室にいた証券部員たちは、全員が、同時に私と同じことを考えたに違いない。ＷＢＪ

銀行と菱光銀行との差は歴然としている。これは明らかに吸収合併だ。部長も同じ考えに違いない。張りのない顔だと思っていたが、そうではなくて度を越した不安や緊張が、彼の顔を無表情にしていたのだ。

私やその場にいた者たちは、全員、合併後の処遇について不安を覚え、これで銀行での自分の将来はなくなったという絶望を、瞬時のうちに感じとっていた。

部長は、新しい銀行名はWBJ菱光銀行になると言った。

WBJ銀行を菱光の上に置いたが、それはせめてもの慰めというやつで、名前くらい上に置いてやろうという菱光銀行側の見え透いた温情だった。そんな冠のように上に載った名前など、ちょっと強い風が吹いたら、たちまち飛んでしまってなくなることくらい、当の部長自身が一番よく分かっているだろう。

「私が驚いているくらいだから、みんなの驚きもよく分かる。まあ、人生、いろいろだ。これで世界でも有数の銀行になる。活躍の場が広がったと思って頑張ってほしい」

内容こそ力強いが、部長の声には勢いがなかった。

「人生、いろいろ、だってさ。どこかの首相みたいなことを言っているけど、自分が一番心配だろうね。部長は、今年、常務になるつもりだったから、これで吹っ飛ぶかもしれない」

隣の同僚が囁（ささや）いてきた。

私は、聞こえない振りをして何も答えなかった。部長の人事のことなんかどうでもいい。

自分の人生の方が、気がかりだった。

3

私の、銀行員人生はそれなりに順調だった。東京大学経済学部を卒業し、入行後は、証券やM&A分野を歩き、最近は企業再生の分野で評価されている。自分で、自分のことを評価されているというのは、ちと傲慢(ごうまん)な気もするが、昇格のスピードなどを考えると、それは間違いないだろう。

遠くない時期に部長になるだろう。同期のトップで執行役員になるだろう。そんな声が周囲から聞こえて来ることもあった。

「これで終わりかな」

私は、誰に言うともなく言った。

「ああ、終わりだな。虚(むな)しいな。うらみ、つらみを言うのは情けないが、どうして法人部門の不良債権のせいで証券部門の我々が、こんな目に遭わなくてはならないんだ」

同僚が、声は潜めているが、激しい口調で言った。

WBJ銀行の不良債権は、バブル期の過剰な貸し付けが、不良債権化し、何年もの間、隠され続けてきたのだが、ここに来てどうしようもなくなったのだ。確かに同僚の言うことも分からないではないが、あのバブルの時代は、法人部門も証券部門も一体になって、取引の拡大に努めていた。どっちもどっちだと言えないこともない。

合併発表の日から、WBJ銀行の雰囲気は変わった。誰もがそわそわとし、落ち着きを無くした。合併して、新しい銀行がスタートするとはおよそ思えない。まるでWBJ銀行が破綻してしまったかのようだった。

ぽつぽつと証券部からも退職者が、現れ始めた。それだけでも動揺が走るのに、合併準備委員会の委員が突如、退職した。

この委員会は、菱光銀行側と合併後の銀行をどのようにしていくかの協議を重ねる組織だ。委員に選ばれるのは、菱光銀行に対抗できる優秀で、忠誠心の高い者だが、そんなエリートが退職した。このことはすぐに大きなニュースになり、行内を駆け巡った。

「彼は、合併に抗議して辞めるんだ」

同僚が青い顔をして言った。興奮している。

「何に抗議するんだ」

私は聞いた。

「合併協議で、うちはいいようにやられている。いいポストは、みんな菱光に獲られているんだぞ」

「それはひどい。トップは何をしているんだ」

「やつらは自分の身を守るので必死なんだよ」

私は、暗澹とした気持ちになった。

同僚もしばらくして退職した。彼に抗議の気持ちがあったのかどうかは分からないが、すくなくとも新しい銀行で未来を描けなかったのだろう。

しかし、私は退行するつもりはない。妻や子どものことが気がかりだからだ。遅い結婚だったので子どもはまだ小学四年生だ。妻は専業主婦。生活力は無い。

妻は明子、子どもは男の子で幸太郎。

明子は、短大を卒業してWBJ銀行の一般職として入行した。私の入行店に配属になってきた。小柄で、可愛い感じの明子を、私はすぐ好きになり、交際を求めた。彼女は、最初は難色を示していたが、私の熱心さにほだされて、結婚を承諾した。

後から、「何がネックだったのか」と聞くと、「あなたが東大を出てるから。私とは釣り合わないと思ったの」となんとも殊勝なことを答えた。私は「馬鹿だな」と笑ったが、明子は、結婚後に独学で大学卒業資格を取得した。控え目だが、こうと決めたら強いところがあるのだと、私はその時、明子を尊敬した。

とにかく私を信頼して、ついてきてくれる明子に、私のわがままで苦労をかけられない。

それが私の思いだった。

「あなたは、大丈夫？　もし嫌だったら辞めていいのよ」

同僚の退職を話すたびに、明子は私に言った。

「心配するな。なんとかなるさ」

私は笑顔を作っていた。

4

さつま西郷は、個室で飲食ができるので人気がある。しかし、新宿という場所柄、若い客が多く、価格を抑えるためなのか個室が狭いのが難点だ。

いかにも狭い個室に、身を縮めるように五人の男がいた。

「おお、樫村（かしむら）、遅いぞ」

今日の主役の宮内が言った。顔がほのかに赤い。もう飲んでいるのだ。

「悪い、悪い。部長に呼び止められてね」

「証券部の部長は、菱光だから、送別会に行くとなると邪魔しやがるんだ」

「そうでもないよ」

「まあ、話は後だ。早く座れよ」

別の同僚が言った。

「全員、揃（そろ）ったから、もう一度乾杯だ」

宮内が、私の頼んだ生ビールが運ばれてきたのを見計らって声をかけた。

思った以上に集まっている人数が少ない。毎月のように繰り返される送別会なので、徐々に集まる意義を見いだせなくなってきたのだろう。送る者も送られる者も、寂しさも、哀しさもなくなってきた。

「宮内の新しい人生に乾杯！」

幹事役の男が言った。

みんなグラスを掲げて、乾杯の声を揃える。

宮内とは、入行店が同じだった。彼は、私立大学を卒業して入行してきた。当初は、東大出身の私に、少しねじ曲がったライバル心を燃やしていたが、しばらくすると打ちとけ合い、友人になった。当然、妻の明子のこともよく知っている。そう言えば明子と付き合いたいと最初に打ち明けたのは宮内だった。

彼は、その後、別の営業店を経て、本店営業部で大企業担当として活躍し、最後は銀座通り支店の支店長だ。仕事はできる男だった。

宮内は、銀行を退職し、かつて営業店時代に付き合いのあった電子部品メーカーに役員として行くという。

「樫村は、辞めないのか」

料理も進み、この店の名物、豚しゃぶになった。

「ああ、子どもも小さいし、この不況じゃな」

私は、曖昧(あいまい)に答えた。退職をまったく考えないわけではない。しかし、今一歩、踏み切れない。悩んではいるが、このまま銀行にいた方がいいのではないかと思っている。

「菱光は、東大閥だから、樫村は自分にもチャンスがあると思っているんじゃないか」

宮内が酔った目で見上げる。

「それは関係ないぞ」

私は苦笑した。

「俺は、今度の異動で消費者金融会社に行かされることになったんだ。それで辞めた。私大じゃ、菱光銀行では太刀(たち)打ちできんさ」

宮内は、菱光銀行が子会社化している消費者金融会社の名前を挙げた。

「そうだったのか」

私は、ため息交じりに言った。

「俺は、このまま新銀行でも頑張れると思ったが、やはり無理だった。主要なポストは、いつの間にか菱光出身者で占められるようになった。静かに、静かに、しかしスピーディに侵食していくんだ。そして遂に追い出された。樫村、お前だって同じだぞ。いくら東大を出ていても、菱光の東大とＷＢＪの東大とは違うんだ」

宮内は恨めしそうに言った。

「分かった。俺も覚悟しておく。しかし、そう、東大、東大と言うなよ。今更だからな」

私は、豚しゃぶを小皿に取り、口に運んだ。なかなか美味い。

「ねたんでいたわけじゃないが、銀行の中で、東大ブランドは抜群だった。お前とは、入行は一緒だが、俺は最初の転勤で支店に回された。しかしお前は、入行店の後は、本部ばかりだろ？　私大は、現場の軍曹止まり、東大はキャリアで、参謀本部でエリート街道まっしぐら。差があるなと思った」

宮内は、送別会で気を許したのか、今までのうらみ、つらみ、思いの丈を、一気に吐き出しているようだ。

私は、わずかにショックだった。親しい友人だと思っていたが、そんなに学歴にこだわっていたのか。

「おい、宮内、そんなに樫村を苛めるな。東大を出ていても俺みたいに干されている者もいるぞ」

別の同僚が言った。

彼は、私と同じ、東大経済学部を出ているが、出世は順調とは言えなかった。本部の総務部門にいた。

「お前は、いいんだ。上司とけんかばかりして仕事もできないんだからな」

宮内が声を荒らげた。

「おいおい、宮内、悪酔いしているな」

彼は、気まずそうな顔で、私を見た。

「宮内、うらみ、つらみを言うのはよそうぜ。新しい出発なんだからな」

私は、なだめるように言った。

「ああ、わかった。しかし悔しくってね。合併したせいで、あんな菱光の腰ぬけ公家に追い出されてしまう、俺が情けない。樫村、本当に覚悟しておけよ。今は、いいけど、すぐに追い出されるからな」

宮内は、私を試すように見つめた。私は、「分かった、分かった」と言い、半ば無視するように豚しゃぶを食べ続けた。

会が終わって、店を出た。宮内は、私に執拗にもう一軒行こうと誘ったが、私は拒否した。宮内は、付き合い悪いぞと怒ったが、別の同僚がどこかへ連れて行った。

私は、新宿駅に向かって雑踏の中を歩いた。浮かない気持ちだった。宮内が言う通り、このまま銀行に残っていても浮かばれないのだろうか。いずれ追い出されてしまうのだろうか。

ふとビルとビルの間の暗がりの中に明かりが見えた。なぜか気にかかり、足が止まった。そこに辻占いが店を開いていた。客はいない。最近、辻占いには、若い女性が列をなしていることがあるが、その店には誰も並んでいない。占い師は、老女だ。顔を上げ、私を見つめている。足が止まったのは、彼女の視線のせいだったのだ。

私は、なぜか吸い寄せられるように老女に近付いて行った。占いなどには関心がなく、当然、今まで辻占いに見てもらったことなどない。

「いくら？」

私はいきなり見料を聞いた。

「三千円だよ」

老女は無愛想に答えた。

「見てもらおうかな」

「手を出して。右手だよ」

私は、素直に右手を出した。老女は、じっと右手を見つめていた。

「どう？　いい運勢かな？」

「人生、七味とうがらしだね」

老女は、悩んでいるような、笑っているような、なんとも複雑な表情を浮かべた。

「なにそれ？」

「人生の味付けをするのに、必要なものさ。うらみ、つらみ、ねたみ、そねみ、いやみ、ひがみ、やっかみ。この七つの味が、人生に深みを与える。これを称して人生、七味とうがらしと言うんだよ」

老女は、諭すようにゆっくりと言った。

「その七味とうがらしと僕と、どんな関係があるんだい」

私は、老女の言うことが、今一つ理解できなかった。

「まあ、あんたの人生は、今まで順調だったね。面白くもなんともない。味で言えば、薄味。深みも特徴もない」

「ひどいね。そんなに単調な人生でもなかったよ」

失敗もあったし、苦労したこともある。手の皺を見ただけの老女に、薄味の人生と言われたくはない。

「しかしこれからは七味とうがらしをたっぷりきかせた、味に深みのある、特徴のある人生になるってことだよ」

「じゃあ、いい運勢だ」

「いい運勢にするも、しないもあんたの心掛け次第。とにかくうらみ、つらみなど七味がやたらと振りかかってくる。それがきき過ぎて辛くて食べられなくなるかもしれないし、美味くなるかもしれない。いずれにしてもこれからがあんたの本当の人生になるんじゃよ」

老女は断言し、手を差し出した。

「これで三千円かい？　具体的に出世するとか、宝くじに当たるとか、いいことないの？」

私は、しぶしぶ財布から三千円を取り出して、老女に渡した。

「これほど具体的なことはない。また、悩んだら来なさい。まあ、それなりに節目、節目に出あうこともあるだろうて。もう一度、言うよ。人生、七味とうがらし。これからがあんたの人生だ。せいぜい、気張ることだ」

　老女は言った。

「人生、七味とうがらし、ね」

　私は、雑踏を駅に向かって歩きながら呟いた。

　宮内は、うらみ、つらみを言いつのりながら退職したが、赤くなるくらい七味とうがらしを振りかけられたのだろうか。

「いい運勢にするも、しないも心掛け次第とは、どこかの似非坊主みたいなことを言う占い師だったな。女だから、坊主じゃなく、尼さんか」

　今までの人生は、薄味で、今からが本当の人生だとは、いったいあの老女の目に、私の先の人生はどのように映っていたのだろうか。

　詳しく話してくれなかったのは、よほどつらい人生になるということだろうか。

　人生とは不思議なものだ。自分の人生なのに、自分で演出できない。いっさいの直接的なかかわりができない。しかし、多くの人は人生とは自分で切り開くものだと言う。例えばいい大学に入れば、いい人生を送ることが出来ると信じている人がいる。いい大学、いい会社、それがいい人生なんだろうか。今までの人生は、いい人生だったのだろうか。

私は、老女の声が耳に残り、これからの人生の波が、激しくなる予感にわずかにおののいた。

5

早速、大きな動きがあった。これが人生、七味とうがらしのどの味にあたるのか、分からない。

突如、証券部を出されることになったのだ。信じられない思いだった。たとえ合併しても、自分が証券部に必要な人材であることは自他共に認めていたのではなかったのか。

出向先は、関連の元ＷＢＪカード、現在のＷＢＪ菱光カードだ。役職は部長だが、明らかな左遷だった。人事に左遷なし、いたるところに青山（せいざん）あり、という人事に関することわざがあるが、少なくとも私にとってまったく意に染まぬ人事だった。

悔しさが込み上げてきた。私の後任は、菱光銀行出身の行員だった。特に証券関係で評判の聞こえた男ではない。ポストを菱光に奪われた形になった。宮内が話していた、菱光の侵食だ。

「樫村さんは、カード会社に行くのですね。何をやられるのですか」

彼は聞いた。

私は何も答えたくなかった。と言うより何も答えられなかった。

なぜ自分がカード会社に行かなければならないのか、その会社が自分に何を求めているのか、まったく分からなかったのだ。

「もったいないですね。カード会社じゃキャリアになりませんね」

彼は憐れむように言った。

「仕方がないですね。サラリーマンですから。人生、いろいろです」

かつて合併発表時に聞いた部長の言葉を使って、悔しさを隠して強気で答えたものの、私は、この時、銀行を辞めると決めた。

その思いは、本当にふいにやってきた。彼に返事をすると同時に、気持ちが固まったのだ。

彼の憐れむ顔に潜む微かな勝利者のさげすみに屈辱感を覚えたのが、きっかけになったのだろうか。辞めると決めたら、なんと肩が信じられないほど楽になった。蓄積していた疲労が吹っ飛んでしまったのかもしれない。それは快感と言ってもいい感覚で、いままで味わったことがない。

親しい同期や先輩たちが銀行に早々と見切りをつけ、新しい職場に転身したが、誰もがこの感覚を味わったのだろうか。

「でも本当に惜しいですね。樫村さんは、うちの証券やM&A部門を担う人材なんですがね。それなのに、カード会社だなんて、何を考えているんでしょうね。私は、後任として自信がないですよ」

彼がまだ何かを喋っている。言葉として発せられる内容と、ゆるんだ顔の筋肉が不釣り合いだ。

私の心の中を見せてやりたい。俺は、さっさとおさらばするんだ。お前のにやにやとした、その顔に最後っ屁をひってやるぞ。

後任として自信がない？　だったら引き受けるな。お前なんかに俺の後任が務まるわけがないじゃないか。馬鹿にするな。

これが老女の言った七味とうがらしなら、かなり入れ過ぎ、振りかけ過ぎだ。あんな変な予言をした老女にも、うらみ、つらみを言いたくなった。

「腐ったりしないでくださいね。またきっといいことがありますから」

彼は、さも同情しているかのように、わざとらしく顔を曇らせた。

「余計な心配をしないでください。この私が腐っているように見えますか」

私は、彼を睨みつけ、もういい加減にしてくれとばかりにきつく言った。

彼は、驚いたのか、大きく目を見開き、「いやぁ、そんなつもりでは」と、慌てて言い訳をした。

銀行を辞めると決意したものの、いざ、転職しようと思ってもなかなか転職先を決めるのは難しい。どこでもいいというわけにはいかない。収入のこともあるが、自分の得意分野である証券やM&A、事業再生などの経験が生かされる仕事を選びたい。

それに明子にも話をして、了解を得なければいけない。明子には、転職先が見つかってから話さないと心配するだろう。

いろいろと考えているうちにカード会社への出社が始まった。勤務しながら、転職先を探すことにした。退職するという気持ちには変化はなかった。あの時の何とも言えない解放感が忘れられなかったのだ。

それとなく何人かの知人に退職の意向と、再就職先の紹介を頼んでいた。しかし、なかなか話は来なかった。やはり不景気なのかな、あるいは自分は思ったほど評価されていなかったのかな、などと憂鬱になりかけた頃、ようやく声がかかった。

投資会社を経営している山本知也だった。投資会社は、一般的にはファンドと言われ、個人や年金基金、銀行など、スポンサーと呼ばれる人や会社から資金を集め、投資を行い、配当などの形で還元するのを業務としている。

投資対象は、不動産、不良債権、経営不振企業など、さまざまだ。

山本とは、証券部時代に仕事を一緒にやったことがある。事業再生の仕事だったが、彼はその時は大手証券会社の社員だった。その後、退職し、投資ファンド「ジャパン・リバイバル・ファンド」、通称ＪＲＦの社長になった。

自分で資金を集めてファンドを立ち上げたのではなく、雇われ社長だった。それにしても年齢は私と大して変わらぬ四十代前半だから大したものだ。

やり手で、一緒にやっていて気が抜けないところがあったが、仕事ができるので信頼していた。

職場に彼から電話があり、一緒にランチでも食べないかと言って来た。私は、すぐに転職の話だなと思った。私の出向祝いなどという無駄飯を食う男ではない。

彼が指定してきたのは、銀座のしゃれたフレンチレストランだった。

私が、店に入ると、彼は、すでに席にいた。

私たちは、シャンパンで再会を祝った。

「まずは部長就任、おめでとうございます」

山本が、微笑みながらシャンパングラスを掲げた。

「よしてくださいよ。おめでとうなんて」

私は苦笑しながら、同じようにグラスを掲げ、シャンパンを飲んだ。

「でもＷＢＪ菱光カードの部長なんて、やっかみを受けるポストでしょう？」

「やっかみ？　羨ましくて、ねたみを受けるポストだって？　本気でそう思ってくれていますか？」

ていますよ」

「本気ですよ。私なんか、社長とはいっても、一兵卒ですからね。朝から晩まで必死に働いていますよ」

山本は、口とは裏腹に余裕のある表情でシャンパンを飲みほした。体を包んでいるスーツも、腕で輝いている時計も高価な物だ。

前菜の後、主菜が運ばれてきた。ソテーされた赤身の肉が皿に載っている。山本が、この店はジビエ料理が美味いと言うので、勧められるままに北海道産蝦夷鹿(えぞしか)のソテー、黒胡椒(くろこしょう)ソースというのを頼んだ。鹿を食べるのは初めてだった。カロリーが少なくて、健康にも良いと聞いたことがある。

「鹿は美味いですよ。ここの名物です。赤ワインと一緒に食べましょう」

山本は、フランス産の山鳩(やまばと)のローストを頼んだ。

テーブルのグラスには赤ワインが注がれた。

「不満なんですね」

山本は器用にナイフとフォークで肉を骨から外している。

「まあね。今までのキャリアを一切、無視した人事だから、合併ってこんなものかなと、正直、失望しましたよ」

鹿肉を口に入れた。牛ヒレ肉のような感じだ。野生の臭みもなく、ジューシーだ。黒胡椒ソースがアクセントになっている。山本が自慢するだけあって、美味い。私の顔がほころんだ。

「美味いでしょう？」

「美味いですね。驚きました」

「いろいろな異質なものを組み合わせて、美味い物を作る。合併は、本来そうあるべきなんでしょうが、実際は、異質なものが反発しあって、素材を生かせない。たくさんの優秀なＷＢＪの行員の方々が、退職なさっているようですね」

「ええ、おっしゃる通りで、私の人事も、私にとっては辞めろと言わんばかりですよ」

「樫村さんは、仕事ができるから、ねたみ、そねみの対象になったんでしょうね」

山本の言葉に、私は思わず噴き出した。

「どうしたのですか？　なにかおかしいことを言いましたか？」

山本が怪訝そうな顔をした。

「変な占い師に同じようなことを言われたんですよ」

「占い師？　樫村さんは、そういう類のものは信じない方だと思っていましたが」

「たまたまです。気が滅入っていましてね。新宿で、女性の老占い師と、目が合ったもので、ついふらふらと見てもらいました。そうしたら、これからあなたは、人生において七味とうがらしをたっぷり振りかけられるだろうと言われたんです」

私は微笑した。

「へえ、面白いですね。どんな七味なんですか」

「それが、うらみ、つらみ、ねたみ、そねみ、いやみ、ひがみ、やっかみの七つの味だそうです。これからがあなたの本当の人生だから、頑張れと言われましたよ」

「それは愉快だ。樫村さんは、東大を出て、大手銀行に入り、エリート街道まっしぐら。今までも十分、七味とうがらしをかけられて、ひがみ、やっかみの対象だったでしょうが、これからもっとひがみ、やっかみを受けるというのですか。すごくいい人生が待っているってことじゃないですか？」

山本は、コーヒーを口に運んだ。デザートを頼まなかったのだ。ダイエットを試みているらしい。

「それならいいのですが……。なんだか苦労の予感がするんです」

私はちゃんとデザートまで頼んだ。洋ナシコンポート、バニラアイス添えだ。バニラアイスを口に入れると、すばやく融(と)け、甘さが広がった。

「手伝ってほしいんです」

山本の目が真剣になった。

「分かりました」

私は、即答した。勢いというものだ。ぐずぐず決断を先延ばししていても、何事も始まらない。いい加減に決めたいと思っていたし、今日、この場に山本が私を呼びだしたのも転職の誘いだと気づいていた。それにじらされた。早く本題に入らないかと、苛立ちを覚え始めていたところだった。気持ちの中では、点火すればすぐ燃えあがるガソリンみたいな状態になっていたのだろう。

「えっ、いいんですか」

山本は、あっけにとられたような顔をした。

「山本さんを信頼していますから」

私は真面目な顔で言った。

「ありがとうございます。樫村さんにそこまで言っていただくとは、恐縮です。絶対にご迷惑をおかけしませんから」

山本は強調した。

「何をすればいいんですか？」

「会社の再建なんです。飲食店チェーンです」

「やりがいがありそうです。詳しく話してください」

私は、仕事の内容をすぐに聞かせてほしかった。待遇などの条件は、後でもいい。再建という単語が、私の血をたぎらせ始めていた。

6

山本が頼んできたのはデリシャス・フード・システム、通称DFSという飲食フランチャイズ会社だった。

「お聞きになったことがあるでしょう？」

山本が問いかけてきたが、当然、私は知っていた。蕎麦居酒屋の「新潟屋」、焼きとりの「とり五郎」、オムレツの「玉子人生」、ピザの「青の洞門」など、人気店を多く抱えるチェーンだ。

「確か……、上場していますよね」

「ええ、ジャスダックに上場しています。業態では、約二十のブランドを展開しています」

「二十も……、そりゃすごい」

私は、驚いた。

フランチャイズ会社とは、自らも直営店を経営するが、フランチャイジーと呼ばれる経営希望者にもブランドの販売権やノウハウを提供し、彼らからロイヤリティーと呼ばれる対価を得るビジネスモデルだ。

焼肉チェーンや、ドーナツ、フライドチキンなど多店舗展開を行っている多くの会社は、このフランチャイズ会社だ。

現在では、居酒屋やラーメンなどで、あるブランドが成功すると、そのブランド店を一気にフランチャイズ化して、多店舗展開する会社が増えた。このデリシャス・フード・システムもそのような会社だ。

「再建だなんて、業績、悪いのですか？」

「失敗は中華。高級路線を狙って、『北京秋天（ペキンしゅうてん）』という店を出したが、これがまったく当たっていない。前オーナーは、経営建て直しに奔走したが、思うように資金が集まらない。銀行も飲食業には厳しいから、うちに相談に来たんです。話を聞くと、他のフランチャイズにも問題点があって損失は抱えているらしいのですが、そうたいしたことは無いと思った。なにせ人気のあるブランド店も多いから。それで第三者割当増資で、筆頭株主になったというわけです。すると前オーナーは、さっさと持ち株を市場で売り払って、経営から退いてしまった。やられたな、と思いましたよ」

「と言いますと？」

「彼は、抜け目のない男なので、私に高値で会社を摑（つか）ませたんじゃないかと疑っているわけです」

山本は、前オーナーである創業者、結城伸治（ゆうきしんじ）へのうらみごとを言った。

ＤＦＳを創業した、前オーナーは、料理人ではなく、信用金庫出身の金融マンだった。しかし信金を早い段階で辞め、蕎麦屋に修業に入った。数年後、フランチャイズシステムで蕎麦居酒屋、新潟屋を始めた。こだわりの蕎麦屋を一店舗経営するより、蕎麦屋そのものの経営に興味を持ったのだ。彼は蕎麦を摘まみに、ちょっと一杯だけ酒を飲む人たちが多いのに目をつけ、酒と摘まみと蕎麦を安価な価格で提供する居酒屋を始めた。それが新潟屋第一号店だ。

なんとそれが当たった。サラリーマンが多いエリアに一号店を出したのが良かったのだ。蕎麦イコール健康というイメージもあったので蕎麦居酒屋ブームが起きた。気を良くした彼は、瞬(またた)く間に業容を拡大した。焼きとり、オムレツなどに手を出し、飲食業界の寵児(ちょうじ)になった。

しかし、好事魔多し。山本の説明によると、急激な業容拡大が、資金繰りを苦しめることになった。特に高級中華レストラン北京秋天を出店し始めてから、おかしくなったらしい。そこで結城は、さらなる業容拡大のためには資本が必要だと、山本の投資会社に大規模な出資を依頼したというわけだ。

当初は、結城がそのまま残って経営する計画だったが、あれよあれよと言う間に退任してしまった。

「もう少し、しっかりとデューデリを行うべきだったと反省しているんですよ。ＤＦＳが欲しくて焦ったかなぁ」

山本は悔しそうに口元を歪（ゆが）めた。

デューデリとは、デューデリジェンスの略で、投資をする前に相手の会社を、投資する価値があるかどうか詳細に調査することだ。

「手を抜いたのですか？」

「そういうわけじゃないんです。情報が隠されていたのが見抜けなかったとでも言うのでしょうか。それが北京秋天。他にもあるかもしれない。彼は、さっさと手を引いてしまった。訴えてやろうかとも思いましたが、前オーナーと揉（も）めていることが分かると、フランチャイジーにも影響が出るので、泣く泣く諦めました。しかし、もし明らかに私を騙（だま）した内容が出れば、こっちにも考えがあります」

「それにしても山本さんらしくない失敗ですね」

「そう言われれば、情けない。ご存じのようにこの世界は生き馬の目を抜く厳しさです。騙された方が馬鹿ですよね。誰かをうらんだりするよりは、現実を受け入れて前に進むしかないのかもしれないんですが、再建するとともに、結城のことも調べられたらと思っています。こっちも大変なんです」

山本は、泣き出しそうな情けない顔をした。彼は、言わば、雇われ社長だ。出資者が別にいる。その出資者はどんな人物なのか分からない。おそらく山本の投資パフォーマンスについて厳しく追及しているのだろう。

「難しい仕事ですね。でもやりがいがありそうですね」

「その通りです」

やっと山本は微笑んだ。

「それでポストは？」

これは聞いておかねばならない。山本の要求を実行するためには、権限が必要だ。

「CFOで行ってほしい。財務責任者です」

「CFOですか。できますかね、私に」

「できます。絶対にできます。樫村さんが、合併に嫌気がさして銀行を辞める気になるのをじっと待っていたんです。大いに期待していますよ」

「CFOということは、CEO、社長は？」

CFOは、財務責任者だが、あくまでナンバー2だ。代表者である社長は、誰なのだろうか。

「CEOは、以前からこの会社のフランチャイズシステムをアドバイスしていたフランチャイズコンサルティングのリンケージ社から来ることになっています。大友勝次(おおともかつじ)という人物です。元菱光銀行の行員らしい。知っていますか？」

「いや、知りません」

「元菱光銀行というのは気になりますか？」

「いえ、大丈夫です。もう辞めると決めた銀行のことです。気にはなりません」

私は、強気で答えたものの、まったく気にならないというのは嘘だ。気の合う人物ならいいが、前途に薄暗く、もやがかかったような気持ちになった。

7

いの一番に明子に、私の決断を話さねばならない。あれほどあっさりと山本の依頼を受け入れたのだが、明子に話すとなると気持ちが滅入るのはどうしてだろうか。

賛成してくれるだろうか。明子は、私の言うことに逆らうことなどなかったから、今回も大丈夫だとは思うが、いろいろなことがあったにしても安定した職場である銀行を辞めるということは、生活が激変することを意味する。家庭を守る女性にしてみれば、もう少し慎重に、そしてちゃんと相談してほしいと文句の一つも言うに違いない。

憂鬱な気分のまま、いつもより早く帰宅した。

夕食を食べ、幸太郎も眠ってしまった。切り出すきっかけが見つからないままに時間だけが過ぎて行く。

「お茶、淹れましょうか」

「ああ、頼む」

私は、読んでいた総合雑誌から目を離した。

明子が、お茶を運んできた。

「なあ？」

私は、気の抜けたような声をかけた。緊張で、頭の上から汗が噴き出す気がする。こんなに緊張するのは、新人の明子に交際を申し込んだとき以来だ。

あの時も、明子に銀行業務のテキストの解説をしながら、「あの？」と間の抜けたことを言い、「結婚を前提に付き合ってくれないかな」と続けた。何を教えていたのかもよく覚えていないが、私の言葉を聞いた明子の驚いたような大きく見開いた目だけは、よく覚えている。

「なあに？」

明子は、幸太郎の塾のテストプリントを見ている。どこを間違ったのかをチェックしているのだ。彼女は幸太郎の教育に非常に熱心に取り組んでいる。

ふいに「人生、七味とうがらし」という言葉が浮かんだ。

「人生、七味とうがらしって知っているか」

「なあに、それ？」

明子は微笑んだ。

「人生というのは、いろいろなことがあるだろう。それが七味とうがらしなんだよ。うらみ、つらみ、いやみ、ひがみ、ねたみ、そねみ、やっかみ、だったかな。この七味が人生を豊かにするんだってさ」

「どこで教えてもらったの、そんなの？」

「占いで見てもらったんだ。婆さんだけどね。彼女が、教えてくれたんだ。今からが、本当の人生で、たっぷりと七味とうがらしを浴びせかけられるってさ」

私は、ちょっと首を傾げた。

「あなたが？」

明子は、真面目な顔で聞いた。

「そう、人生に深みが出るってさ」

私はおどけた。

明子の目が笑っていない。

「嫌だわ。あなた、占いなんて見てもらったことがないでしょう？　なぜなの？」

「銀行を辞めるんだ」

私は思い切って言った。明子の目をじっと見つめた。

明子は、視線を外した。

「どうせ、そんなことだろうと思ったわ」

衝撃を受けた感じは無い。事実を淡々と受け止めているように見える。女性は、どんな危機でも、日常に変えてしまうと誰かに聞いたことがある。それだけ生命力に富んでいるということなのだろう。

「驚かないのか」

私の方が、動揺していた。

「だって、カードに出向してからのあなたは、楽しそうじゃなかったもの」

明子は、湯のみを両手で抱くように持っている。

「そうか……。楽しそうじゃなかったかな」

私は、女性の人を見る目に感心した。それは私が彼女の夫だからということがあるだろうが、それにしても私の醸し出す雰囲気が、暗かったのだろう。

「何か考えているなと思ってたわ。それで辞めてどうするの？」

「山本さんって覚えているかな？　一度、食事をしただろう」

「ああ、あの投資会社の人？　私あの人嫌いよ。人相、悪いもの。どこか胡散臭いと言うか、いつもなにかに焦っていると言うか……」

明子は、いつもに似合わずはっきりと言った。山本が嫌いなのか。山本の関係する仕事だと言えば、反対するかもしれない。困ったと思ったが、話を止めるわけにはいかない。

「山本さんから頼まれて、デリシャス・フード・システムという飲食フランチャイズ会社の再建を手伝うことになったんだ」

「もう決めたのね」

明子の視線が厳しく私を捉えた。

「ああ、手伝うと言った」

私は、ぽつりと言った。

「いつもそうね。相談してほしかったな」

明子の顔に影が走った。

「ごめん。悪かった」

私は、頭を下げた。

「いいのよ。あなたがやりたいことをやればいいと思うから」

「本気か？」

「たとえ安定していてもあなたが嫌な仕事をしているのを見るのは辛いわ。それに食べ物の会社なんて、銀行より夢があっていいじゃない？」

初めて明子が笑みをこぼした。

「賛成してくれるかい？」

「賛成もなにも、あなたについて行くしかないんだから。しっかりしてよね」

明子の表情が明るくなった。

「迷惑はかけない」

「そんなこと信じてないわ。さあ、明日から節約ね」

明子は、お茶を飲んだ。私も飲んだ。すっかり冷めていた。

「大丈夫さ。ちゃんと給料をもらうから」

そう言えば、給料のことを聞いていない。明子を安心させるためにも聞いておかねばならない。

「パパもキムチになるのか。いい味がでるといいわね」

「キムチ?」

「だって七味とうがらしをたっぷりとかけられるんでしょう? せいぜい美味しいキムチになってね」

キムチか? 上手いことを言う。私は救われた気になった。

「『人生、七味とうがらし、旨み増し、キムチになれと妻は言い』か」

私は、戯れ歌を詠み、笑いだした。

「あなた、美味しいワインがあるから飲みましょうか」

明子が立ちあがった。

「ああ、いいね」

私は、明るく答えた。

「『幸せか、不幸か先は、分からねど、ワインはいつも美味しいわ』字足らず」

明子も戯れ歌を返し、キッチンに向かった。

「ありがとう」

私は、明子の背中に向けて囁いた。

第二章　いやみな新天地

1

新宿駅西口を出て、都庁のある副都心方面にトンネル道を歩く。多くの人が急ぎ足で行き交っている。私は、弾むような、そうでもないような不思議な気持ちで歩いている。しかし、新天地に向かっているという意欲だけは間違いなくある。

ＷＢＪ菱光カードの人事部に退職願を出した。菱光出身の人事部長は、思いっきり嫌な顔をした。私のような幹部社員が辞めることで自分の失点になるのではないかという思いが、その表情には溢（あふ）れていた。

「よろしくお願いします」

私が頭を下げると、彼は引きとめることもせずに「君は出向者なんだから、銀行の人事部には自分で報告してくれよ」と汚いものでも見るような顔で言った。なにがなんでも関わりたくないという態度がありありだ。私は、ある程度のことは予想していたので、事前に銀行に話をつけておいた。人事部は、行員に早期退職を勧めていたので極めて事務的に受付処理してくれた。少しくらいは引きとめてくれないかと思わないでもなかった。それなりに銀行に貢献してきたという自負があったので、「考え直されたらどうですか」「銀行の損失です」などという言葉を期待していなかったかと言えば嘘になる。しかしそんな言葉は無かった。組織というものは、去っていくものには冷たいとは聞いていたが、その実感がひしひしと身に沁みた。

同期の人事部員がいた。当然のことだが、私が辞めることを知っていた。彼も私を引きとめようとしないが、わざとらしいほどの渋面を作って近づいてきた。

「辞めるのか」

「ああ、お先に悪いな」

「俺も辞めたいよ。ところでどこに行くんだ」

「デリシャス・フード・システムって知っているか？　新潟屋という蕎麦居酒屋のチェーンだ。そこの建て直しを頼まれてCFOで行くことになった」

「そうか、居酒屋チェーンか。俺もその店、何度か行ったことがあるよ。そうか……、飲食か。いいな、食いっぱぐれがないからな」

「あはは、そんなことないさ」

「樫村みたいに証券や企業再生の専門を歩いてきた奴は引く手数多(あまた)だろうな。羨ましいよ。俺みたいに人事などの管理部門しか知らない人間は銀行じゃ偉そうにしているが、意外と潰(つぶ)しがきかないものさ。どこからも誘いがない。このまま菱光さんの顔色をうかがいながらほそぼそと残りの人生を送らざるをえないかもな。ああ、嫌だ、嫌だ」

「去るも地獄、残るも地獄。人生、七味とうがらし、さ」

「えっ、それなんの歌？　変な歌だな」

「あはは、気にするな。まあ、頑張るさ」

彼は、暗い顔で見送ってくれた。あの時、彼は頭の中で退職という私の選択が私にとって有利なのか不利なのか、それはとりもなおさず自分にとってどうなのかということをスーパーコンピューター並みに計算をしたに違いない。そして退職しないという自分の選択が間違ってはいないということに確信を深め、安堵(あんど)したのだ。

彼は、どこからも誘いがないと悔やんでいたが、そんなことはない。噂では結構な先から声をかけられていると聞いている。彼はＷＢＪでは正真正銘のエリートだ。名もない会社に行くわけにはいかない。きっと幾つかの話を値踏みしているのだろう。いずれ彼も辞めるに違いないが、名のある会社に天下り的な転職を狙っているのかもしれない。彼にしてみれば、飲食チェーンのＣＦＯという私の立場はどう見えただろうか。羨ましいと思っていることはないだろう。

私は、後ろを振り返らない、後悔はしないということだけは決意していた。銀行に残っていたらどうだっただろうか、もっと別の選択があったのではないだろうか、これからいろいろな迷いが浮かんでくるだろう。まるでイエスを誘惑する悪魔たちのように、迷いが私の周りを飛び回るだろう。しかしそれに耳を傾けてはならない。そんなことをしたら負け犬になってしまう。人生の選択は、その都度一回こっきり。

この決意に自信があるかと言えば、それほど自信はない。名前は忘れてしまったが、ある作家の本を読んだ時に、後ろを振り返るなという言葉が書いてあった。それをそのまま頂いているのだが、実際はいろいろと後悔するに違いない。その時に立ち直れないほど落ち込むのだけは止めようと思う。

トンネル道の向こうが明るくなってきた。抜ければ高層ビル群だ。左手に京王プラザホテルがあり、右手にクリーヴズビルがある。そのクリーヴズビルの二十階にＤＦＳの本社がある。

「さあ、行くぞ」

私は腹に力を入れた。

山本から誘われたからという理由だけで飲食店チェーンの経営に参画するのではない。私は、飲食業を未来の成長産業と見ていた。

今まで日本経済を牽引（けんいん）してきたのは自動車、家電など工業製品だが、これらは力を失いつつある。グローバル企業ばかりなのに力を失いつつあるという私の意見におかしいと言う人はいるだろう。勿論、これらに力があることは認める。しかし、もはや日本を牽引するだけの力はないと言いたいのだ。いや、むしろ牽引する意欲がないと言った方が正確かもしれない。

なぜそのようなことを言うかといえば、グローバル企業は世界を相手に戦っているからだ。世界と戦うとはどういうことか。日本だけではなく世界のグローバル企業はすべて同じなのだが、それは非常にシンプルな戦いだ。利益を上げること、たったそれだけのことだ。何が何でも資本効率を上げ、利益を上げること。これが出来ないグローバル企業は市場から撤退せざるを得ない。戦いの場に出る資格はない。

ではそのために何をするか？ 利益の上がる市場に進出し、そこを開拓し、利益の上がる生産の工程を作り上げねばならない。そのためには利益が上がらなくなってきた日本の市場は棄てることにしたのだ。日本の若者の雇用が増えないのもそのせいだ。だから若者は、就職難になった。

企業が若者を雇用し、彼らに給料を渡し、彼らがその金で自社の自動車を買ってくれれば利益が上がる。こんな利益の循環システムが多くの企業を潤わせていたのが、経済成長していた日本社会だ。

だから日本市場は魅力的だった。ところが低成長とともに若者まで活力がなくなった。すると若者は自動車なんぞに見向きもしなくなった。彼らは自動車を買わない。だったらこんな連中に給料を払うより中国やインドの若者を雇用して、彼らに給料を払った方が自動車は売れる。売れれば、会社の利益は上がる。利益の循環システムが、日本を離れグローバルで動き始めたのだ。

私は馬鹿なことを言っているのではない。世の中が大きく成長するためにはイノベーションン、すなわち変革が必要だ。自動車や家電に驚くようなイノベーションがなくなれば、残されている成長手段は新しい市場で売り上げを伸ばすしかないのだ。それは新興市場であり、日本市場ではない。そこでこれらのグローバル企業は日本を棄てる。だから日本を牽引する意欲がないと言ったのだ。

飲食業は違う。海外に出ていく飲食業もあるが、ほとんどは内需だ。この業界は多様性に富んでいる。DFSのような居酒屋もあれば、高級レストラン、ハンバーガーなどいろいろだ。これだけいろいろな業態があればイノベーションの可能性があるだろう。

たとえば食材を国内に限定すれば日本の農業や漁業に貢献できる。雇用を六十歳以上にすれば高齢者の働く場を確保できる。サービスは人間がしなければならないから、若者の雇用拡大にも結びつく。

では市場の拡大はどうか？　業態ごとの市場が違うことを考えれば、無限に広がっているとも言えるだろう。私は、仕方がなくDFSを選択したのではなく、希望をもって選択したのだ。少なくとも、そのように自分に言い聞かせている。

「いずれにしてもやりがいがある業種だ。どこまでやれるか、頑張ってみる」

エレベーターのドアが開いた。二十階に到着した。私は、フロアに足をしっかりと置いた。案内パネルを見た。そこにはいくつかの会社の名前が記載してあり、その中に「デリシャス・フード・システム株式会社」があった。

私は、案内パネルの地図に従って歩き始めた。

2

「ようこそ。お待ちしていました。さあ、どうぞそちらにお座りください」

CEO、社長の大友勝次がにこやかな笑顔で私を迎え、ソファに座るように勧めた。黒々と脂ぎった髪。顔は日焼けし、浅黒い。今年の夏は猛暑続きだったが、相当の回数、ゴルフ場に通ったに違いない。

社長室は、簡素で執務机と来客用のソファがあるだけだ。壁には、セザンヌ風の少女の絵。社長室らしいと思うのは、大友の背後に広がった東京の景色だ。高層ビルの二十階から見る東京の街は素晴らしい。

「ありがとうございます。樫村徹夫(てつお)です。あいにく名刺が以前の会社のものしかありませんので申し訳ありません」

私は名刺を出さない言い訳をした。

「そんなものよろしいですよ。こちらがご用意しておりますから、菱光カードの名刺など不要です」

「ＷＢＪ菱光カードです」

私は、なぜか訂正をしてしまった。会社の名前を正確に言いたかっただけなのか、ＷＢＪの名前がなかったことに、ちょっとした反発を覚えたのか、それは分からない。大友は、わずかに口元辺りを強張らせたが、すぐに緩めた。

「ああ、そうでしたな。合併して名前が変わったんだ。私はご存じの通り、菱光銀行にいたものですから、つい昔の名前を言ってしまうんですよ」

「菱光では日本橋の支店長をなさっていたとか？」

「よくお調べで。そうです。なかなかいい店でした。役員店舗だったんですがね、昔はね」

大友の表情に、わずかに悔しさが滲んだ。

「日本橋は大店ですからね」

大友は、役員寸前で退行したようだ。日本橋支店はどの銀行も役員を配置しているから、大友の悔しさは理解できる。

「もう少し銀行にいれば役員だったんですがね。急に人事担当役員に呼ばれて、何を言われるかと思ったらフランチャイズコンサルティングのリンケージ社に行ってくれと言われたんですよ。頭を下げられるもんだから、どうしようもなくてね。合併するから悪いなって言われたんですよ」

大友の精力的な顔が翳(かげ)り、急にふけ込んだかのように見えた。

「そうだったのですか」

「合併はろくでもないですな。ポストの調整かなんだか知らないが、私より無能な奴が残って役員になる。許せない気持ちになりましたけど、乞われているうちがサラリーマンの華だと思い直したってわけですよ。君も合併の犠牲者なんでしょう?」

大友の露骨な質問に私は、どう答えていいか迷った。肯定とも否定ともつかぬあいまいな顔をした。

「君には厳しいが、対等合併というのは幻想ですからね。WBJは菱光に吸収合併されたと見るのが正しい。君のところは金融庁に嫌われていましたしね。菱光は、いい買い物をしたと言えるでしょう。日本橋支店は、君のところに譲ったが、まあ時間の問題で菱光が支店長になるでしょう。気がつくと、WBJの人たちはいなくなる。それが運命ですな。私は、少しばかり運がなかったのかもしれないですね。もう少し若ければ、居残り組になることができたんでしょうが、仕方がありません。君も合併さえなければ、いずれは役員にもなった人だと聞きましたけど、どうなんですか?　悔しいでしょう?」

大友は遠慮のない笑みを私に向けた。

「もう、辞めましたので……」

私は答えともつかぬ答えを返した。

「辞めてもね、元の銀行のＤＮＡは残っているものですよ。そう簡単に悔しさは消えない。自分のせいではない、合併という不可抗力で運命を変えられた悔しさはね、いつまでもじくじく、治りきらない膿んだ火傷の痕のようなもの、憎んでいるはずなのに忘れられない、悪い女と分かっているはずなのに、まだ未練を残しているようなものです。情けないと思うけど、それが正直なところですよ。君のように辞めた途端に、何もかも忘れたような顔をしているのは自分に嘘をついていると思いますね」

大友は怒っていた。いったい何に怒り、誰に怒っているのか。私に何を言いたいのだろう。私は嘘などついていない。この人は、他人の感情を傷つけることをなんとも思っていないのか。銀行の中でちやほやされてきたから、いつの間にか自分の言葉が、相手にどのような影響を与えるのかという想像力に欠けてしまったのだろうか。

私は顔が怒りで赤く火照るのが感じられた。ここでケンカをするわけにもいかない。もしかしたら私を挑発して人間性を試しているのかもしれない。まさか？　私は、話題をそらすことにした。

「できるだけ以前のことは考えないようにして、ＤＦＳのために一生懸命やらせていただきます。ＪＲＦの山本社長からは経営の建て直しのために大友社長によくご協力するようにと言われて参りました」

銀行へのうらみ節を止め、早くＤＦＳの再建策を大友と話し合いたい。

「私は君が来てくれてうれしい。ともに銀行から棄てられた者同士ですからね。私は、人事担当役員に頭を下げられたというものの居酒屋の社長になるために菱光銀行に入ったわけじゃない。君だってそうでしょう？　居酒屋に入るために東大を出たわけじゃないでしょう？　本当に馬鹿にしていると思わないですか。誤解しちゃ困りますよ。普段は、こんなことを言ってはいません。当たり前です。この会社の連中に言える話じゃないですからね。君だから、君なら分かってくれるから、私は話しているんです」

大友の目が潤んでいる。興奮をしている。会社内では誰とも心の内を話したことがなく、私を見て、堰が切れ、節度を失ったのだろうか。

「社長のお気持ちは理解しました。ところで経営上の問題点は如何なものですか……」

もう大友の愚痴を聞くのはうんざりだ。そんなことはどうでもいい。

大友は急に声を出して笑い始めた。私は、驚いた。

「君ね、でもいいこともあるんだ。驚かないでくださいね。私の報酬が銀行の役員連中より上なんだ。銀行の役員も安くなったからね。それに車もある。当然だ。社長ですからね。報酬と車は、社長になる条件でしたから。リンケージ社に転籍させられたのは、ここに来るためでした。それが分かって、条件を飲ませたんですよ。再建ができたら、なんでも言うことを聞きますからとかうまいことを言っていたのですが、そんなこと当てにはならない。私は、報酬と車を今すぐ寄こせと、要求したんですよ。この間、銀行の同期にあったんですが、彼は役員になったんです。しかし彼には車がないし、報酬は私より安い。これ見よがしに自慢してやると、彼、がっかりしていましたよ。愉快でしたね。ねたまれて大変でしてね。私のようになりたいって言うんですよ。私はいつでも代わってやるぞと言ってやったら、どう言ったと思いますか?」

大友は嬉しそうに表情を崩しながら聞いた。

「どう言ったのですか」

「教えてあげましょうか? 笑いますよ。なんと言ったかといいますと、『そのうち』ですよ、『そのうち』。まったくその気がない。彼はどんなことがあろうと居心地のいい銀行から出る気がない。まったく無能な奴です」

大友は乾いた笑いを洩らした。

報酬が安くても、社用車がなくても、大友の本音は、銀行に残って役員になりたかったのだ。同期に社長の処遇を自慢しても虚しさが募るばかりだ。

大友は役員になるのは無理だと人事担当役員から説得され、リンケージ社への転籍を受け入れた。出あったばかりで判断するには早すぎるが、大友には新天地で頑張ろうという気力は見受けられない。

「君もいい条件を飲ませたのですか」

「いいえ、なにも」

私は無表情に答えた。

「えっ、信じられないですね」

大友はのけぞるほど驚いた。

「再建に興味があったものですから。すぐにここに来たいと言いました」

大友が、呆れた顔をした。

「本当ですか？　今どき、そんな理由で飛び込んでくる人間がいるとは信じられませんね。外資系銀行に行った元役員なんて、再建、再建と言いながら、何もしないくせにちゃっかり億単位の報酬をもらっていますよ。君は天然記念物ですねぇ」

「あまりそうした交渉に慣れていないものですから」

「まあ、いいです。君の銀行時代の給料は分かっています。それを下回らないように決めておくようにしましょう。ただしお互い役員で、ナンバー1、ナンバー2だから、株を持たねばなりませんよ。私は二千万円、君は一千万円分を購入してください。いいですね」

「一千万もですか」

私は、どきっとして声が裏返った。聞いてないよぉと思わず叫びたくなった。

一千万円の株購入資金が必要なのか？　会社の役員になるのに持ち株がゼロというわけにはいかないのは承知しているが、それにしても……。

「再建が上手く行けば、株も上がります。損はしませんよ。安いものです。あなたの手腕しだいですがね」

大友はあっさりと言った。

「金額については相談させてください」

退職金で買うしかないが、それは明子が管理している。今夜、相談しなくてはならないと思うと憂鬱だ。

「金がないなら貸しましょうか。菱光ローンを紹介しますよ」

「いえ、結構です。ところで当社は、社長からご覧になっていかがですか？　株をそれだけ購入されるのですからあまり大きな問題がないとお考えですね」

「私が見たところ、たいして悪くないようですよ。リンケージ社からもそう聞いています。君がよろしくやってください。期待しているから」

大友は気楽だ。本気で建て直しに取り組む気はあるのだろうか？　先ほどの口振りを聞いていると、腰掛け程度に考えている風でもある。おそらく銀行に次の就職先の斡旋を迫っているのではないだろうか。

「今から調査をしますが、私は内容が傷んでいると聞いています。調査次第では、社長の給料や車も今まで通りになるかどうか分かりません。その際は、ご協力をお願いします」

「まあ、じっくりやりましょう。菱光グループの宴会に使わせれば、一気に業績は回復しますよ。私はこの際、徹底的に銀行を利用させてもらうつもりです。それくらいしたって罰は当たりません」

大友は、にんまりと自信ありげな笑みを浮かべた。

「よろしくお願いします」

私は頭を下げた。

「では、早速打ち合わせをお願いします。社長の方針もうかがっておきたいですから」

途端に、大友は嫌な顔をした。

社長室のドアを誰かがノックした。

「入って！」

大友が言った。

ドアが開き、男が入ってきた。白髪が目立つ、真面目そうな小太りの男だ。あまり風采は上がらないタイプだ。

「おお、岸野君、いいところに来てくれた。財務担当役員、ＣＦＯの樫村さんだ。会社のことを説明してあげてくれ。意欲満々だからね」と大友は私を見て、「樫村さん、彼は財務部長でこの会社の生き字引です。なんでも聞いてください。私は出掛けますから」と言った。

「岸野です」

男は、無愛想なまでに無表情で頭を下げた。財務部長の岸野聡、DFSの創業早々からのメンバーだという情報を得ている。

私が、岸野に挨拶をしている間に、大友はそそくさと出て行ってしまった。なんて奴だ。まだ銀行の支店長の気でいやがる。私は、「ちっ」と聞こえないように舌打ちをした。

3

私は、早速、調査を開始することにした。早期に会社の実態を掴んで処方箋、すなわち再建プランを策定するのが企業再建の王道だ。病気を治すのに病気の内容や程度が正確に分からなければ話にならない。本来は、大友と一緒にやらねばならないのだが、あの態度を見れば、彼は彼なりの考えがあるのだろうと思うしかない。

それに私はファンドであるＪＲＦから送り込まれてきたが、彼はチェーン展開を推進する営業支援的なリンケージ社からだ。その立場の違いがあるのかもしれない。

財務部長の岸野聡、彼の協力なくしては、会社の実態を掴むことはできない。私は、ＣＦＯという立場で財務全般の担当だが、実質的には大友に次ぐナンバー２であり、管理部門、企画や人事も含めて経営全般を見ることになっている。

岸野は毎日の資金繰りなどを管理しつつ、決算などの会計実務責任者でもある。従って私は彼の直属の上司ということになる。

「岸野部長、当社を再建するために協力してください」

私は、部下である岸野に深く頭を下げた。

銀行員時代にいくつか会社再建を手掛けたが、その際も絶対に「上から目線」は避けるようにしていた。銀行というのは相手から見れば強い立場だ。どんなに腰を低くしていても、うらまれたり、ねたまれたりする。会社の再建は、机上のプランでは上手くいかない。現場の協力が絶対に必要なのだ。まずは古参社員である岸野の協力だ。

「役員に頭を下げられたら困ります。協力するも、しないも仕事ですから」

岸野は言った。困惑して表情を歪めている。あまり私のことを歓迎してくれていないのかもしれない。

「私はCFOとしてファンドから再建を託されました。しかし、飲食業やフランチャイズシステムについてはあまり知識がありません。ぜひいろいろと教えてください」

私は、岸野が何を言おうと、お構いなく、また頭を下げた。

DFSの本社といってもビルのフロアのさほど広くない一角を占めているだけだ。管理部門も営業部門も、私が立っているこのフロアに集まっている。まだ社員には挨拶をしていないが、私を見つめる視線を強く感じていた。いい印象を持ってくれるとありがたいのだが。

私は、体を起こした。そしてフロアを見渡し、社員たちに笑顔で軽く頭を下げた。私と目があうと、あわてて視線を外す者や、会釈を返してくる者などいろいろだ。後で個別に挨拶をすることにしよう。

「ああ、そうだ」

私は、明子が菓子を持たせてくれたのを思いだした。机の脇に置いたはずだ。私は岸野に断って自分の机に向かい、菓子を入れた袋を手に提げてきた。

「これ、少しだけどみんなで分けてください」

私は岸野に袋を渡そうとした。

「ちょっと待ってください。佳奈ちゃん」

岸野が呼ぶと、小柄な女性が小走りにやってきた。切れ長の目がこけし人形のようだ。見たところ活発で明るい。セーラー服を着せれば、女子高生と言われてもおかしくないが、意外と二十代後半ではないだろうか。

「樫村さんがお菓子、皆さんにだって」

「ありがとうございます。ウエストのパイですね。私、大好きです」

女性は、私から袋を受け取ると、笑顔を浮かべた。

「女房が選んだから美味しいかどうかは責任、持てないよ。皆さんで食べてよ」

「何をおっしゃっているんですか。これ、とってもおいしいですよ。みんなで、いただきます」

「彼女は総務の久原佳奈さん。樫村さんの通勤定期や保険など、庶務事項をやってくれますからなんでも相談してください」

「久原です。よろしくお願いします。名刺が出来ていますから、後でお持ちします。それと記入していただく書類が何種類かございます」

「分かりました。机に置いておいてください。よろしくね」

私は佳奈にウインクをした。佳奈は、はっとして、目を見開いたが、すぐに微笑んだ。

「いい子ですね」

「ええ、明るいですから」

岸野は、決して明るくない口調で言った。

4

岸野は、気難しい性格のようだ。小太りな体形は、人が良さそうに見えるが、そうでもないらしい。先ほどから彼と向かい合っているが、まったく笑顔を見せない。

会議室の固く座りごこちの悪いパイプ椅子のせいで、尻が痛くなってくる。

「岸野さんは、創業当時からいるのですか？」

「ええ、まあ」

あまり話したくないのかあいまいな返事だ。

「創業者の結城さんってどんな方だったんですか？」

ＤＦＳは、結城伸治が蕎麦居酒屋、新潟屋を成功させて、それをチェーン展開し、多くの飲食業態を抱える企業になった。

その成長はリンケージ社のアドバイスを受けたものだったが、さらなる拡大をめざして増資をした際にＪＲＦが五十億円を引き受け、筆頭株主になった。その後、結城はさっさと経営から退いた。今は、何をしているかは知らない。株を売り、優雅に暮らしているのかもしれない。

「才能のある方でした」

岸野は、ぼそりと言った。

「ではどうして経営悪化を招くことになったんでしょうね。私は、新しく開いた高級中華レストラン北京秋天が躓き（つまず）の元だと聞いてきたのですが」

「そんなにひどいとは思いません。あの店はオーナーがとても愛着があった店です。オーナーは中華がお好きでしたから」

岸野が反論してきた。口調はたいしたことはないが、視線だけは強くなっている。おもしろい。もう少し怒らせてやれ。

「蕎麦屋が中華をやるのに無理があったのでしょうか？」

「そんなことはありません。オムレツもピザもやっているじゃないですか。フランチャイズビジネスは、いろいろな業態を開発しなければならないのです」

岸野の口調が強くなってきた。素人が口をはさむなという苛立ちが見えなくもない。私は、飲食業は素人だが、会社再建に関してはプロを自任している。岸野ごときに負けやしない。

「ビジネスモデルを教えてくれますか？」

「ビジネスモデルですか？　あなたがたファンドの人は飲食業に愛着があるとは思えません。金が儲かればいいと思っているだけでしょう。オーナーは違いました。愛着がありました」

「結城さんは、もうオーナーじゃないですよ。筆頭株主は、ＪＲＦなんです。あなたも財務部長なら分かるでしょう？」

私は岸野を煽った。

「そんなこと言われなくても分かっています」

岸野の表情には、はっきりと怒りが浮かんだ。

「フランチャイズって業態の出店権利を売り、加盟店にする。それに加えてロイヤリティーとして売り上げの五％を取るというものですね。こんな確実なビジネスに、結城さんはどうして失敗したんですか。それは北京秋天など上手く行かない業態が増えたからじゃないですか？　いったい損失はどれくらいあるんですか？」

私は一気に攻めた。

「先ほども申し上げましたが、上手く行かなかったということはありません。オーナーは失敗していません。今も飲食業をやっておられます」

結城は今も別に飲食業をやっているというのか。

「今もやっている？　初耳ですね。でも失敗したから、金を握ってここを飛び出したんでしょう？　あなた方をそのままにして。あなた方は棄てられたんだ。そうじゃないですか」

岸野が、急に立ち上がった。怒りに体が震えている。

「追い出したんじゃないですか。あなた方がオーナーを追い出したんじゃないですか」

岸野の唇が細かく震えている。無表情だった表情に血が通った。私のような部外者が突然やってきてあれやこれやと指図するのが許せないのだ。

私は、岸野を見上げた。

「ねえ、オーナーというのを止めましょうよ。もう彼はオーナーじゃありません。あなたが彼を慕っているのは十分に理解しました。その気持ちを再建にぶつけましょう。そのためには実態を把握しないことにはダメでしょう？」

私は煽るのを止め、優しい口調になった。

岸野は、ゆっくりとパイプ椅子に腰を下ろした。

「それならまあ、結城さんでもいいですが、樫村さんと同じように金融機関に勤めていました。でも、大きな銀行ではなく小さな信用金庫の職員でした。真面目で、明るく、お客様のことをとても大事にする人間でした。ある時お客様の中で蕎麦屋を営んでる人がいました。彼は、その人の相談に乗っているうちに、蕎麦の魅力に取りつかれ、蕎麦屋になると言って信用金庫を辞めてしまいました。私は驚きました」

「まるで岸野さんは、一緒にそこで働いておられたかのようですね」

「ええ、一緒でした。私は彼の上司でした。辞めないように説得しましたが、彼は頑張ります、もし上手く行くようだったら応援してくださいと言いました。彼には人を惹きつける魅力がありましたから、商売で成功するのではないかと期待しました。数年後、彼が私のところにやってきて蕎麦屋をやります、一緒にやってくださいと言ってきました。彼は、その時から蕎麦居酒屋のプランを持っていました。そのために人がいる、私には経理を見てもらいたいと言いました。私は信用金庫を辞め、彼と一緒に働き始めました」

岸野は、目を細め、懐かしそうな表情になった。創業時のメンバーなのに、どうして岸野は役員ではないのだろうか。

「どうして役員になっておられないのですか」

「最初は、役員でしたが、どんどん会社が大きくなっていきました。私はついていけなくなり、役員を下りて、財務部長になりました。自ら申し出たのです。優秀な人が多く入社してきましたから当然です。彼は残念がってくれましたが、私は、彼の成長を見ているだけでよかったのです」

岸野が結城を慕う気持ちは、かなり強い。その気持ちをこちらに向けて会社の実態を把握するのは、なかなか大変なことだ。

「ではこういう結果になって岸野さんは残念でしょうね。結城さんは、あなたを棄ててさっさと逃げ出したとは思わないのですか」

「本当に残念です。順調に成長していたのですが、どこで間違ったのでしょうかねぇ。でも彼は逃げ出したわけではありません。ＪＲＦが強引にこの会社を買収してしまったから、自由がなくなったのです。彼は、泣く泣く出て行ったんです」

岸野の目には、ＪＲＦから来た私に対する憎しみが燃えているように見えた。

しかし、ＪＲＦの山本に言わせれば、結城は経営悪化したＤＦＳを放り投げて出て行ったと言うだろう。

「どうして辞めなかったのですか」

「私ですか？」

岸野は、私の言葉を確認するように自分を指差した。

「ええ、結城さんを慕っておられたんでしょう？」

「私が辞めてどうなるんですか。もう五十歳を越えています。彼についていったって足手まといになります。それに辞めるのは、私じゃない」

岸野は、強い口調で言った。

「それはどういう意味ですか？」

「忘れてください。無能な財務部長のうらみ、つらみです」

岸野は、これ以上聞かないでほしいと顔をそむけた。何か腹に含んでいることがあるのかもしれない。焦らずともおいおい明らかになるだろう。

「もういちど伺いますが、私はJRFの方から北京秋天が上手く行かなかったのではないかと聞いてきました。それに関する資料を出してくださいませんか」

山本は、確かなデューデリジェンスも出来ないまま買わされたと言っていた。あの山本が騙されたと歯嚙(はが)みするような失敗をしでかすとは考えにくいが、実際のところ、どれほどDFSは傷んでいるのだろうか。北京秋天だけではないのかもしれない。とにかくフランチャイズの各業態の資料を検証してみることだ。

岸野は、気難しそうに私を見つめている。ここまで話し合っても協力する気がないのだろうか。

「私は、この会社を建て直さねばならないんです。その役割で来ましたから。そのための調査です。もし協力してくださらないなら辞めてもらうしかないかもしれませんよ。それでもいいのですか」

私は、少し強気で迫ることにした。岸野の表情が、強張った。そこまで言われるとは予想していなかったのだろう。

「どうでしょう。ご協力してくださいますか。私は、あなたが尊敬されている結城さんをどうにかしようと思っているわけではありません。とにかくDFSが上手く行っていないらしい。それはどの程度なのか。どうしたらいいのか。それを掴むために早く着手したいのです」

私はたたみかけた。調査の過程で結城に背任的なことがあれば、当然、法的に対処しなくてはならない。その考えは隠していた。

「私にもこの会社をよくしたいという思いは十分にあります。以前のように輝かせたいと思っています。失礼なことを申し上げましたが、私の思いをご理解いただきたかったのです」

岸野は目を伏せながら言った。

「あなたの思いは十分に分かりました。仲良くやって行こうじゃありませんか。私もこの会社をよくしたいだけです。その点では、岸野さん、あなたと同じです」

私は、ほっとした気持ちになった。岸野という古参社員とこれだけ本音でぶつかったことは大きい。彼を味方にすれば、経営改善はやりやすくなるだろう。

「分かりました。よろしくお願いします」

岸野は、頭を下げた。私は、彼の手を握った。握手のつもりだったが、彼は強く握り返してこなかった。

「では、北京秋天に関する書類を持ってきてください。他の業態についてもお願いしますから準備しておいてください。それと資金繰り表を頼みます」

岸野は、軽く頭を下げた。了解したということだろう。

「おい、この野郎。約束がちがうじゃねえか」

突然、男の大声が聞こえてきた。私は、驚いて声のする方向を見た。騒いでいるのは大柄のストライプのスーツを着た男だ。いかにもケンカに強そうな雰囲気をしている。フロアの一角にあるソファで社員と話をしていて、興奮したようだ。

「社長を出せよ」

男が机を叩いた。

私は、男の方へ歩いて行こうとした。社長は出せないが、私の役割かと思ったからだ。

「営業にお任せください」

岸野が腕を伸ばし、私が動こうとするのを止めた。

「いいのかなぁ」

「またおいおいと」

岸野は、初めて微笑んだ。問題が起きているのになぜ微笑んでいるのか理解できず、不気味な感じがしたが、私は、動くのを止めた。男の声も小さくなり、何を話しているのかはこちらからは聞こえない。

「トラブルなのですか？」

「いろいろありますから。柏木君、ちょっと来て」

岸野は、財務部員に向かって、名前を呼んだ。

「はい」

気持ちの良い返事をして、髪の毛を今風に逆立たせた、すらりとした若者がこちらを見た。

5

岸野に呼ばれてやって来たのは若手社員の柏木隆一だ。印象は、きわめて爽やかだ。

「樫村役員に書類を出し、ご説明して差し上げてください」

岸野は、提出する書類を具体的に指示した。

岸野が私のことを『役員』と呼んだ。『さん』づけでいっこうに構わないのだが、彼なりに私の立場を尊重したのだろう。

「岸野さんは？」

「ちょっと所用がありまして。この次にさせていただきます。申し訳ありません。じゃあ、頼んだよ」

岸野は、柏木の肩をぽんと叩くと、自席に戻ってしまった。

私は、大きくため息をついた。なかなか大変なところに来たようだ。山本は投資会社だから早期の成果を求めている。社長の大友とは、後ろ盾にしている会社が違う。それになによりも大友は、会社経営に興味を示すより昔の栄光に浸りきっている。古参社員の岸野は、協力的なのか、どうなのかはっきりしない。

「どうしたものかねぇ」

私は呟いた。

「書類、お持ちしましょうか」

柏木がにこやかに言った。

「ああ、お願いします」

私は、くたびれていた。最初からこんなことではダメだ。私の味方になってくれる人材を見つけねばならない。

しばらくして、柏木が分厚いファイルを抱えてきた。

「北京秋天の資料を持って参りました。それと直近の有価証券報告書です」

「ありがとう。じゃあ説明してくれるか」

私の机の上に、柏木は資料を広げた。

北京秋天は三ヵ店しかない。たった三ヵ店の中華レストランが、ＤＦＳの経営を悪化させたのか？　私は首を傾げた。だが、予断なく説明を聞くことが重要だと思い直した。

ファイルにはコンセプト、予算、売り上げ、設備投資などの数字が詳細に書かれていた。

「どこから説明いたしましょうか」

柏木の声は、明るい。私に説明をすることを、心から喜んでいるのが伝わってくる。岸野とは大きな違いだ。

「月次損益から説明してほしい」

柏木は、資料のページを繰り、売り上げの説明を始めた。各店別、各月の数字は、順調というわけではないが、大きな赤字は出していない。

「この北京秋天は客単価五千円から八千円以上の高級ゾーンを狙っています。飲食店は材料費と人件費のフード・レイバーコスト、いわゆるＦＬで各店の損益を管理します」

「いくらくらいがいいの？」

「ＦＬで六十％が目標です。それで家賃とかもろもろあって利益が三十％。こうなれば理想ですが」

「理想なの？」

「ええＦ、材料費ですけど二十五、六％ぐらいにすると、いい材料を使っていないなと確実に客に分かる場合があります。そこを料理人の腕でなんとかするんです。腕のいい料理人、有名な料理人がいる店は、Fを抑えられるんです。しかしそれは客単価一万円以上の高級店のことではないでしょうか」

柏木は、流暢に説明する。

「でも、北京秋天は高級店じゃないのか」

私は疑問を呈した。

「ええ確かにDFSでは高級ゾーンを狙っています。リーマンショック前のオープンでしたし、結城前社長も気合が入っていましたから。しかし所詮、中華居酒屋なんです。有名コックがいるわけではないですし、難しいんですよ、このゾーンは」

柏木は熱を帯びた調子で言った。

「へえ」

私は驚きとも感心ともつかぬため息をもらした。

「うちは居酒屋チェーンです。このデフレでサラリーマンは千円で酔っ払いたいと考えて店を選んでいます。五千円から八千円以上というのは会社の費用で飲むのであればいいですが、今どきそんな会社はありません」

「じゃあ、この店は失敗だったと言うのかい？」

「失敗とは言いませんが、成功ではないと思います。フランチャイズの会社でたった三ヵ店しか展開できない店を作るべきではありません」

柏木は断言した。

「君、面白いね」

私は、柏木に好感を持った。

若手を集めよう。

私は、ふいに思った。それはとても素晴らしい考えだ。会社に将来にわたって長くいるのは若手だ。古手社員は、そう遠くない将来に退職する。だから未来を信じていない。未来を信じているのは若手だ。若手の力を借りればいい。ここにいい若手がいるじゃないか。それにあの佳奈という女性……。

私は総務セクションの方に目を遣った。一生懸命にパソコンのキーボードを打ちこんでいる彼女がいた。

彼女も明るくていい。こういう若手に会社の改革を任せよう。

「柏木君」

「はい」

目が輝いている。いいなぁ。彼みたいな若手が多くいればいいのだが……。

「君、この会社のことをどう思う？　私をここに紹介したファンドの社長は、この高級中華レストラン北京秋天が経営の足を引っ張っていると言っていたが、数字から見てそれだけではないと思う。彼は特に調査しないで、そう思い込んだのだろうか」

「はい、この北京秋天もそうですが、直営店の売り上げが上がっていません。利益も低下していますから、銀行の信用が落ち、融資もままなりません……」

柏木の表情から明るさが消えた。私は、じっと彼を見つめた。

「樫村君、調査は進んでいるかね」

突然、背後で大友の声がした。

振り向くと嬉しそうに表情を崩した大友が目に入った。

柏木が、話すのを止めた。

「今、始めたばかりです。いかがされましたか」

「昔の銀行の連中を呼んで飯を食わせてやろうと思ってね。せっかく飲食業の社長になったんだからね。さあ、どこがいいかな」

「さあ、どこがいいんでしょうか。柏木君、どこがいいですか」

「社長、接待なら北京秋天がいいでしょう。ぜひお使いください」

柏木は、私にウインクをした。私も笑顔を返した。

「中華か。いいねぇ。今日の今日だけど、大丈夫かな」

「大丈夫です。予約しておきましょう」

「じゃあ、頼むよ。僕はこれから菱光銀行の役員と会う約束をしているから」

　大友は、時間と人数を言い残して出かけてしまった。私を前にしてWBJ菱光と言わないところが、大友らしい。

「気楽な身分だ。どうせ自分の金で払う気はないんだから」

　私は、ぶつくさとうらみごとを言った。

「いいじゃないですか。どのみち店は暇ですから喜びますよ。有名コックはいませんが、結構美味しいんです。ちょっと失礼します」

「どこへ行くんだね。説明がまだ終わっていないけど」

「北京秋天に予約をしてまいります」

「そんなの後でいいんじゃないのか」

「そういうわけにはいきません。社長命令ですから。ミスがあると、叱られるのは私です」

　柏木は明るく笑った。

　私は、ちょっと恥ずかしくなった。大友の態度に反発を感じてぶつぶつ言うとは、なんと小さな人間なのだろう。それに比べて柏木は、若いくせに余裕がある。大友の態度を思えば、私より不平不満があるはずだが……。

「了解。どうぞ、そちらを優先してください。終わったら、また来てくださいね」

　私は、出来るだけ明るく言った。

　柏木は、自分の席に戻った。

部長席には誰も座っていない。岸野はどこに行ったのだろう。彼は味方か、それとも敵？　協力する気があるのか、ないのか？　何を考えているのだろうか。あれほど結城のことを尊敬しているとは思わなかった。それにかつて彼が、結城の上司だったとは？　ひょっとしてまだ結城とつながっているのだろうか。

スパイ？

いったい私は、何を考えているのだ。合併に対する不満から銀行を辞めたせいで、物事を歪んで見るようになってしまったようだ。随分、ひがみっぽくなってしまった。柏木のように明るく、素直でなければならない。会社の再建というのは詰まるところ明るさだ。明るい経営者でなければ再建できない。シンプルなものなのだ。

私は、柏木の持ってきた有価証券報告書をぱらぱらとめくった。

結城は、一代でこのDFSを作り上げ、上場し、そして手放した。会社の成長が止まり、利益が上がらなくなり、いつの間にかじり貧になっている。人員や店舗の削減をしている。もがいていたのが分かる。そうやってなんとか黒字を確保していたようだ。銀行の融資は増えていない。減っている。財務キャッシュフローもマイナスで苦しいのが見て取れる。それでJRFの山本を頼った。彼から得た資金でなんとかしようとしたのだろうが、それでもなんともならなかった。山本は、ある程度の財務内容の悪化は覚悟しているとは思う。しかし、どの程度、悪化しているのか、正確に分からないのが不安なのだ。早く実態を摑んで山本を安心させてやるのも、私の重要な役割だ。

柏木は笑みを浮かべながら、予約電話をしている。

小さな人間と思われるかもしれないが、岸野は、私が最重要に考えていることを部下の柏木に任せたまま、行き先も帰社時間も告げずに出かけた。彼の神経が信じられない。なんだか苛々（いらいら）としてきた。

帰ってきたら叱ってやるぞ。

腹が立つと、書類の中の数字が頭に入らなくなった。

6

気がつくと、フロアには私と柏木の二人きりになっていた。

岸野は、結局、戻ってこなかった。協力すると言いながら、やはりその気がないのだ。

「売り上げの上がらない直営店が多すぎるね。まだなんとかなっているような気もするけど、早く手を打たねばならないな」

「そうです。このところ随分長い間、店舗のリフォームをやっていませんので、それも売り上げ減少の原因かと思います」

柏木は顔を曇らせた。

「でも岸野部長の態度を見ているとあまり危機感がないね」

私は皮肉っぽく言った。

「うちの会社は、フランチャイジーと呼ばれる多くの店の総まとめを行っています。直営店もあります。居酒屋ですから、日銭商売です。毎日のオペレーションさえ順調に行われていれば、直営店からは売り上げ現金が入ってきますし、それぞれのフランチャイジーからはロイヤリティーが入ってきます。毎日の資金繰りは、なんとかなるところがあります。これさえ順調ならば問題がありませんので危機感がないのかもしれません」

柏木は、自分を納得させるように解説した。

「でも、結城というオーナーがいなくなったり、社長がリンケージ社から来たり、私がJRFから来たりで、不安にならないかな?」

「それはおっしゃる通りです。うちの会社、どうなるのかなって、若手はみんな思っていますよ」

「そうか……。若い人は心配しているんだね」

「ええ。店長たちも不安に思っています」

柏木は、やや強い口調で言った。

若い人に危機感があるなら、なんとかなるかもしれない。

ちょっと安心したのか腹が減ってきた。家で食事をしてもいいが、せっかくだからDFS

の関係する店で食事をしよう。一番有名な新潟屋か、オムレツか、焼きとりか。

「なあ、北京秋天に行こうか」

結局、私は北京秋天を選んだ。大友が会食するのが気にならないこともなかったが、一番問題と思われる店を早めに見ておきたい。現場百遍という言葉がある。どの程度流行っていないのか、どんな問題があるのか、現場に行けば少しは分かるかもしれない。

「社長が行かれていますよ。大丈夫ですか」

柏木が少し心配そうに言った。

「気にしなくていいよ。こっちは仕事も兼ねてんだからね」

「了解です。行きましょう。ここから近いですから」

柏木は弾んだ声で答えた。

「おごるよ」

私は言った。

「嬉しいですね。ありがとうございます」

柏木は、すばやく机の上の書類を片付け始めた。私も書類を片付け始めた。

現場百遍とは、刑事が捜査で使う言葉だが、どの経営者にも当てはまる手法だ。書類だけで判断せず必ず現場、すなわち工場や営業所に経営者自らが足を運び、書類との齟齬を検証したり、現場の社員を励ますことが経営には絶対に必要なのだ。例えば在庫や仕掛品など、書類上は資産に上がっているものも現場に行って実際に見ると、不良品であることもある。経営者に実態の報告が上がっていないから、在庫などが破棄されずに長くそのまま放置されているのだ。また従業員のモラルが下がるのは、経営者が彼らの働きや人間性を認めていないからだ。人間は誰でも他人から認められたいという願望がある。その願望を放置していると、いつの間にか、不平不満の多い社員になってしまう。しかしひとたび経営者が彼の存在を認め、単に声をかけるだけでもいいのだが、途端にモラルが向上し、その結果、生産性がアップする。こうした効果が確実に得られるのが、現場に足を運び、現場を動きまわる経営だ。

北京秋天はどんな店なのだろうか。自分の目に問題点は見えるだろうか。私は、すこし浮き浮きとした気持ちになり始めていた。

7

私と柏木は、新宿副都心のビルの三階にある北京秋天の新宿店に向かった。

「あれがそうです」

柏木が指差した。

確かに豪華だ。入口には、人の背丈ほどもある中国陶器の壺(つぼ)が置かれていた。壺には華やかな色遣いで中国の昔の農村風景が描かれている。入口の門は、黒光りする材質の木で竜や鳳凰などが彫られている。頭上には、金文字で北京秋天の大きな額が掲げられていた。

「立派な店構えだね」

私は、感心して言った。

「ええ、設備投資には金を使ったようですから」

柏木は言った。

店の中に足を踏み入れた。各テーブルは、装飾した木の屏風で仕切られ、客同士が対面しないように配慮してある。店の奥には個室もあるようだ。

天井を見上げると、格子状の天井板には、花鳥風月が描かれている。そこからバカラ風のシャンデリアが下がっていた。

「凄いね。あれバカラ？」

「さあ、どうでしょうか？」

柏木が首を傾げた。

チャイナドレスを着た若い女性が並んで出迎えてくれた。

「いらっしゃいませ」

にこやかな笑顔だ。私は、あくまで一般の客として来た。ＤＦＳの役員だという身分は明らかにしなかった。まるで水戸黄門のようだが、普通の客として振る舞う方が実情が分かるだろう。

女性の案内でテーブルについた。個室では大友が会食をしているだろうが、フロアには客がいない。

「空いているね」

「ええ、特に今日は暇ですね。最近、こういう日が多いようです」

柏木は顔を曇らせた。

メニューを見た。一見してどれも高い。一品が千円を下回るものはない。五目チャーハンが千五百円もする。

「いい値段だね」

「ランチは安くしているようですが……」

「夜が、この値段ではちょっと軽く食べて、飲んでというわけにはいかないね。会社の交際費で払うなら別だが……」

「ええ、以前は、会社の宴会も多かったと聞きます。しかし、このビルから会社が出て行ったのもお客様が減った原因ではないかと思います」

「ビルから会社がなくなっているの?」

「ええ、リーマンショックとかありましたでしょう? このビルには証券とか外資系とかが多かったようですから。すっかり寂しくなりました」

「後は入ってこないの？」

「いっそのこと中国の会社でも来ればいいのですが。なかなか後は埋まらないようですね」

柏木は、想像していた以上にこの店の実情に通じているようだ。

「さあ、何にする？　僕は生ビールと五目焼きそば。それと海老シューマイもいただこうか？」

「それでは私も遠慮なく蟹チャーハン、それに生ビールもいいですか」

柏木が同意を求めるかのように私を見た。

「いいよ、飲んでください」

私は微笑んだ。

女性は、オーダーを繰り返すと奥に下がった。

「この店、コンセプトがおかしいと思います」

柏木が訴えるような目つきで私を見つめた。

「どういうことかな」

「豪華で投資がかかり過ぎています。私たちの会社は、フランチャイズ展開をする前提で店を作ります。数か店、あるいは数十か店の直営店を運営し、その営業状況を二年ほど検証し、営業のパターンを作ります。これでいけると判断したら、オーナーを募ってフランチャイジーの権利を売却し、開店してもらい、営業指導を行い、ロイヤリティーをいただくのです。それがビジネスモデルです。でもこの店はそんな発想はありません。ただの老舗中華料理店を模しただけではありませんか。こんな店をフランチャイズ化して、全国展開できるわけがありません。それにメニューだって、味はともかく、なにか特徴的なものがありません。これでは客を引き付けられないでしょう」

柏木は、結城前社長が自分の好みで、よく検証もせずに店をオープンしたことを怒っているように見える。

「そう言われりゃそうだね……」

私は、改めて店の中を見渡した。柏木の言う通り、この店をオープンするためには内装費だけで二、三千万円は必要になるに違いない。これを全国展開するのは、かなり無理がある。

生ビールが運ばれてきた。

「さあ、飲もうか」

私はグラスを掲げた。

「樫村君、あなたも来ていたんですか」

声の方向を見やると、大友が立っていた。

私は、大友の隣に意外な人物を見つけて、目を見張った。

「宮内……、どうしてここに」

大友の隣に同期の宮内亮がいたのだ。

「おう、樫村、意外なところで会ったな。大友さんから聞いたが、お前が飲食業とはな……」

宮内は、少し横柄な口調で言った。

私は、笑顔を作ったが、それはぎこちないものだった。会いたいような、会いたくないような複雑な思いが、一瞬のうちに頭の中を駆け巡った。そして宮内の口元にわずかだが、勝ち誇ったような微笑みが浮かんでいるのを発見した時、何とも言えない嫌な気分がみぞおち辺りを満たし、銀行を辞めたことを後悔した。

第三章　つらみの経営実態把握

1

冷たく、無機質で、なんの感情もないはずの窓外の街の明かりが、やたらとまぶしく、目に刺激を与え、気持ちをささくれだたせる。最悪だった。こんな奴と遭遇するとは予想もしていなかった。大友が宮内と一緒に飲んでいたとは。

「宮内、どうして？」

私は、驚いて宮内と大友に交互に視線を走らせた。

「たまたまね、俺がお世話になっている電子部品メーカーの社長が、菱光銀行で大友さんと同期だったんだよ」

宮内は心の底から愉快だという顔をした。

「社長は、早いうちに銀行を辞めましてね。親父の会社を継いだんですよ。銀行を離れても付き合いが続くところが菱光のいいところだよ」

　大友が言った。

「社長は菱光ＯＢだけど、取引はＷＢＪと並行メインでさ。俺は、担当で、なんとか単独メインになろうとガンガンやったわけよ。そうしたら気に入られてね。うちに来いよと言われてさ。嬉しくって、ホイホイと来てしまったんだ。いい会社だぜ。俺は、実質的にナンバー2で処遇されているんだぜ」

　宮内は相当、気を許して飲んでいるのか、すっかり酔って、ため口になっている。

「いやあ、宮内さんは、社長のお気に入りでね」

「樫村、一緒に飲むか？」

「いいよ、遠慮しておく。部下といっしょだから。で、社長さんは？」

「ちょっと顔を出して、お帰りになったんだ。俺は、社長の名代なんだ。銀行も合併したんだから、菱光ＯＢの集まりだけどいいじゃないかってね。俺、涙、出るよ」

　宮内は、本当に泣き真似をした。銀行時代の彼は、取引先は銀行のために存在すると豪語していたのに、今は、社長のちょっとした心遣いに涙してみせるとは、呆れた奴だ。宮内のように状況に素早く反応して、環境や相手に合わすことが出来る奴がたまにいる。それも才能の一つだろう。宮内が、菱光銀行とＷＢＪ銀行の合併に早々に見切りをつけたのも、その才能のなせる業だろう。

自分は、どうなのだろう。宮内と同じように銀行を辞めながら、安定した会社に行かず、わざわざ業績に不安のある会社に来てしまった。立場は同じナンバー2だが。

「そいつも一緒にいいじゃないか。社長の大友さんもいるんだぜ」

宮内は、柏木を一瞥した。柏木は、彼の視線に気づいたのか、慌ててペコリとまるでいたずらを見つかった小さな子どものように頭を下げた。

「樫村君、ちょっと顔を出しなさいよ。それでいいから」

大友が眉をひそめるように言った。自分の顔を立てろと言っているように思える。

「分かりました。柏木君、少しだけお邪魔しよう」

「分かりました」

柏木は明らかに困惑している。どうして自分が銀行OBの会に顔を出さねばならないのかという顔だ。

「さあ、行こう」

宮内は、私の肩を強引に抱きかかえるように、腕をまわした。

個室に入り、席に着いた。丸テーブルが二つ。それぞれに大友と同世代らしき男たちが、飲んでいた。もうかなり酒が進んでいる様子で、場は乱れていた。

「みんな、うちの人間がいたから紹介するぞ」

大友が気安そうに声をかけた。

「大友の会社の人ですか」

落ち着いた雰囲気で紹興酒のグラスを傾けていた男が応じた。酒席にもかかわらず一人、高級そうなスーツの上着を着たままだ。

「ああ、偶然だが、WBJ銀行出身で、ここにいらっしゃる宮内さんの同期らしい」

大友は、さらにボルテージを上げた。

「さあ、挨拶しろよ。名刺、もっているだろう。商売、商売」

宮内が私の背中を押した。嫌な気分が体全体を覆った。

「固いことを言いなさんな」

男が、紹興酒のボトルとグラスを持って近付いてきた。男は、大手商社伊坂商事の名前を挙げた。

「私は……」

名刺を出そうとした。

「いらないよ。そんなもの。まあ、飲みなさい」

私は、彼が差し出したグラスを持った。彼は、そこに紹興酒を注いだ。

「いただきます」

私は、紹興酒を一気に飲んだ。

「いいねぇ。気に入りました」

男は、さらに紹興酒を注ぐ。

「彼は、エリートなんです。常務と同じ東大出身のエリートですよ」

宮内が酒臭い息を吐きかけてきた。

この男は常務なのか。私は彼を見直した。

「よせよ。エリートだなんて」

私は宮内を、眉をひそめて睨んだ。

「おお、そうですか」

男は、相好を崩した。

私は、紹興酒を空けた。そしてグラスをテーブルに置き、名刺を取り出し、彼に渡した。

彼はそれを片手で受け取ると、ポケットに入れ、紹興酒のボトルをテーブルに置き、自分の名刺を差し出した。

伊坂商事常務取締役　小沢幸太郎。

「ありがとうございます」

私は名刺を両手で受け取ると、名刺入れにしまった。

「人生はいろいろです。東大を出ようが関係ない。銀行を辞めたのはしょうがない。WBJ出身じゃ新しい銀行で芽が出ないと考えたのも無理はない。今度は居酒屋だ。居酒屋のオヤジになり切れるかが勝負だよ。大友を頼みましたよ。こいつは居酒屋のオヤジになれそうもないからな」

　小沢は、にやりとして大友を見た。

「そうなんだよ。なんで俺が居酒屋チェーンの社長なんだ。こいつは俺より出来が悪かったのに、今や天下の伊坂商事の常務様だ。上手いことやりやがって」

「馬鹿野郎。努力したんだよ」

「樫村、居酒屋のオヤジ、酒を注げよ」

　宮内がグラスを私の目の前に差し出した。酒を注げというのだ。私は、むかっとした。

「注げよ。この店は、お前の会社の店だろ。俺は客だぞ」

　宮内の目が充血している。完全に酔っている。

「注ぎなさいよ」

　大友が言った。

「ここで酒を注げるかどうかが、居酒屋のオヤジになれるかどうかですな」

　小沢が私の耳元で囁いた。

　彼らは、まるで私に酒を注がせるために相談して芝居をしているかのようだ。

「何を躊躇しているんだ。俺は銀行じゃお前のようなエリートじゃなかったが、もう銀行はお互い辞めたんだ。今日は、客だ。酒を注げ」

　宮内は、私の胸元にまでぐいっとグラスを突き付けた。

私は苦笑した。宮内は、こんなにも銀行で鬱屈していたのか。私は意識しなかったが、本部勤務の多かった私に嫉妬していたのだろう。おかしなものだ。同期入行で、こっちは仲間だと思っていたのだが、相手はそうは思っていなかったのだ。こんなことも銀行を辞めたから分かることだ。長く勤めていた会社を辞めるというのは、それまでくんずほぐれつ、もつれにもつれた人間関係を整理するいい機会だ。会社の財務でいえば、棚卸をやるようなものだ。こんなものを資産計上していたのか、と棚卸をすると驚くことがあるが、人間関係も同じだ。こんな奴を今まで友人だと思っていたのかと思うことがある。今、目の前にいる宮内は、不良在庫だったたと言えるだろう。

「お客様、どうぞ。今後ともご利用をお願いします」

私は、テーブルの上の紹興酒のボトルを摑み、頭を下げながら、宮内のグラスに酒を注いだ。

「おう、おう、利用してやるぞ。せいぜい真面目にやるんだな」

宮内は、美味そうに一気に飲んだ。

「ありがとうございます」

私は、無理やり笑みを作った。

「さあ、宮内さん、行きましょう」

大友は、宮内を向こうのテーブルに連れて行った。

私は、紹興酒のボトルを握ったまま、その場に立ち、宮内の背中を見つめていた。

「荒れていましたね。よくさばきました」

隣を見ると、小沢が立っていた。

「はあ、あんな宮内を見るのは初めてです」

「哀しいですか」

「少し」

私は小沢を見た。

「彼の会社はオーナー会社で、厳しいですからね。なかなか人が続かない。菱光銀行からも行っていたのですが」

「そうですか」

「第二の人生って難しいんですよ。私だって銀行の取締役から商社に行きましたが、戸惑うことばかりでした。銀行を勝手に飛び出しましたから、また一から努力しました。前の経験は捨てました。過去の栄光で生きていけたのは昔の話です。彼も、ストレスなんでしょうね。うらみ、つらみ、ねたみ、そねみ、ひがみ、いやみ……あと一つ、なんだったかな」

「やっかみ、ですか」

「ご存じでしたか。人生、七味とうがらし」

小沢は声に出して笑った。

「人生を豊かにするスパイス、ですね」

私も笑った。宮内は、大友と笑い合いながら、酒を飲んでいる。社長の名代だと言っていたが、あれでは社長も同然ではないか。あのまま順調に勤められるのだろうか。心配になってくる。

「さあ、豊かにするのも、しないのも、その七味とうがらしをどう活用するかですよ。あなたは、なかなか立派だった。十分に居酒屋のオヤジになれますよ。何か、困ったことがあれば、いつでも相談してください」

小沢は、軽く右手を挙げて、席に戻った。

私は、軽く頭を下げ、隣にいた柏木に「行こうか」と声をかけた。

柏木は、ほっとしたように微笑んで、「はい」と答えた。

2

私は、自分たちのテーブルに戻ったが、いったん片づけたようでビールも料理も何も置かれていない。

「お待ちしていました」

女性が近付いてきた。注文を聞きに来た女性とは違う。なかなかの美人だ。目に力がある。

「美由紀ちゃん」

「知っているのか」

「ええ、まあ」

柏木が照れくさそうにした。

「ははん、付き合っているのか」

「そんなところです」

「中野美由紀です。よろしくお願いします。お料理とビール、今からあらためて準備します。よろしいですか。他にお客様もいらっしゃいませんし、ぜひ食べて行ってください」

美由紀は言った。

私は、客のいない寂しい店内を見渡した。客の入りは明らかに悪い。

「せっかくだから食べて行きませんか」

柏木は言った。

従業員に手間をとらせるようで気が進まない。

「でもね……」

「いいじゃないですか。せっかく頼んだんだし、この店の味を検査するのもいいじゃないですか」

柏木は屈託がない。

「分かった。じゃあ、持ってきてよ。食べよう」

私は、席に着いた。

「よかった。私、役員にぜひ食べていただきたかったのです」

美由紀は弾んだ声を上げ、調理場に消えた。

役員と言われて戸惑いを覚えた。一般客として入店したつもりだったが、既に私に関する情報が伝わっているのだ。

「いい子じゃないか」

「北京秋天に食べに来ていて知り合ったんです。彼女、結構、いろいろと詳しいんです」

「結婚するのか」

「僕はそのつもりですが、まだプロポーズはしていません。自信をもってプロポーズできるように、役員にはぜひ、会社を安定させてほしいんです」

「役員は、いいよ。樫村さんでいかないか」

私が、名前で呼ぶように言うと、柏木は戸惑った。

「いいんですか」

「いいよ。呼んでごらん」

「樫村さん」

「はい、なんでしょうか、柏木さん」

私は、声を上げて笑った。柏木も笑った。私は、彼に一歩近づいた気になった。

「はい、お待たせしました」

テーブルに五目焼きそば、蟹チャーハン、海老シューマイが並べられた。

「生ビールはどうしますか」

「それはいいよ」

私は、即座に断った。ここで酒を飲む気分じゃなかったのだ。

「ところで君も同席しないか」

「えっ、私は仕事中ですよ」

美由紀は、そう言いつつ、さっと周りを見渡すと、空いていた席に座った。

「緊張しますね」

「シューマイ、食べる？」

私は、彼女の前に皿を動かした。

「そこまでは遠慮しておきます」

美由紀は、真面目な顔で答えた。

「これ、なかなか美味いね」

私は五目焼きそばを食べた感想を言った。

「美味(おい)しいでしょう」

美由紀が嬉しそうに言った。

「料理は、美味しいんですがね」

柏木が蟹チャーハンを口に運びながら、眉根を寄せた。

「客が少ないんだね」

先ほど、値段の高さや、同じビルに入居していた会社が出て行ってしまったことが問題だと柏木が言っていたのを思いだした。

「ほんと、やりがいがないんです。お客が少なくて」

美由紀も愚痴っぽく言った。

「この北京秋天が、DFSの経営の足を引っ張っていると聞いたのだけど、本当かな?」

「本当だと思います」

美由紀が言った。その断定的な言い方に、私は、ちょっと驚いた。

「なぜ、そう思うの?」

「職場の女性たちで話をするんです。研修で会いますから。そうそう、総務の久原佳奈ちゃんなんかともよく話します」

「へえ、佳奈ちゃんとね」

岸野に紹介してもらった総務の女性の愛くるしい顔を思い出した。

「彼女、とてもしっかりしてるんですよ。それで話したとき、豚しゃぶ屋、お好み焼き屋、豚丼屋など、最近、なんでもありな気がするって意見なんです。そんなにいろいろな店を少しずつ、オープンしてどうなるんだろうねって心配してます」

「柏木君が言っていたことだね」

「そうです。我が社はフランチャイズを前提にしている会社なので、どれだけの店を広げることが出来るか、考える必要があります。それを考えないで、店だけ作っているのです」

柏木は眉根を寄せた。真面目な性格なのだろう。

「しっかりした検討を行わずに出店しているんだ。こんな高級な店も……」

私は店内を改めて眺めた。高級な雰囲気を出すために、手描きかどうかは分からないが、天井までしっかりと絵が描かれている。しかし、そうまでして急いでいろいろな種類の店を出すことに、どんな意味があるのだろうか？

「結城さんが出店を急いだのは、きっと銀行の支援が得られなくなったので、資金繰りのためだと思います」

柏木は蟹チャーハンを頰張りながら言った。

「私も、そう思います」

美由紀も同意した。

「それはどういうことかな」

「フランチャイズの権利を売って資金繰りに当てるためです。私は、契約の細かいところまでタッチしていないのでよく分かりませんが、フランチャイズ契約は地面を売るようなものだってお聞きになったことがありますか」

柏木の問いに、私は頷(うなず)いた。

「要するに、ここに地図があるとしますね。それでここからここまでの出店の権利は、いくらって売るんですよ」

柏木は、テーブルの上で、地図があるかのように手を動かした。

「例えば杉並区はいくらって具合かい?」

「そうそう、そうなんです。世田谷区二億円、江東区三千万円って調子ですかね」

柏木はおどけた調子で言った。

世田谷区と江東区の差の理由は分からないが、そんなにいい加減なものなのだろうか。

「一店舗の出店権利だとか、大きいものでは近畿地方エリアだとか、契約はいろいろです」

私は、頭に日本地図、いや世界地図を描いてみた。まるで手品だ。空気というか、夢物語を金に換える魔法の契約……。

フランチャイズの権利を売る側をフランチャイザー(本部)という。DFSは本部というわけだ。権利を買う側がフランチャイジー(加盟店)である。個人事業主や会社や地方の資産家などが、加盟店になる場合が多い。

本部は、加盟店からロイヤリティーとして売上金の五％を徴収する対価として営業上のノウハウや食材などを提供し、加盟店の営業活動を支援する。

そのため通常は、直営店で営業ノウハウなどを蓄積してから加盟店の募集を行う。そうでなければ加盟店の営業が上手く行かないし、本部としても加盟店ごとにサービスや味が違うようでは、フランチャイズ全体の評判が低下してしまうことになる。例えばセブン-イレブンやローソンで商品の値段がまちまちだったら、消費者は混乱してしまうだろう。

本部は加盟店の繁栄のために働き、加盟店は本部を信頼し、営業に励むことで、お互いが共存共栄することが出来る。これがこの契約の本筋だ。

こうしたフランチャイズビジネスは、ＤＦＳのような居酒屋ビジネスばかりでなく、いろいろな業態に見られるが、本部にとっては、加盟店が資金を負担するために少ないリスクで事業拡大が可能になるというメリットがある。それにロイヤリティーも入ってくるわけだが、さらに、例えば新潟屋のような蕎麦居酒屋であれば、店舗で使用する蕎麦、つゆなどの食材を一括提供することでロイヤリティー以外の収益を上げることが出来る。だから一旦、ブランドが浸透して、加盟店が順調に増えれば、ロイヤリティー、食材費などで本部はウハウハというわけだ。

ところが加盟店の中には、本部ばかり儲かって、自分たちは搾取されていると怒り出すところが出て来る。せっかく営業を始めたのに上手く行かないで、投資額を回収できず廃業に追い込まれたり、権利を買ったものの出店できなかったりという問題が発生することも多いという。

私は、社長を出せと、社内で騒いでいた大柄な男を思い出した。岸野は、なんでもない、取り合わないでよいと言っていたが、あれは加盟店のオーナーではないのか。権利を購入したのに、条件通りではないと文句をつけに来たのではないだろうか。

「なぜ、結城さんはそんなにブランドを増やしたのかな?」

「それは例えば、世田谷区で新潟屋の権利を売ってしまえば、もう世田谷区では何も売るものがなくなるじゃないですか。それで新しいブランドを立てると、また世田谷区で売るものが出来るというわけです」

柏木は、慎重に言葉を選びながら説明した。

「そうか。同じ柳の木の下に何匹もどじょうがいるんだな」

私は、ことわざをもじって言った。

「その通りです。一つのエリアで二十のブランドを売却すれば、二十回もお金が入ります。勿論、買う人がいればの話ですが……」

柏木が苦笑した。

もし、本当に柳の下に何匹もどじょうがいるなら、こんな濡れ手で粟のような商売は無いと言えるだろう。それなのに業績が悪化して、結城はさっさと経営から手を引いてしまったのはなぜなのだろうか。どうも山本が言っていたように、単純に高級中華料理店、北京秋天の経営不振だけではないようだ。

「ところで加盟店オーナーになれば、勝手に店を出せるわけ?」

　私は柏木に聞いた。

「ええ、そういうことにはなります。世田谷区内で新潟屋の出店権利を購入すれば、オーナーは排他的に出店できます。しかし、居酒屋を一軒出すのに一千万円以上はかかりますから、そう簡単なものではありません。よく本部と相談しないと……」

「そうだろうね。費用がかかるからな。しかし、それにしても結城さんは、そんないろいろなブランドを作って、資金繰りのためとはいえ、よく売却できたね」

「それはフランチャイズコンサルティングのリンケージ社の仕事なんです」

　柏木は、社長の大友を派遣してきた会社の名前を挙げた。

「大友社長を送り込んできた会社だ」

「ええ。この会社は、フランチャイズを拡大するアドバイスを事業としています。たとえば千二百万円で権利を売ったとしますと、半分はリンケージ社に手数料として入ります。それに加えてロイヤリティーの一%も持って行くのです」

　柏木は口をへの字に曲げた。

「その話を聞いて、私も怒りました。何もしないで売り上げの一%を容赦なく持って行くんですよ」

美由紀が怒った。

「ぼろいね。すると、加盟店を集めれば、集めるほど、リンケージ社は、潤うってことだ」

私は驚いた。

「そうです。店の発展よりも、権利売却の方が儲かるんで、リンケージ社がやることは、加盟店募集の会やパーティばかりです。結城前社長も最初は慎重だったのですが、資金繰りが苦しくなると、たとえ権利売却金の半分でも得られればと、もうリンケージ社の言いなりになって、加盟店募集活動ばかりやっていました」

「すると大友社長は、無理な加盟店募集のことは十分に知っているんだね」

「知っているんじゃないですかね?」

柏木は眉をひそめた。

「君たち、まだいたのか」

大きな声が響いた。大友だ。会が終わったようだ。

美由紀が、慌てて立ちあがった。

「ウエイトレスまで同席しているのか」

大友が嫌な顔をした。

美由紀は、申し訳なさそうに顔を伏せた。

「私が、同席してもらいました。いろいろと店の実情を聞かせてもらいたいと思いましたので」

私の答えに、大友は、美由紀と柏木をじろりと睨んで、「まあ、十分に調べてくれ。経営の改善を期待しているよ」と言った。

「努力いたします」

私は、神妙に頷いた。

「ここの払いは、頼んだよ。会社につけておいてくれ」

大友は、私にそれだけを言い残すと出口に向かった。その後ろを他の客たちが、ざわざわと話しながらついて行く。

「おい、樫村、二次会に顔、出さねえか」

宮内が覗く(のぞ)ように顔を私に向けた。目の焦点がぐらついている。相当、酔っているようだ。

「遠慮しておく」

「せいぜい、立派な居酒屋のオヤジになるんだな」

宮内は、笑いながら去って行った。

「頑張りなさいよ」

後ろから私の肩を叩く人がいる。振り向くと、やはり小沢だった。

「ありがとうございます」

私は、頭を下げた。

全員が出て行った後、私は、ふうとため息を吐き、席についた。

「代金、つけですって。役員はどうされます」

美由紀が聞いた。

「僕は、払うさ。君たちの分もね。それに樫村さんでいいよ」

私は、笑みを浮かべて言った。

「さぁすが。なんだかいい人みたいねぇ、樫村さんって!」

美由紀が相好を崩した。

「いい人さ。なに言っているんだよ」

私が笑うと、柏木も美由紀も一緒になって笑った。

3

「ハイボールにしてみたわ」

明子が、ハイボールとして人気の高いウイスキーのソーダ割りを作って運んできた。

最近は、炭酸水で割るハイボールが若者の間で人気になっている。ウイスキーメーカーであるサントリーが、有名女優をつかって「ウイスキーが、お好きでしょ」とハイボールで飲むことを提案してから、ブームに火がついた。

昭和五十年代にはウイスキーは、今よりずっと飲まれていた。サントリーオールドは昭和五十五年に千二百四十万ケースも出荷されたという。一ケースに十二本のウイスキーが入っているから、一億四千八百八十万本にもなる。赤ちゃんからお年寄りまで、一人一本程度を飲んだことになる。驚異的な数字だ。

ところが若者の酒離れが言われ始め、ウイスキーのような強い酒は敬遠されるようになった。ウイスキーばかりではない。ビールまで消費量が減った。

若者は、居酒屋での乾杯の際、「とりあえずビール」という注文をしなくなった。では何を頼むかというと、好みがバラバラになった。サワーという焼酎と炭酸水と果汁などとのカクテルや、中にはいちごミルクを頼む者もいる。酒好きには考えられないが、彼らに言わせると、全員がビールを飲むこと自体、「信じられない！」ということだろう。これを個性と言うべきなのかどうかはわからないが、これでは酒造メーカーは儲からない。また居酒屋にとっても酒の注文が減るのは死活問題だ。

「なんとか若い人に、乾杯の一杯目はウイスキーを飲んでもらいたいとハイボールに力を入れたんだってさ」

私は、ハイボールを飲んだ。水割りより、炭酸水が刺激になって、飲みやすい。

「よく考えたわね。焼酎を炭酸水で割って、果汁を加えるサワーが人気だったから、ハイボールを飲む土壌があったんじゃないの」

明子が冷静に分析する。

「ウイスキーをジョッキで飲むなんて、考えられなかったよな」

居酒屋で出されるハイボールはビアジョッキに注がれている。ウイスキーは、オークの樽で何年も熟成させて造る酒だ。ウイスキー職人にとっては、熟成度合いを味わって飲んでもらいたいところだろう。

「いいんじゃない。新しい飲み方があってもね。あなたの会社の店でもハイボールを出しているの？」

明子に聞かれて、私は即答できなかった。まだそこまでリサーチしていない。

「よく分からないな」

「頼りないわね」

明子が笑った。

「お代わり、もらおうか」

「あら、調子に乗って、飲みすぎたらだめよ。居酒屋が酒に飲まれては、本末転倒だから」

「はいはい。気をつけます」

私は、笑いながら答えていたが、各ブランドごとの料理や酒のメニューにも関心を持たねばならないと気を引き締めた。まったく未経験の分野だけに、いったいどうなるか分からない。

「明日は、塩田さんのマンションで集まりがあるんでしょう?」

「そうだよ。料理を何か作ってくれよ」

明日の日曜日は、近所のランニング仲間の集まりが、リーダーの塩田さんの家で予定されていた。料理、酒を持ち寄っての気楽な集まりだ。明子も行くことになっている。

私は、退職と前後して、誘われて近所の人たちで組織するランニングサークルに入った。たまたま友人宅で一緒になった塩田さんに強引に誘われたのだ。塩田さんは、今は六十五歳。しかし、大学時代は陸上で鳴らしたことがあり、近所の人に頼まれて数年前にランニングのコーチを引き受けた。そのコーチぶりが評判を呼び、今では数十人が集まるランニングサークルに成長した。

「フルマラソンを四時間台で走れますよ。一緒にやりましょう」

塩田さんは酒を飲みながら、明るく言った。

フルマラソンを走るという考えなど、頭のどこを探してもなかった私だが、塩田さんの陽気さと、酒を飲んでいたこともあり、「やりましょう!」と言ってしまった。それ以来、私は、塩田さんにコーチをしてもらいながら、近所の人たちと週何回か、早朝ランニングを楽しんでいる。出勤前の散歩代わりみたいなものだが、朝が白々と明け始めるのを眺めながら、走るのは爽快な気分になる。それに今まで銀行を通じてしか人間関係を結んだことがなかった私にとって、主婦を含む近所の人たちとの付き合いは新鮮だった。彼らとの間では、まったく利害関係がなく、気持ちが素直になれるのがいいのだろう。

「何を作って行こうかしら。おでんやロールキャベツなどの煮ものにしようかな。それとおはぎとか」

「おはぎはいいな。女の人が多いから、喜ぶと思うよ」

私は、ある考えがあった。塩田さんに転職人生について教えを乞うことだ。塩田さんは、今まで十回ほど転職をしていると仲間に聞いたことがある。飽きっぽいとか、彼に問題があるというのではない。彼なりの人生に対する考え方があってのことだ。私は、今回、初めて転職した。不安も多い。そんな私にとって塩田さんのアドバイスは貴重なものになる予感があった。

「どうなの?」

明子が、自分用にハイボールを作りながら嘱くように言った。

「会社?」

「ええ」

私はハイボールを飲んだ。

「これみたいに爽やか、さっぱりというわけにはいかないな」

「嫌な雰囲気なの?」

「そういう面もあり、そうでない面もある」

私は、大友や岸野の顔、そして柏木や美由紀、佳奈の顔を思い浮かべた。

「複雑なんだね」

「複雑だな。どの程度、僕に心を許してくれて、本当のことを言ってくれるか、心底協力してくれるか、それがまだ分からない」

「ってことは、落ちるところまで落ちていないってことかな?」

明子が言う。

私は、明子の言い方がおかしかったので、微笑んだ。

「そうだね。まだ明日、明後日に倒産するってわけではなさそうだ。しかし、何か問題を抱えているから、手を打たねば、だめになる可能性は高い。そこに僕の役割があるんだ」

「我慢して、そのままいれば平穏に暮らせるかもしれないのに銀行を辞めて、わざわざ危ないところに飛び込むなんて、飛んで火に入る夏の虫って、あなたのことを言うんじゃないの」

明子の目が、きらりと光った。

「飛んで火に入る夏の虫か……。夏の虫にも、五分の魂」

「それは一寸の虫にも五分の魂でしょう?」

明子が、からからと明るく笑った。

「あのまま銀行にいてもいいけど、ぐずぐず言いながら過ごすよりも、この際、何か見つけたかったんだ。怒っているのか？」

「さあ、どうかな？」

「どうかなって？　はっきりしない奴だな」

私は、わざとらしく不愉快な顔をした。

「やりがいを見つけてくれればいいと思うわ。それだけかな。サラリーマンって、ぐずぐず言って暮らしても、きゃっきゃっと喜んでやっていっても、出世しても、しなくてもあまり妻から見れば関係ないって言えば、悪いけど。あなたがなにかやりがいがあって、毎日が充実していれば、それでいいんじゃないかなって、そう思うようにしたの」

明子が私を見つめた。

「そう思ってくれるとありがたいな」

私も明子を見つめた。

「そう思わないと、あなたの奥さん、やってられないもんね」

明子は、ハイボールを勢いよく飲んだ。

「おい、おい、飲み過ぎるなよ」

私は、その飲みっぷりに驚いた。

「なにか、摘まみ、作ろうかな」

明子は、グラスをテーブルに置くと、立ち上がり、キッチンに向かった。

明子も私と同様に銀行以外の職場を知らなかった。他の人に比べれば、安定した仕事だと言えるだろう。勤務している自分たちはあまりそんなことは思わなかったが……。

明子は、銀行員って転勤が多くて嫌だなと付き合っている時に話していた。しかし、幸いにも転居をともなう転勤はあまりなかった。私が、本部勤務が長かったからだ。私の仕事は、激務だった。会社の再建、売買など、神経を張り詰めていた。時には、肩の力を抜いたらと、よく明子は私の体を心配していた。だからカード会社に出向になったとき、なんだか平凡な人生になりそうねと、失望する私をよそに喜んでいたくらいだ。

それが何を間違ったか、調子の悪い会社に飛び込んで行ってしまって……。この人、何を考えているの、とうらみ、つらみの一言でも言いたいに違いない。しかし、それをやりがいの一言で片づけてくれた。やりがいがあればそれでいいと。

「やりがいねぇ……」

私は、ハイボールをぐいっと飲んだ。キッチンから、明子が使う包丁の音が響いていた。

4

日曜日の昼、塩田さんのマンションに仲間たちが集まった。建築家のトヨさん、コンピューターSEのヨシさん、映像作家の三好（みよし）さん、ランニングで美しくなりたいという主婦でトヨさんの妻アッちゃん、ヨシさんの妻ケイちゃん、三好さんの妻カズちゃん、独身のメグちゃん、塩田さんの妻の沢子（さわこ）さん、そして明子だ。私たち夫婦以外は塩田さんと同じマンションに住んでいる。塩田さんが、住人をマラソン仲間にしてしまったのだ。

たいして広くはないマンションのリビングは大人たちと、料理を目当てに集まって来た彼らの子どもたちで戦場のような騒ぎになった。

明子の作ったおでんとおはぎは大人気だった。その他にも多種多様なサラダ、ローストビーフ、海老フライ、煮豚、卵焼き、ラザニヤなど、彼女たちが作った料理がテーブルを飾った。

私や塩田さんはじめ男たちは、それらを摘まみに持ち寄った日本酒や焼酎を遠慮なく飲んでいた。

話題は、ランニング・ハイのことになった。これは走りながら、気分が高揚する状態のことだ。三好さんは、青梅（おうめ）マラソンでそれを体験したと言う。

「急に、誰かが背中を押すような気になって、いつまでも走り続けられるんじゃないかって気分になったんです。気持ちよくて、気持ちよくて」

三好さんが目を閉じ、その時の快感を体に呼び起こしている。

「僕は、まだないな。その感覚」

ヨシさんが羨ましそうに言う。三時間十分台で走る。ヨシさんは、ランニング仲間の中で、フルマラソンのタイムが一番いい。そんな彼がランニング・ハイを体験していないということは、誰でも体験できる快感ではないようだ。

「僕なんか、三十キロで急に体が重くなって、もう走れないと思ったことがありましたよ」

トヨさんが言う。顔が赤い。見ると、度数の強い焼酎をそのまま飲んでいる。

「やっぱり三十キロの壁があるんですか？」

フルマラソンをまだ体験していない私は詳しく聞かせてほしいという顔で、トヨさんを見つめた。

「急に、足が上がんなくなったんですよ。もう重くて、重くて……。ガス欠ですね」

トヨさんが、重そうに足を持ち上げてみせる。

「フルマラソンは、調子がいいなと思って、早くつっこんでみるとダメになるし、最初、ゆっくり走って、後から飛ばすぞと思っても、上手く行かない……」

塩田さんもトヨさんと同じように焼酎をそのまま飲んで、いい気分になっている。

誰も仕事の話をしないが、マラソンの話は、そのままサラリーマン人生そのもののように思えた。

「前から聞きたかったんですが、塩田さんは随分転職なさったそうですね。いったい何回転職したんですか?」

塩田さんはゆっくりと顔を私に向けた。あれ? と思った。半開きのような目が、あの女占い師に見えたのだ。私は、パチパチと瞬(まばた)きした。たいして飲んでいないのに幻影が見えるようになったら、お終(しま)いだ。

「十回は下らないでしょう。最初はデパート、つぎに子ども服メーカー、玩具メーカー、土木基礎工事、住宅販売、刃物販売、空調設備、スポーツ用品、社交ダンス用品、温泉掘削、そして今は太陽光パネルです」

「それはすごいですね。切れ目なく次の職が見つかったのですか」

「そうです。私は、一貫していたんですよ」

塩田さんは奇妙なことを言う。これほど転職を繰り返しながら、一貫しているとはどういうことか。

「とても一貫しているとは思えませんが」

私は、意地悪に言った。

「営業ということでは一貫しているんですよ。自分に自信のあることで勝負してきました」

「営業に自信？」

「営業が好きでね。その腕を見込んでくれる会社に、次々と転職したんですよ」

「でもなぜそんなに転職をしたのですか？」

「家族のため、娘のためです」

塩田さんは、壁に掛けられた家族写真を目を細めて見つめた。

写真には塩田さんと沢子さんと二人の娘さんが笑顔で写っていた。

「娘たちは、もうそれぞれ結婚して、孫も出来ましたが、水泳の才能があったのですよ。私は、自分が運動選手だったものですから、二人の娘をオリンピック選手にしたいと大きな夢を持ったんです。それで二人の練習を支えられるように転職をしました」

「資金面とかですか？」

「それもありますが、デパートに勤務していた時、日曜日に休んで、娘の水泳大会を応援に行ったのです。その時、上司から、デパートマンが日曜日に休むとは何事だと叱られたんですよ。それで家族と一緒に過ごせない会社なんかにいられるかと啖呵（たんか）を切って、辞めてしまいました」

塩田さんは、からからと笑った。

「思い切りましたね」

「沢子さんは、呆れましたがね。退職の理由が、家族のため、娘のためだったので。それからは娘の応援を優先しつつ、二人の才能を伸ばせる収入だけは得られるように転職をしたわけです。全日本ではいいところまで行きましたが、オリンピックはダメでした。四年に一回のことですからね。でも後悔はしていませんよ。今は、孫に期待しています」

塩田さんは、また笑った。私は、塩田さんのグラスに焼酎を注いだ。

「家族のために転職ですか。なかなか出来ることじゃないですね」

私は、塩田さんを見直した。

「また、お世辞を言わないでくださいね。結局、自分が堪え性がなかっただけですよ。樫村さんが感心したりすると、つけ上がりますから。家族はいつもはらはらし通しですから」

沢子さんが、笑みを浮かべて言った。

「参ったな。沢子さんには頭が上がりません」

塩田さんは、自分の妻の名をさん付けで呼ぶ。

「でもよく次々と仕事が見つかりましたね」

「人生、捨てる神あれば拾う神ありです。あまり営業成績が上がるとねたまれ、出世するとやっかまれ、ひがまれ、いやみを言われ、とかく会社は住み辛い。そう言えば、樫村さんは銀行を辞めたんでしょう?」

「ええ、辞めました」

「どうですか? 見える景色が違いますか」

「うーん、まだ分かりません。今は、居酒屋チェーンのデリシャス・フード・システムというところの経営に関係しています。新潟屋っていう名前をお聞きになったことはありませんか」

「知ってますよ。利用したことがあります。そうですか、居酒屋チェーンですか。それはまたどうして？」

「あまり詳しくは言えませんが、居酒屋も不景気なんです。それで経営の建て直しを頼まれて、銀行にいるよりやりがいがあるかなと思ってしまって……」

「客の心をつかむのは難しいですからね。居酒屋はたくさんあります。選ぶのは客の側です。選んでもらう工夫を休んだら、お終いです。それは営業の真髄ですな」

塩田さんは、営業のプロらしいことを言った。

「私も大手ゼネコンを辞めて、プロになりましたから、それ以来、いつも背水の陣ですよ。樫村さんも経営のプロにならないとね。私なんか、客の要望を聞きながらも、それでもなんとか言いなりにならないで自分の独創性を出そうと努力するんですよ。それが徐々に認められてね。なんとかやっています。会社の支えがなくなった以上は、とにかくプロ意識で頑張るしかない」

建築家のトヨさんが言った。トヨさんは個人住宅を中心に設計から施工管理まで請け負っている。

「私もそうだな。会社に勤めている時は、客の言いなりで作っていました。それが嫌になって独立したら、自分の好きなものを作れると思ったのですが、そうは問屋がおろさない。苦労しましたよ。最近ですよ、やっと自分の好きなことが出来るようになったのは」

映像作家の三好さんが言う。

「僕は、独立する勇気はないな。会社勤めを真面目にやりますよ。どんなことがあっても耐えてみせますぅ」

コンピューターSEのヨシさんが、演歌調で唸った。

「それが一番賢い選択だ」

塩田さんが言った。

「乾杯しましょうか？」

トヨさんが私に言った。

「何にですか？」

私は聞いた。

「樫村さんの転職と、フルマラソン完走に向けてですよ。人生はマラソン、山あり谷あり、最初飛ばしても、のろのろ走っても、行き着くゴールは同じです。さあ、焼酎をどうぞ」

トヨさんは、私のグラスに焼酎を注いだ。

塩田さん、三好さん、ヨシさんもグラスに焼酎を満たした。

「樫村さんの転職が成功し、フルマラソンを完走できますように。乾杯！」

トヨさんが音頭を取った。私も「乾杯」と声を合わせた。グラスを合わせる音が響く。

「男たちって、まあ、勝手なものだわね」

沢子さんが、苦笑いしながら呟いた。それに同調してアッちゃんたちが「女たちは男のわがままに翻弄(ほんろう)なんかされないぞ。頑張るぞ」と、缶ビールを高く掲げて乾杯した。明子も、声を合わせて「頑張るぞ」と声を出していた。気分よく酔っているようだ。

「樫村さんと同じように銀行を辞めて、居酒屋経営で成功している友人がいます。ご紹介しましょう。樫村さんのお仕事の参考になります。女性ですけどね」

塩田さんが言った。

「そんな人がいるんですか。ぜひお願いします」

私は言った。

「人生って、紆余曲折(うよきょくせつ)ですけど、なんとかなるもんですよ」

塩田さんは、焼酎を一気に飲み干した。アルコール度数が思った以上に強かったのか、ううと唸り、額に人生の辛酸に耐えてきたような深い皺を作った。

第四章　ひがみの問題山積

1

ランニング仲間の集まりの数日後、塩田さんから連絡があった。紹介してくれた店は、銀座だった。店の名前がさつま西郷？　どこかで聞いたことがあると思ったら、宮内の送別会で行ったことがある店と同じ名前だと思いだした。あの時は、新宿だったが、同じ系列の店だろうか。ちょっと気後れする。というのはあまりいい思い出がないからだ。宮内に絡まれ、苦い思いをした。

なかなか美人ですよ、と塩田さんは電話口で笑っていた。私は、一緒について来てくださいとお願いしたのだが、何を子どもみたいなことを言っているのですか、と取り合ってくれなかった。女性だからと意識し過ぎですよとも言った。経営の参考になるかもしれないので、同業者にはぜひとも会いたいと思っていた。しかし、どんな人に会っていいのかわからないところに塩田さんの話は渡りに船で、思い切って一人で教えてもらった店に向かった。
銀座といっても新橋に近いため、ＪＲ新橋駅で電車を降り、土橋（どばし）交差点を渡る。御門（ごもん）通りを歩き、銀座通りも越え、すると昭和通りに近い場所にネオンが見えた。さつま西郷とある。新宿の店と同じだ。やっぱり同じ系列なのだ。宮内に絡まれた嫌な気分が、胃から喉の方に上って来た。

それにしても宮内はいろいろな場所で自分に絡んでくる。北京秋天で会ったのは偶然だと思うが、まさか大友と組んで絡んできたとは信じられない。銀行時代は、友人だと思っていたのにあんなに変わるものだろうか？　二度と会いたくない。しかし、世の中というものは、会いたくないと念じれば念じるほど、目の前に現れるということがある。今度、会う時は、ＤＦＳを建て直して、堂々とした顔で会ってやろう。

時間は六時。食事をしながら、話をしてくれるのだろうか。店の前に立った。記憶の底を刺戟（しげき）するものがある。ここに一度来たことがある。ここは昔、別の名前の店だった。確かどこか地方の料理屋が東京に進出して経営していたはずだ。私は、銀行時代に一度、客に連れて来てもらったことがある。そんなことを思いながら、中に入った。右手にレジカウンターがあり、男性従業員が立っていた。

「いらっしゃいませ」

はきはきとした声で挨拶をした。気持ちがよい。

「社長の岡田さんにお会いしたくて参りました。樫村と申します」

「伺っております。どうぞこちらへ」

男性従業員は、私の先に立って歩き、一階の個室に案内した。一度しか来たことがないため、以前の店の内部まで記憶はない。高級店で、和服の女性が出迎えてくれた記憶がある。その時と同じようにこのさつま西郷にも高級店の雰囲気が漂っている。一階には通路に沿って個室が並び、二階へ続く、木造りの幅広の階段が見える。二階も同じように個室が基本になっているのだろう。

「樫村様がお見えになりました」

男性従業員が、個室の引き戸を開けた。中は、四人掛けのテーブルがあり、椅子席になっている。そこに淡いグレーの和服を来た女性がいた。

「お待ちしていました。どうぞお入りください」

彼女は、私を見つめて微笑んだ。細面で、髪を持ち上げているためにひろく見える額は艶々とまぶしい。黒く、細く流れるように描かれた眉の下の、銀杏の粒のような形の良い目が、しっかりと私を捉えていた。赤く塗られた唇の左下の小さなほくろがなんとも色っぽい。

まいったな。こんな美人だとは思っていなかった。

私の顔に困惑が浮かんだ。テーブルには、鍋が置かれ、料理の用意がしてあった。こんなになるだろうか。

女性と差し向かいで食事をすることになろうとは想像もしていなかった。美人とまともに話

「申し訳ありません。なんだか遠慮なくお邪魔してしまって」

私は、恐縮しつつ、中に入った。

「最初は、おビールでよろしいでしょうか。おビールなら、生ビールもございます」

「いやぁ、私は、そんなつもりで来たのでは……」

「ご遠慮なさらないで結構ですよ。塩田さんからは、飲食業に素人の方だから、よくレクチャーするようにと言われておりますので」

彼女は赤い唇だけを少し引きあげるようにして微笑んだ。

「それでは遠慮なく、生ビールをお願いします」

私は言い、彼女の前に座った。彼女は、男性従業員に生ビールを持って来るように言った。

「座ったままで、ご挨拶をさせていただきます。私、このさつま西郷などを経営する十和子フードの社長をしております岡田十和子と申します」

彼女は、名刺を差し出した。着物の袖から、白く細い腕が私に向かってさりげなく伸びて来て、私はどきっとしてしまった。

「素敵なお名前ですね。私は、樫村徹夫です」

私も名刺を差し出した。DFSの名刺だ。

「WBJ菱光銀行にお勤めだったとお聞きしましたが、すごいですね」

十和子は、私の名刺を見つめながら言った。

「辞めてしまいましたら、もう過去の話です。ところで塩田さんから伺いましたが、岡田さんも銀行にいらしたとか？」

「ええ、大学を卒業して、地元大阪の銀行に勤務したのです。樫村さんのような大きな銀行ではありません。私は、総合職として採用されましたので、内部事務ではなく、融資などの営業を任されたのです。仕事は、面白くって、結構、成績も良かったのですよ」

十和子は、信じられないでしょうとでも言いたげな笑みを浮かべた。

「もちろんでしょう。優秀な銀行マンだったのですね」

「取引先に河豚料理の和食チェーンがあったのです。私、そこのオーナーのお話を聞いているうちに、飲食業をやりたくなったのです。銀行に勤務を始めて四年目のことでした。銀行って、男社会ですよね。女性として道を拓こうと思っていたのですが、あまり責任のある仕事を与えてくれません。一緒に入行した男性行員と比べて、チャンスが少ない気がしたのです」

十和子の言う通り、銀行は女性の力の活用が不十分だ。私は、じっくりと耳を傾けた。引き戸が開き、生ビールが運ばれてきた。お通しの小鉢も一緒だ。

「乾杯しましょうか？」

私はビールグラスを持ち上げた。十和子も和服の袖を、一方の手で押さえながらビールグラスを持った。

「樫村さんのご成功に、乾杯」

十和子の笑みに、興奮で背筋がぞくぞくとした。冷静にならなければ、どんな話を聞いても耳を素通りし、十和子の顔しか覚えていないってことになってしまう恐れがある。

「ありがとうございます。乾杯」

私は、グラスを傾けた。

「それでオーナーに飲食業をやりたいとご相談したのです。辛いぞ、辛抱できるかと言われましたが、はい、って答えました」

「それでそこに転職されたのですね」

まさかオーナーの女になったわけではないだろう？　嫌らしい目で十和子を見ている自分に気づいて、慌てて頭からその考えを振り棄てた。

「思い切って飛び込みました。いろいろ言われましたよ。女ですからね。オーナーに口説かれたんだろうとかね。まるで愛人になってしまったかのようにも言われました」

十和子は、少し、ビールに口をつけた。

「おきれいですからね」

私は思わず言った。

「そんなことはありません。女が飲食業に飛び込むなんて、ホステスにでもなるんだろうとあまりよく言われません。世間って、そういうレッテルを張りたがるのです」

十和子の表情に、わずかに陰りが現れた。私は、何も言わずにビールを飲んだ。

「オーナーは、厳しかったのですよ。女だからと遠慮はされず、お運びからやらされました。一からです。樫村さんは、テーブルの拭き方をご存じですか？」

十和子が悪戯っぽく言った。

「テーブルですか。こう、さっとやればいいんじゃないですか」

私は、自分の手を目の前のテーブルの上で、左右に動かした。

「いえ、それも習いました。きちっとした方は、拭き方も違います。ダスターという布巾のような物があるのですが、それをきっちりと広げて、四角いテーブルの端から端まで一気に走らせます。拭き斑が出来ないように、こう、すーっと動かすのです」

十和子は、手を広げて実演して見せた。優雅な舞を見ているような手の動きだった。

十和子は、オーナーの命令で西麻布の店に派遣された。朝は、八時に東京事務所に行き、事務処理。十時に店に入り、ランチの準備。注文を取り、食事を運び、レジを担当し、午後三時にランチを終えると、再び事務所に戻り、事務処理を行い、夜の部のオープンのために五時前に店に入る。深夜二時まで営業し、店を閉め、掃除をし、また事務所に戻る。ほとんど寝る暇もなく働き、女性にもかかわらず事務所で寝ることもしばしばあった。銭湯で、さっと体を洗い、店に出たこともあった。体は疲れていたのだろうが、自分で望んで入った飲食業なので、楽しくて仕方がなかった。

「ありがとうございましたとお礼を申し上げると、美味しかったよと礼を言われて、その上、お金をいただけるのは飲食業くらいでしょう？」

「岡田さんのように、お運びですか、そういう下積みをやらねばならないのでしょうか」

私は、いきなりCFOで入社したことを後悔する気持ちになっていた。

「ええ、やっぱり料理を作る人、運ぶ人、マネージメントする人、それぞれの人の立場が分かれば、みんなで協力する店、すなわちそれが繁盛店なのですが、そういった店をつくるのに役立つと思います。私は、下積みの苦労が、今も役に立っています」

十和子が、まぶしく見えた。

「DFSの前オーナーは、出店を急いでいたようで、いろいろな店を作ったのですが、岡田さんは違いますね。あまり多くの店をやられていないですね」

「お店は、一年を通じて見ないとわかりません。生まれたての子どものように春は春の食材があり、客も他の季節とは違います。春夏秋冬の違いを見極め、子どもの成長を見るように、お店の成長を見極めてから、次の出店をするべきでしょうね。私は、すべて直営店にしていますから、出店には余計に慎重です」

店は、生まれたての子ども……。上手い表現だ。なるほどと納得する。

「私、コスト、かけないんです。この店は以前は別の店でしたが、経営がうまく行かなくなり、居抜きで借りたのです。設備にお金をかけないのが原則です。それにフード・レイバーコストは五十五％以下に抑えるようにしています。食材の仕入れ、フードが三十％なら、人件費は二十五％以下にコントロールします。そこから家賃などのコストを差し引いて、最低でも十％の利益は確保しようと思っています。よく飲食業は三十％の利益がないといけないと言いますが、それは理想であって、今はなかなかそこまで儲かりません」

この店に以前来た記憶は間違っていなかった。高級料亭風の店だったが、経営が行き詰まり、十和子に設備をそのまま渡し、経営を替わってもらったのだ。十和子の堅実な経営姿勢に、私は敬服した。

2

鍋の材料が運ばれてきた。大量の刻みネギと豚肉の薄切りだ。

「これが名物の黒豚のしゃぶしゃぶです。特製の蕎麦つゆでいただきます」

十和子は、昆布を敷いた鍋の水が沸騰すると、盛り上がるほどのネギを入れた。ネギが煮え、沈み気味になると、豚肉をしゃぶしゃぶの要領で茹(ゆ)で、ネギと一緒に蕎麦つゆに浸して食べる。

「美味いですね。新宿店でもいただきました」

「美味しいですか。よかった」

十和子は、弾けるような笑みになった。

「こういう食べ方があると新宿店で知りまして、とても驚きました。今回も同じように美味しい。何度食べても美味しい」

「実は、料理というのは、いろいろな繁盛店のものを参考にさせていただくのです。どれが一番美味しくて、コスト的にも見あって、お客様にとっても楽しいかということを考えます」

「失礼ですが、パクリってことですか」

「ちょっと意地悪な言い方ですね。でも、まあそういうことです。この食べ方も鹿児島にあるのです。これほどのネギは入れませんが。こういう鍋にしたのは、いろいろな材料を必要としないからです。多くの材料を必要とする料理をメインにしますと、材料に無駄がでます。これだと無駄がでません。その上、インパクトがありますから、お客様も楽しくなりますでしょう？　食材にはメインが必要なのだと思います」

確かにネギと豚肉だけと言っても過言ではない。

「フランチャイズにはしないのですね」

「いたしません」

「それはなぜですか?」

「フランチャイズにしますと、一気に店数を増やすことが出来ます。しかし、それぞれの店に個性がなくなると言いますか、店長の判断余地がなくなってきます。それでは働く人たちが面白くないでしょう? 私も楽しくありません。店は、働く人が、楽しく、創意工夫をしてくれないと繁盛しません。そうした店ごとの判断、すなわちグレーな部分が、経営には必要なのだと思います」

いちいち納得だ。十和子は、美しいだけでなく、経営者としても一流だという思いを強くした。

「それにフランチャイズを資金繰りに利用したくなるのです」

「それはどういうことですか?」

「私が修業したお店はフランチャイズ展開をしておりました。ある時、資金繰りが苦しくなり、その権利を売りました。しかし同時に、いろいろな裏約束をしたようなのです」

十和子は、深刻な表情になった。私は、顔を見るのを避けるためにも豚しゃぶを食べていた。

「とにかく資金が欲しいため、もし出店できなければ資金を返却する、あるいは経営が上手く行かなければ資金を返却するという約束をしたようなのです。契約書には書かれていませんが、それが慣行のようになり、最後はフランチャイズの権利を買った方から責められて、損害を賠償せざるを得なくなり、社長は経営を手放しました。それで私は、そこを辞め、独立したのです。ですから絶対に自分の実力以上の店舗を持たないようにすべて直営にしているのです。人生、なにが起きるかわかりませんからね」

「そういうことですか」

私は、柏木の話を思い出した。DFSの前オーナーの結城も資金繰りのために無理にフランチャイズの権利を売却していた可能性がある。私は、十和子の話に深く納得した。

「とにかくこのお仕事は、お客様目線を失ってはなりません。ここは銀座ですから客単価を五千円にしています。銀座で、五千円で、美味しく、楽しく飲めて、満足していただくことをいつも考えています」

十和子は自信をもった表情で、私を見つめた。その目は強く、私の心臓をぐっと摑んだ。体に震えが走った。恋をしたような気分で、酔いが回った。

私は、十和子から多くのことを学んだ。お客様の目線、余計なコストをかけないこと、従業員に対する理解を深めること、彼らが楽しく働く店が繁盛店になるなど。しかし、なによりも十和子と知り合いになれたことが大きい。私は、これからもアドバイスをお願いしたいと頭を下げ、美味しい豚しゃぶで腹を膨らませ、ビールや焼酎でほろ酔いになって、店を出た。

新橋駅に向かって歩いていると、前方からキャスター付きのバッグを引きながらうつむき気味に歩く、みすぼらしい老女がいた。石畳の道を転がるキャスターの音がやたらとうるさい。不愉快になり、顔をしかめた。せっかく気分よく酔っているのに、鞄を抱えて歩けと言いたくなった。老女は、そんな私の気持ちなどまったく気にせず、すれ違った。

と、思ったら、突然、老女が立ち止まった。

「お前さん、女難の相が出ておるよ」

老女が、私を見上げた。

「あっ、あんた?」

目の前にいるのは、新宿で占いをしていた老女だ。間違いない。

「気をつけなさいな」

老女は、それだけ言うと、再びキャスターの音をうるさく響かせて歩いて行った。

「女難の相ね……。相変わらず気分の悪いことを言う占い師だ」

私は、憮然として老女の後ろ姿を見送った。

3

「岸野部長」

私は、荒々しく聞こえるのではないかと自分で心配するほどの声で岸野を呼んだ。柏木が驚いた目で私を見た。私は、柏木に片目をつぶった。大丈夫だというサインだ。

私がＤＦＳに入社して一ヵ月が過ぎたが、一向に問題の核心がつかめない。隔靴掻痒の感がある。北京秋天のような高級店の採算が悪いことや、フランチャイズ展開を焦って、多くのブランドを作ったが、それがことごとく上手く行っていない。そうしたものが採算悪化を招き、決算の悪化につながっているらしいことは分かった。しかし、これらの問題に関して数字的な裏付けを調査し、社長の大友と一緒に経営改革に進まねばならない。このまま時間ばかりを空費するわけにいかない。

昨夜、私をＤＦＳに送り込んだ投資会社ＪＲＦの社長、山本から電話があった。彼は、「何か分かったか」と聞いてきた。以前と比べて、言葉づかいがすっかりぞんざいになった。「まだだ」と答えると、それに対しての意見を言わず、「会いたい」と言った。言葉の調子に、とげとげしさを感じた。私が、何の成果も報告しないことに気分を害しているのだろう。早急に、手をつけなければならない。

それに北京秋天以外に気になっていることも明らかにしたい。それは柏木や十和子も話していたが、フランチャイズ権利売却の問題だ。そこにこのＤＦＳの大きな問題が隠れている気がしてならない。

「はい」

沈んだ声で岸野が返事をした。彼の私に対する態度はサボタージュと言ってもいい。私が、結城前オーナーの経営失敗を追及するためにCFOになったと思っているからだ。

私は、そんなことよりこのDFSを一流の会社に蘇生させることが重要なのだ。それは従業員やその家族を守ることであり、同時に銀行を中途で辞めた私の名誉回復でもある。

「どうもあなたが提供してくれた北京秋天の数字は、現場の実態と随分かけ離れているような気がするのですが」

私は、柏木や北京秋天に勤務する美由紀などから、こっそりと聴取した月次の売り上げと利益を、岸野が提供してくれた資料とつき合わせてみた。すると、かなりの程度、乖離していることがわかった。

「おかしいですね。そんなことはあり得ません。私は、各店のコンピューターデータを集計していますから。支店が数字をごまかさない限り、間違いはありません」

岸野は眉根を寄せ、余計なことを聞くなというような顔をした。

「そんなことがあるから聞いているんですけどね」

「樫村CFOは、どの数字とつき合わされたのですか。誰から聞かれた数字ですか？」

岸野の目が疑い深そうに光った。

「うぅん、私はあちこちを歩いていますからね」

「現場でヒヤリングされた数字と私がまとめた数字のどちらを信用されるかはお任せします

が、現場は決算に責任を持っていませんから、なんとでも言うでしょう」

　ふてくされたような口調で岸野は答えた。

「資金繰りはどうですか。各店の数字が間違っていれば、資金繰りが悪化するはずですが」

とぼけているのだろうか。岸野は、表情に乏しい顔で私を見つめている。

「樫村CFOは、私が数字を改竄していると疑っておられるのですか」

　岸野の目が光った。

「そんなことまで言っていませんよ。説明を求めているだけです。北京秋天には客が入っていない。入居しているビルも入居者が少なくなっている。あのままじゃだめでしょう。早く手を打ちたいから岸野部長に協力をしてほしいのです。それに気になることがあります。これはぜひ岸野部長にお聞きしたい」

　私は厳しい口調で言った。

「なにが気になっておられるのですか？」

「言ってもいいですか？」

「どうぞ」

　岸野は、僅かに首を傾げて皮肉な笑みを浮かべた。どうせ大したことはないだろうと、顔が言っている。

「フランチャイズ権の売却に、前オーナーの結城さんは、なにか不都合なこと、いや決算に影響するような不正を行っていませんか？」

「今のは、ＣＦＯは責任を持って発言されていますか？」

「どういう意味ですか？」

「決算に対する不正と言われますと、うちは上場企業ですから手が後ろに回ることになります。そのことを考えてのご発言でしょうかと聞いているのです」

岸野は、怒っている。

「そのことは十分に考えています。私は、この会社の実態を知らねばなりません。何度も言いますが、そのためには岸野部長のご協力が必要なのです」

私も硬い表情になった。ここは一歩も引かないという覚悟だ。

「辞めさせていただきます」

岸野は言い放った。

「えっ」

私は耳を疑った。驚いた。そして本気で怒りが湧いてきた。

「辞めるというのですか」

「はい。私は誠心誠意、会社のために働いて来ました。疑われて仕事はできません」

「そうですか。では辞めてください。その代わり、私は外部の力を借りてでも私の疑問は追及しますから。その際にはあなたの仕事も徹底的に洗うことになるでしょう。それでもいいですね」

　私は、怒りを押し殺して言いきった。

「北京秋天は、結城前オーナーがもっとも作りたかった店です。あの店は順調です。それに不正などされていません」

　岸野の目が据わっている。

　私は、岸野の結城に対する忠誠心にある種の凄まじささえ覚えた。

「あなたの非協力な態度には呆れてものが言えません。私は、CFOです。その私が、財務部長であるあなたに協力を仰ぐというのは、生え抜き社員であるあなたに敬意を表しているからです。辞めたいなら、今月末には辞めてください。大友社長には申し上げておきます。引き継ぎはきちんとお願いします。私に引き継げばいいでしょう。いいですね」

「あの店は順調です」

「まだ、そんなことを言っているのですか。そんなことは私が調べます。あなたは、もういい」

　私は突き放した。

「北京秋天を閉めるのですか」

「閉めるかどうかは調査結果次第です。とにかく結城前オーナーやあなたに問題があれば、告発します」

私は、岸野にまったく同情を覚えなかった。いい加減にしろという気持ちだ。こんな非協力的な男に会社の財務を任せるわけにはいかない。

「告発だなんて、そんな……」

岸野は言葉を震わせた。

「あなたはまだ結城前オーナーに忠誠を誓っているようですが、もう彼はいないのです。私に協力するか、しないか決めてください。もし協力しないというなら、ご自分でおっしゃったのですから辞めて、どこへでも行ってください。以前、結城氏が、飲食業を再開しているとの話をされてましたから、ご一緒にやられればいいでしょう」

私は、攻撃を止めなかった。一気に岸野への不満が溢れてしまったのだ。

4

「何を大きな声で騒いでいるんだ」

振り向くと大友が立っていた。眉根を寄せ、不機嫌な顔だ。

「申し訳ありません」

私は言った。

岸野はふてくされたように、そっぽを向いている。

「どうしたんだね、岸野君、なにか問題が起きたのかね」

岸野の様子が気になったのか、大友が聞いた。

「首になりました」

岸野は、私を一瞥した。

「なんだって？　誰が君を首にしたんだ？」

大友が私を睨んだ。

「私です」

「君にいったいなんの権限があるんだ。君は人事担当ではない。財務担当だ。人事担当は私だよ。思いあがってもらっては困る」

大友は声を荒らげた。

「岸野部長は、私にまったく協力しません。これでは我が社の実態が把握できず、経営の改善が進みません。私はＪＲＦの山本社長に我が社の経営実態を早期に把握して経営を改善するように言われ、ＣＦＯとして赴任しました。その目的が果たせないのです。もうこれ以上は我慢できません。岸野部長に代わる財務部長を見つけてください」

「君は、何を言っているんだね。ＪＲＦだとかなんとか。そうなると私はリンケージ社から派遣された社長ということになるのかね。そんなことを意識したことはないよ。私は、我が社がよくなることだけを願っている。それにリンケージ社からは、そんなに問題があるとは聞いていない。確かに今は飲食業は厳しい時代だ。そのために銀行筋の信用も低下している。だから私が来たんだ。そのおかげで銀行はなんとか融資を繋いでくれているんだ。とにかく岸野君を辞めさせるなんてもっての外だ。他の生え抜き社員の動揺をきたしてしまう」

大友は、岸野を弁護した。錯覚かもしれないが、岸野がにやりとしたように見えた。

「では社長、岸野部長に、私に協力するように言ってください」

私の抗議に、大友は眉根を寄せ、「君、子どものようなことを言うね」と、口元を歪めて言った。私には笑っているように見えた。

「どういうことでしょうか？」

私は、完全に頭に血が上っていた。自分では分からないが、きっと目がつりあがっているのではないだろうか。

「どういうことも、こういうこともないだろう。岸野君は、君の部下だよ。その部下が言うことを聞かないのは、失礼を承知で言わせてもらえば、君の能力がないからだろう。私も君も、大手銀行の出身だ。この会社の社員にしてみれば、進駐軍のようなものだ。遠慮してこそ、彼らと歩調を合わせられるが、君のように事を急いては、上から目線が、ねたまれ、うらまれるだけじゃないのかね。私は、じっくりとやるつもりだが。私の言うことは間違っているかね」

大友は、落ち着いて話した。最初は激昂したところもあったが、社長らしい振舞いに戻ったのだ。岸野は、私を見つめている。

私は、ため息をついた。確かに言い過ぎた。言われてみれば、焦っている面がないでもない。しかしのんびりしていていいのか、急がないといけないのかの判断もできないことが、腹立たしい。それに山本から会いたいと言ってきたが、その際に、何も報告できないようではCFO失格だと言われかねない。そのことも、私の苛立ちの原因になっているのだろう。

「よく分かりました。私も言い過ぎました」

「そう、それはよかった。では上手くやってください」

大友は、大社長にでもなったように腹を突き出し、体を反らし気味に言った。

「私は……」

岸野が大友を見上げた。

「辞めては困ります。一緒にやりましょう」

大友は岸野の肩を軽く叩いた。岸野は、口元にうっすらと笑みを浮かべた。

「社長、お言葉を返すようですが、岸野部長とともに北京秋天など不採算店の調査およびフランチャイズの権利売却に関わる問題の調査をしたいのですが、正式に命じていただけないでしょうか？」

私は、下手に出た。

「いいでしょう。存分に調査をしてください。岸野君、わだかまりをさっぱりと捨てて、樫村さんに協力をしてください。いいですね」

　大友は、優しい声で言った。

　岸野が不満そうな表情を浮かべた。何も答えない。言いたいのだが、言葉が口の中でもぐもぐとうごめいている。

　大友が怪訝そうに首を傾げた。

「どうしましたか？　やらせていただきます」

「分かりました。私からのお願いですよ」

　岸野は暗い表情で言った。

「それでは出来るだけ早く調査を仕上げてください。私もだいぶ会社の様子が分かり始めてきましたので、経営の大方針を打ち出していきたいと思いますから。それじゃ、ちょっと菱光銀行の専務に会ってまいりますからね。おっとWBJ菱光ですね。まっこと、合併はややこしいですね」

　大友は機嫌よく笑い、出かけてしまった。

「ねえ、岸野部長、ちょっと気になることを思い出したのですが」

　私は、さりげなく言った。

「なんでしょうか？　CFOはいろいろと気になるのですね」

「皮肉はよしましょうよ。あなたに最初にお会いした時、私が『どうして結城さんと一緒に辞めなかったのですか?』とお聞きしましたよね」

「そんなこと聞かれましたか」

「その時、辞めるべきは別にいると、少し怒っておられたような記憶があるのですが……」

岸野の頬がぴくりと動いた。

「それが、どうかしましたか?」

「いえ、どうしてそんなことを言われたのかなと思っただけです。あなたじゃなくて、辞めるべきなのは誰かなと?」

私は、岸野の表情をじっと見ていた。岸野が無表情を無理に取りつくろっているように見えたのは気のせいだろうか。

「……私が言いたかったのは、結城にも経営不調の責任はありますが、もっと責任のある者がいるということです。単なる繰り言にすぎません。ご放念ください。ところで、社長命令ですから、どのように調査しますか?」

「申し訳ありませんが、とりあえず柏木君と一緒に調査します。資料を出していただいて、疑問点があればお聞きします。そういう形でどうでしょうか?」

私は出来るだけ穏やかに言ったが、岸野は厳しい目で私を見つめた。

「すっかり信用をなくしましたね。好きにおやりください」

「いえ、そうじゃないんです。あなたは、何かを守っているんじゃないかと思ったのです。

無理なさらない方がいいんじゃないですか」

岸野は、私をじっと見つめた。その目には先ほどのような厳しさは無かった。瞳の中に諦念が浮かんでいた。

「ＣＦＯは考え過ぎですよ。資料はすべてお出ししますから、存分にやってください。先ほどは、失礼しました。年甲斐もなく、逆らったりして申し訳ありません。なんだか感情が高ぶってしまいました……」

岸野は照れたような笑みを口の端に浮かべた。今まで見た岸野の顔の中で一番、良い顔だと思った。

5

「この契約書には、出店について責任をもつという文言が記載されているね。賠償責任割合もちゃんと書いてある。しかし、こちらには何も書いていない」

私は、作業室でフランチャイズの権利を売却する契約書の山を前にしていた。

「そうですね。どうしてなんでしょうかね」

柏木は、目をこすりながら答えた。大量の書類を点検して疲れたのだろう。

私は、まず二つのことを実行することにした。一つは直営店の経営実態を把握し、改善すべきは、改善すること。これにはお客様目線と社員が楽しく働かない店は繁盛店にならないという十和子の言葉を肝に銘じた。もう一つは、フランチャイズの権利売却に関わる問題点がないかということだ。これにも十和子の話が参考になった。資金繰りのために権利を売る行為に走ってしまうという言葉だ。このことは柏木も同じことを言っていた。

「このフランチャイズの権利を売却するのに主体的に関わったのは、リンケージ社なんだよね」

「本当に詳しいことは、岸野部長に聞いてもらう必要がありますが、売却代金の五十％は、手数料として取ったのですよ」

柏木は顔をしかめた。

「ひどいものだね」

私は呆れ気味に言った。

「だから売れ売れと売ったのでしょうね。前にも申しあげたことがあったと思うのですが、フランチャイズを展開しようとするには、最低一年、あるいは二年は様子を見なければならないのです。春夏秋冬で食材も客層も違いますからね」

柏木の言葉と十和子の言葉が重なった。

「柏木君の言ったことを聞いて、知り合いの飲食業経営者が、子どもの成長を見るようなものだと表現していたのを思い出したよ」

十和子は、子どもの成長を見るように、お店の成長を見極めてから、次の出店をするべきだと言っていた。

「いい表現ですね。我が社は、恥ずかしいですが、成長するかどうか分からないのに権利だけを売りまくったんでしょう。子どもを捨てた親のようなものです」

柏木は憤慨した。

「権利売却代金は、何に計上されているの？　売り上げだよね」

私は、ふいに頭にひらめくものがあった。

「ええ、売り上げに計上されています」

「我が社は、ジャスダックに上場している。決算が近づき、売り上げが未達成だと大きな問題になる。これらの権利を売却することで売り上げを作っていたんじゃないか」

私の言葉に柏木はすこし考えた素振りを見せたが、「そうかもしれません」と答えた。彼は財務部員だが、岸野から指示されるままに事務処理をしていただけで、経営の意図までは知り得る立場ではなかったのだ。

「麻薬みたいだな」

「そうですね。直営店などの売り上げが不振になると、権利を売却して売り上げを作るという行為は、ＣＦＯのおっしゃる通り麻薬ですね」

「なあ、その時、売り上げにはどのように計上すると思う？　財務は保守的でないといけないから、例えばこの契約書のように一億円で売却しても、もし上手く行かなかったら七十％を返却すると契約されていれば、三十％を計上するべきじゃないのか」

「保守的というなら、売却代金をすぐに売り上げに計上するのではなく、すべて順調に進行してから計上すべきですよね。十店舗の権利を売却したとしても、店舗がオープンする度に計上するのが、最も保守的です」

「君の言う通りだ。それらの操作に加えてリンケージ社への支払手数料も含んで計上していれば、これは完全に売り上げの水増しということになるんじゃないか」

私は興奮を覚えてきた。前オーナーの結城は、思った以上に売り上げが伸びないことに焦った。上場している場合は、決算の下方修正をしなくてはならない。しかし、そんなことをすれば信用をうしなってしまう。だから麻薬に手を染めた……。

「まさか契約書には書いていなくとも、権利売却代金を返還することになっているってことはないかな。返還義務の文言がある契約書と、ない契約書があるのは不自然だ」

私の言葉に柏木は深刻な顔をした。

「はっきりとはしませんが、業界の慣行として、権利を購入したものの出店が上手く行かなかったら、権利代金を返還することはあると思います」

「まさか売り上げを作るためだけに、買い戻し特約を内々で合意しているなんてことはないだろうね」

私は、営業部員と揉めていた人相の悪い男を思い出した。

「岸野部長を呼んでくれないか」

「はい」

柏木は作業室を飛び出した。

大変なことになると震えが来た。売り上げの水増し？　これが本当なら、その数字次第では上場廃止まで行くかもしれない大問題だ。私は、ＤＦＳの経営問題の核心に迫りつつあるという興奮より、多少の水増しがあるのは仕方がないが、なんとか処理できる程度であってほしいと願った。

岸野が、柏木に案内されて作業室に入って来た。

「私に聞きたいことがあるとか？」

岸野は、私の目の前に座った。

「ええ、重大なことです。フランチャイズの権利売却のことです」

私は、岸野の目を見つめた。

岸野は、なぜか薄く笑みを浮かべた。

「結城さんが、会社を去って、半年になります。そろそろ問題が噴き出る頃でしょうね」

「岸野部長は、私が話そうということがわかるのですか」

「ええ、わかりますとも。売り上げの水増しのことですよね」

岸野の隣に座った柏木が驚いた顔で私を見た。

「そうです。その通りです」

「水増しと言うかどうかは、解釈の違いです。決算は監査法人も了解していますからね」

「岸野部長は、一貫してごまかしなどはしていないとおっしゃって来られました。しかし、今、水増しと言われた。水増しって、ごまかしじゃないんですか」

「解釈の違いとも言える話です。ただもうそろそろ問題になるかもしれませんのでお話しします。私の後、リンケージ社の社長やフランチャイズの権利の売却をすすめた役員らをお呼びになるべきでしょう。私は言い逃れをするつもりはありませんが、悪いのは彼らです。結城オーナーじゃありません。ああ、もうオーナーじゃないですね」

岸野は、ふっと息を吐くと、肩の力を抜いた。

「話してください」

私は唇を引き締めた。どんな話になるかはわからないが、岸野が覚悟を決め、真実を話すのであれば、私はそれを受け止めるだけだ。岸野が、辞めるべき者、本当に責任ある者と言っていたのは、彼らのことなのだろうか。

6

岸野は話し始めた。

前オーナーの結城は、資金繰りや売り上げ不振に悩み、リンケージ社に相談した。彼らは、フランチャイズの権利を売ればいいとアドバイスした。そうすれば資金繰り、売り上げ不振の問題が同時に解決するので、全面的に協力すると結城を喜ばせた。結城から相談を受けた岸野は反対した。それは一時しのぎであり、原点に戻って直営店を繁盛店にするべきだと言った。しかし、結城は、そんな時間はないとリンケージ社のアドバイスに従うと言い、これは命令だと言った。

岸野は、契約書の山から、何枚か抜き出した。

「これなんか新潟屋を百店も作る権利です。新潟屋はもう四百店以上もあります。どんなに多く見積もっても五百店が限度です。それを新たに百店も作るんですよ。できるわけがない。これは権利売買を仮装した金融取引です。裏で一年後には買い戻すという契約になっているのです。こういうオーナーをリンケージ社はどんどん連れてきました」

私は、背筋に冷たいものが走る気がした。

「いったいどれくらいあるのですか?」

「この契約書をすべて洗わないとわかりません。契約相手のオーナーに会い、どういう条件で権利を購入したかを確認する必要があるでしょうね。まあ、リンケージ社に聞けば、だいたいはつかめるでしょうが、それよりも渋川さんなら詳しいでしょう」岸野は、常務執行役員の渋川栄一郎の名前をあげた。フランチャイズ権利販売の社内責任者だ。

「決算処理は不正ではないのですか」

私の声は少し震えていた。不正なら、ただちに情報公開し、決算修正をしなければならない。

「不正とは言えないでしょう。確かに保守的には権利を売却して、それをすぐに売り上げ計上するのはよくないと思いますが、無いわけではない。むしろ問題はこれからで引当不足を指摘されるかもしれません」

「どういうことですか？」

「例えばこの契約で、新潟屋を百店作る三億円の契約が、一年後に買い戻すことになっていれば三億円を返還しなくてはなりません。この他にも、予定通り出店が出来なかったら、いくらいくら返還するという表の契約、裏の契約があるはずです。それらに対する返還資金を準備すると同時に事前に引当金を積んでおく必要があるでしょう」

岸野は淡々と説明した。

「あなたが守ろうとしているものがわかって来ました」

私は、岸野を見つめた。

「そうですか？　私にも何か守るものがあるのですかね」

岸野は口元を歪めた。

「この問題が表面化した際、本件は結城さんには責任がない、あくまでリンケージ社と営業担当役員の責任だと言うためですね。結城さんを守るためにあなたは会社に残った……」

「そんな格好のいいものではありません。早晩、この問題は表面化する。私が黙っていようと、ＣＦＯが調べようと、そんなことは関係がない。権利を購入したオーナーたちが返還を迫って来ますからね。もうその兆候は少しずつ現れています。そうなったとき、私は自分は間違ってなかったと言い訳するため、そうですね、強いて言えば自分を守るためじゃないですか」

岸野は偽悪的な笑みを浮かべた。自分を守るためか、結城を守るためか、どちらとも言えるだろう。しかし私にとってはどっちだって構わない。問題は、私だ。この事実を知った以上、きっちりと調べて、十分な手段を講じなければ、責任を問われることになる。

「ねえ、岸野部長」

「なんでしょうか？」

「結城さんは羨ましい。あなたのような部下を持って。ひがみたくなるくらいです。それでお願いがあります。今度は私を守ってくれませんか。きちんとやらねば、私の方こそ決算をごまかすことになりかねない」

私は真剣に岸野に頼んだ。

「わかりました。私にも責任がありますから、やりましょう。CFOを運の悪い男にするわけにはいきませんからね。前任者がやった不始末のつけを、後任者が支払って、失敗するというのはよくあることですから」

私は、ドキリとした。岸野の言う通りだ。例えば金融界では経営再建に尽力した役員が逮捕されるケースがある。本当に悪い奴は逃げてしまい、その後始末に失敗したせいだ。ある銀行では、前任者が作成した不正な決算の内容を見抜けず、後任者が承認した。悪いのはだれが見ても前任者なのだが、後任者が責任を取らされた。承認したのが悪いというのだ。運が悪いでは片付けられないことだが、人生にはえてしてそういうことが起きるものだ。

「ところで大友社長は、こうした問題をご存じなのでしょうか?」

私は聞いた。

「ご存じないと思います。ご存じなら、私に調査協力をしろと命令されないでしょう。それに社長は、我が社にあまり関心がないようですから」

岸野は、ゆるりと笑った。

「そうでしょうね。そうすると事実を突き付けたら、驚かれるでしょうね」

私も微笑みを浮かべた。岸野となんとなく心が通じ合えた気がして嬉しくなった。DFS

に来て、あまり良いことはない。こうしたささやかな喜びを積み上げねば、やってられない。そんな気持ちだ。

「柏木君、渋川さんをここに呼んでくれ。一気にやってしまおう」

岸野が柏木に言った。声に張りがあった。柏木は、元気よく返事をすると、作業室を出て行った。

「どんな結果になるか予測はついているのですか?」

私は聞いた。

「さあ、どうでしょうか?」

岸野は答えた。

「ついているんでしょう? 五億円? 十億円?」

私は、権利売却に伴う賠償の引当金の額を見積もった。大きな金額を言いすぎたかと思った。これでも赤字決算になる。

岸野が、真面目な顔になった。私は身構えた。

「私の予測では、百億円以上はあるでしょう。それをどのように処理するかはCFOのご判断ですが」

岸野は言った。

絶句した。百億円以上? なんということだろうか。卒倒しそうになるのをようやく耐えた。

「ほ、本当ですか」

私は、情けないことに動揺を見せてしまった。あまりの巨額（キョガク）に、ダジャレを言っている場合じゃないが、驚愕（キョウガク）してしまった。

「まあ、調べてみましょう。すべては今日からです」

岸野は、たいしたことでもないかのように言った。

逃げ出したい。出来るものなら、時間を過去に戻して、楽しかった銀行員時代に帰りたい。私は、本気でそう思い、覚悟を決めた風の岸野をじっと見つめていた。

第五章　ねたみの社長就任

1

深刻な雰囲気だ。大友がこんな苦悶に満ちた顔をするのは社長に就任して以来、初めてではないだろうか。

私の右隣には岸野、左隣には渋川が座っている。渋川も岸野と同じように前社長の結城と一緒に働いていた古参だ。でっぷりとした体軀で、見かけは落ち着いて堂々としているような印象だが、話してみると、せこせことしたしゃべり方が、どうも鼻につく。私は、あまり好きなタイプじゃない。ひねくれて逆らっているが岸野の方が、まだ好ましい。

調査の過程で、岸野は時折、渋川を責めるような口調になった。その度に渋川は表情を歪めていた。おそらく、彼もリンケージ社に言われてやったことで、意に染まぬ仕事だったのかもしれない。しかし、最後には意を決して渋川が話してくれたお陰で実態を把握することが出来た。

フランチャイズのオーナーとの間には、出店が上手く行かなければ権利金を返却するだとか、そもそも金融のためだけに権利を売却しているとか、多くの問題点が出てきた。

そうやって調達した資金は、もうどこかに使ってしまっているから、ＤＦＳには残っていない。

もしオーナーたちが損害賠償や、権利金の返却を求めてきたら経営は成り立たなくなる。資金の手当てとともに、事前に損失の予測を立て、引き当てるなどの措置を取らねばならない。その状況を大友に説明したのだ。

大友の前には、どさりと書類が積まれている。フランチャイズ権利売買関係の契約書などだ。

大友は、それらの書類をしかめっ面をしながらパラパラとめくっている。見たくなかったという不快感がありありと浮かんでいる。

「それで、なんだね？　それ本当？」

大友は、私に視線をあわせない。

「本当です」

私は答えた。

「含み損というの？　簿外負債というの？　そんな言い方はどうでもいいけど、百三十億円もあるって言うのかい」

「はい。その通りです」

「私、聞いていないよ。そんなこと」

大友は、やっと顔を上げた。私を見る眼はうらめしさに満ちていた。

「今日初めて報告しました」

私は、感情をまじえずに言った。

「君は知っていたのかい？」

「いいえ、私も今回初めて知りました」

「うちの売り上げは？」

「約百四十五億円です」

「利益は？」

「経常利益で約六億円です。間違いないよね」

私は、岸野に問いかけた。岸野は、重々しく頷いた。

「総資産は？」

「約百六十億円です」

「純資産は？」

「三十一億円です」

まるで財務の口頭試問だ。

「で、どうするの？」

「社長にご判断をお任せしなくてはなりませんが、この百三十億円の実態をもう少し調査したうえで引当金を積んで、財務の健全化を図らねばならないと考えます。あくまで社長のご判断ですが」

私は、ぐいっと強い視線で大友を見つめた。

大友は、眉間に深い皺を寄せ、さらに恨めし気に私を見つめた。

「引き当ての原資はあるの？」

「資本金は約十四億円ですから足りません」

「で、どうするの？」

大友は、また問いかけて来る。

「どうするとおっしゃいますと？」

私は首を傾げた。大友も元銀行員ならやるべきことは分かっているはずなのに、同じ問いかけをしてくる。

「だから、どうすると聞いているんだ」

「このままにはできないと思います」

「でも引当原資がないんだろ？」

「ええ、大幅な債務超過になるしかないと思いますが……」

「そんな、債務超過だなんて。もし解消できなければ上場だって廃止になるじゃないか。私は、株だって持っているんだ」

大友が怒りだした。

「株なら、私も持っています。社長から、買えと言われましたので」

大友からCFO就任に当たって株を買えと命じられ、妻の明子に相談した。明子は、当初、渋っていたが、私の説得に応じた。大友には一千万円と言われたが、結局五百万円で株を買った。それでも大変な投資だ。上場廃止や債務超過、はたまた倒産などという事態になれば、私だって大きな損失を被ってしまう。怒りたいのは、こっちだ。

「ああ、そうだね。そんなことを言ったかね」

大友はとぼけた。

「おっしゃいました。お忘れですか」

私は、語気を強めた。

「で、どうするの？」

また同じ質問だ。うんざりしてしまう。

「増資を検討して、資本を増強したいと思います。その結果、一気に引き当てるかどうかを検討します。その前にこの数字を実際にフランチャイズのオーナーに当たって検証し、権利金の返還や損害賠償要求額の減額を交渉しなければならないと思います。当然、直営店の経営改善に全力を投入します」

私は、特に気負わずに言った。

みるみる大友の顔が変わった。なぜだか分からないが、腹の中に溜めていた怒りを一気に吐き出そうとしているようだ。

私にも、あるいは誰にでも意味なく周りに当たり散らしたくなることがあるだろうが、ちょうどそんな感じだ。

「聞いてないよ。増資？　オーナーに交渉？　やったのは結城だろう！　そんなことあいつにやらせればいいだろう。おい、渋川、お前はみんな知っていたのか。こんなめちゃくちゃだと知っていたのか？」

大友は摑みかからんばかりだ。

「ええ、あの、そのう、まあ、そうですね」

渋川は、ポケットからハンカチを取り出して、額の汗を拭った。横から見ていると、耳の後ろからもツーッと汗の粒が落ちた。

「なにをぐずぐず言っている！」

「いえ、そのぉ、オーナーが怒って来ていまして、私の方で宥めていますが、元はと言えばリンケージ社が音頭を取ったといいますか、結城前社長がそれに乗ったといいますか、私が責められましても、知っていたのかと言われましても……」

　また耳の後ろに汗が流れた。

「リンケージ社だと」

　大友のこめかみが破裂するのではと思うほど、膨らんだ。

　私は余計な口をはさまないようにした。

「ええ、まあ、そうです」

　渋川は、汗を拭って、大友をちらりと見た。

「私に社長を依頼した際、そんなことは一言も話していなかったぞ。詐欺だ。契約違反だ。この野郎」

　大友が手を上げた。

「ちょっ、ちょっとすみません」

　渋川は頭を抱えた。

「社長、これはまだ確定した数字ではありません。オーナーとの交渉で金額が少なくなるかもしれません」

　岸野が言った。

「少なくなる？　とにかく私は聞いていないんだ。みんなで私をはめたのか？」

　大友は、私を睨みつけた。

「はめただなんて。社長、冷静になってください」

私は言った。

「こんな書類は知らん！」

大友は、眼の前に積んだ書類を手で大きく払うようにしてどけた。目の前から、書類を消してしまえば問題も消えてしまうと思っているかのようだ。

世の中、そうは上手く行かない。

私は、両手を伸ばして、書類を再び大友の前に戻した。

「社長、お願いします。やるべきことがあります」

私は言った。

「やるべきこと？　そんなもの知らん。とにかく聞いていない。結城だ、結城にやらせろ。あいつはどこにいるんだ。おい、岸野、知っているんだろう」

大友は岸野に向かって声を荒らげた。

「存じ上げません」

岸野は、大友を見つめた。

「どいつもこいつも俺をめちゃくちゃにしやがる。俺は、座ってくれさえすればいいからと言われてここに来たんだ。それがなんだ？　再建だ、引き当てを積めだ、そんなことをやりに来たんじゃない」

大友は、テーブルを両手で叩いた。大きな音がした。

ゴルフに友人との楽しい語らい、それに加えて社長の肩書。そんな安逸なものが、銀行を辞めた後、ぶら下がっていたのがかつての銀行員だ。大友が求めていたのは、そんなものだったのだ。私だって銀行員だ。同じものを求めないってことはない。しかし、物事には成り行きもあれば、けじめもあるだろう。今、この場にいて現実を眼の前に突きつけられれば、普通の人間なら、一緒に頭を抱えるはずだ。一緒に悩むはずだ。私は、目の前にいる大友が、同じ銀行員、それもＷＢＪ菱光銀行という同じ冠を掲げる銀行にいただけに、たまらないほど恥ずかしくなった。

バンッ。

私は、思いっきり、テーブルを叩いてしまった。

2

「樫村さん、アホちゃうか！」

ＪＲＦ社長の山本は関西の出身だったのか。初めて知った。急に関西弁になったからだ。

「なにがアホですか」

私は言った。

「私もあの会社には、少しくらい含み損があるとは思っていましたよ。しかし、ですよ、百三十億円なんて、そんなの、はい、そうですかと信じられますか」

「しかし、検証は要しますが、事実です。だから相談しています。引当金を思い切って積んで、膿を出し尽くし……」

「だからアホ言うなと言うんじゃ！」

バンッ。

山本は机を叩いた。私をDFSのCFOにと口説いた時とは様変わりだ。私は、まるで山本の部下のような扱いになってしまった。

それにしても今日は、よく机を叩かれたり、叩いたりする日だ。

午前中は、大友が叩き、私も叩いた。その後がいけなかった。大友は憤然と席を立ち、「辞める」と言いだした。社長の座を降りると言うのだ。大友を送り込んだリンケージ社に行ってくると出て行ってしまった。

取り残された形になった私と岸野と渋川は顔を見合わせて、唖然とした。渋川は、あまりの事態に黙っていられないのか、「どうしよう、どうしよう」とおろおろしていた。岸野は、こういう結果を予想していたかのように、見かけは泰然としていた。私は、「冷静になれば、社長は思い直してくれるよ。社長なしじゃ会社はやっていけないんだからね」と二人を慰めていたが、大友の行動が読めていたわけではない。この先、どうなるのか、急に暗澹たる気持ちになった。

「何を笑っているんだ」

山本が険しい顔で言った。

「笑っていませんよ」

私は否定した。

「いや、今笑っていた。君は、こんな事態を笑っていられる男なのか。こっちは大枚を投資しているんだぞ」

「とにかく笑ったように見えたのなら謝ります。しかし、この事態をなんとかしなくてはなりません」

笑ったのだろうか。そんなことはない。机が何度も叩かれるのを見ていると、どうしてそんな場面に自分がいるのか、哀しくなったのが、笑いに見えたのだろうか。哀しみと微笑みの表情は紙一重(ひとえ)の差しかない。

「ごまかせよ」

山本の眼がぬめった。

「えっ、なんですって?」

驚いて聞き直した。

「だからごまかせないのかと言っているんだよ。含み損だろう? そんなの君の銀行時代だって正直に表に出してはいなかっただろう。適当に決算に合わせて、調整していただろう。同じことをやれよ。君をＤＦＳに送り込んだ意味がないじゃないか」

山本が薄く笑った。

「出来ないでしょう、そんなこと。上場企業ですよ。ガバナンス上も無理です」

「そんな当たり前の答えを言うな。正直にやることなんて子どもでも出来るさ。私は、大幅な欠損を出して、株価が下がるのが嫌なんだ。ところで大友はなんて言っている」

山本の薄笑いが止まらない。ごまかすというアイデアに満足しているのだ。多くの経営者を見てきたが、たいてい眼の前の安易な解決策が見つかる、いや、思いつくと嬉しそうな顔になる。山本も同じだ。

「辞めると言っています。こんなことは聞いていないと、怒りだして取りつく島がありません」

「本当か？　辞めると言っているのか」

山本が腰を浮かした。

「ええ、慰留しないといけないと思っていますが」

私は困惑した表情を浮かべた。

「辞めてもらいなさいよ」

「本気ですか？」

「本気さ。あんな無能な奴、辞めてもらえばいいんだよ」

「誰が社長をやるんですか」

私は聞いた。背中が緊張した。良からぬことを考えているのか、山本は口角を引き上げた。

「君、君さ」

「私が、ですか。社長ですか？」

「そうだよ。そうしたら応援する。君の言う通りにするわけには行かないが、ごまかせなんてことは言わない。お互いにいい方法を考えようじゃないか」

山本は満足そうな顔になった。

反対に、私は難しい顔になった。頬の辺りが自然とひきつるのがわかる。

社長とナンバー2とは、まったく違う。ゴルフで言えば、フロントから打つのと、バックから打つのとが違うようなものだ。見える景色だって、まったく違う。最も違うのは責任だ。

経営が順調なら、社長は楽だ。バックから打っても、楽々、パーで上がれるだろう。しかし、経営が不調だと、そうはいかない。OBでも打とうものなら、二打罰以上の罰を受けるだろう。ぼろぼろになってしまうかもしれない。

「引き受けろよ。頼むよ」

考えてみれば、山本にこんなにぞんざいな口をきかれる筋合いはない。彼が、私にＤＦＳを調査してくれと頼んできたのだ。私は、忠実にそれを果たしているだけだ。こんな態度で迫られるなら、失礼すると席を立てば、それでおしまいだ。しかし、私はそれが出来ない。人がいいと自分で自分を納得させるしかないのだが、岸野や柏木や美由紀、佳奈などの顔を思い浮かべると、ＤＦＳを放りだすことは出来ない。

「本気でおっしゃっていますか」

「本気さ。大友が辞めるなら好都合だ。これでＤＦＳは私のものだ。君が後は上手くやってくれれば、煮ようが、焼こうが、どうにでも出来る」

「ＤＦＳを再建します。応援してくださいますね」

私は真剣に言った。

「もちろんだ。君が社長になれば、私の可能な限りの支援はする。増資についても検討しようじゃないか。今まで大友やリンケージ社にいいようにされていたが、君と私でちょっと化粧直ししようじゃないか」

山本はすっかり機嫌を直した。

「私は、ＤＦＳは膿を出せば、いい会社になると思います」

私は口調を強めた。

「そうだろう。そう思う。だから投資しているんだ。しかし、あまり正直すぎて、株価が大きく下がるのだけは勘弁してくれないか。頼むよ」

「考えてみます」

「社長就任を受けてくれるのか」

「それを考えてみます。妻にも相談させてください」

私は頭を下げた。

厳しい経営の現実を知りながらも、社長をやってみたいという気持ちが沸々と湧いてきた。それを不思議な思いで感じ取っていた。

3

雑木林の中には、楢、橡、欅などの広葉樹が茂っている。足元は落ち葉が積もった絨毯だ。私が踏み出す足を柔らかく受け止めてくれる。聞こえるのは時折、流れるように吹く風が葉を揺らす音だけだ。

私は、早朝の井の頭公園を走っている。井の頭公園は、東京の武蔵野市と三鷹市にまたがっており、神田川の源流になる。公園の中心にある井の頭池の奥に湧水の井戸がある。徳川家康が、この湧水を汲んでお茶をたしなんだところから、お茶の水と言われるようになったと由来が掲示されている。

池の周囲は数百本の桜で埋め尽くされている。枝が池にかぶさるように垂れ下がり、満開の時期には、こぼれんばかりに咲く桜と、池に映った桜とが一体になり、青い空まで桜色に染まってしまう。

池の周囲は約一・六キロ。一マイルある。早朝にもかかわらず何人かのランナーが走っている。私も池の周りを何周か走った後、池から離れ、御殿山に向かう。そこには武蔵野の自然がそのまま残っているような雑木林がある。

空に向かって木々は、広く枝を張り、そこから太い幹が地面に向かい、その先にはむきだしの根がしっかりと土を摑んでいる。

木々は、何百年も生きている。風が吹けば、飛ばされないように根を土中に深く挿し入れ、陽が照りつけ、水が涸れれば根を広く伸ばし、水を探す。雪が降れば、枝をしなやかにたわませ、振り落とす。雨が降れば、葉の汚れをきれいに落とし、雨上がりのきらやかな輝きに備える。

こうやって木々はその場所を動かず、生きてきた。動かないからといって変化していないわけではない。見る人には、昨日と変わらない姿だけれども木々の中身は絶えず変化している。ある禅宗の僧侶は、「相変わらず」というのは死んだ状態ではなく、絶えず新陳代謝しているから、絶えず変化しているから「相変わらず」でいられるのだと人生の不思議を説いてくれた。

木々を眺めながら、走っていると自分も木々になりたいと思う時がある。木々のように、何事にも動ぜずその場にしっかりと根を張りたいのだ。筋肉のように盛り上がった逞しい根を触ると、羨ましいと心底思う。

一昨日、大友が正式に辞意を表明した。数日前、フランチャイズ権利の売却に関して百三十億円もの含み損がある可能性について報告をした。彼は、取り乱し、辞めると言い放ち、どこかへ消えてしまった。

再び、私たちの前に姿を現した大友は、すっきりとした顔をしていた。風呂にでも入ったのかと思うほど、肌にも艶があった。

彼は役員を集めて、「社長を辞任します」と語った。私は驚かなかった。当然に予想されたことだったからだ。彼が辞任の意向を翻すことなどないと思っていた。

いつもそうやって危険を上手く避けて生きてきたのだろう。大手銀行では、実績がまったくないにもかかわらず出世し、役員にまで上り詰めて行く人間がいる。彼らは、銀行から斡旋された企業で、しかるべき地位に就く。週末や休日には、銀行OBたちとのゴルフに興じ、平日はただ雑誌に目を通すだけだ。それである期間が過ぎると、また別の企業に転じて行く。後輩が自分の後任に来たからだ。世間では、官僚の天下りを非難するが、銀行も同じだ。そんな銀行員たちを見ていると、「徳」があるのではないかとふと思う時がある。大過なく過ごすことにサラリーマン人生を賭ける、そんな生き方を全うできる人間には、自分にない「徳」が備わっているに違いない。

大友のすっきりした顔を見ていると、この男には自分にはない「徳」があるのだろうと、少し羨ましくなった。

役員たちは、どよめいた。社長の突然の辞任表明だ。動揺するのは当然のことだ。

「次の社長には、樫村さんに就任してもらいたい」

大友は、私を見つめた。

他の役員たちに、ほっとした空気が漂った。出来レースだったのかという安心感だ。大友は体調不良などの理由で退任し、より若い私に交代するというストーリーだ。事情を詳しく知っているのは、私と岸野と渋川だけだ。私は、岸野と渋川を見た。岸野はいつものように口を閉ざし、大友を見つめていた。渋川は、こそこそと隣の役員と話をしている。内容は聞こえないが、どうせわざとらしく大変、大変と言っているのだろう。

「ちょっと待ってください」

私は、大友に言った。大友の顔に緊張が浮かんだ。

「社長を受けるかどうかは考えさせてください」

「えっ、君はやりたいんじゃないのか」

大友が驚いた。

周囲の役員も驚いている。出来レースだと思っていたのに、なんだか様子がおかしい。

「社長は重責です。突然、ご指名を受け、分かりましたとは申し上げられません。大友社長ほどの実力も備わっておりませんから」

「社長は確かに重責です。しかし、会社は社長を空席にするわけにはいかない。社長のいない会社は船頭のいない船のようなものだからね。君は、メインのＷＢＪ菱光銀行出身だし、私は、君が引き受けてくれる前提で話を進めてしまった。銀行にもリンケージ社にも了解を取ったよ。今さら、受けられないというのは困るね」

大友は顔をしかめた。

何が困るというのだ？　自分が経営者としての責任を放棄したことが原因ではないのか。

「樫村ＣＦＯ、ぜひ、ぜひ、社長をお受けください。お願いします」

渋川が立ち上がって私に向かって、テーブルに両手をつき、頭を下げた。

他の役員は顔を見合わせ、困惑の表情を浮かべている。どういう態度を取っていいのか、測りかねているようだ。

「私もお願いします。大友社長が辞任された以上、樫村ＣＦＯに後任をお引き受け頂かねば、この会社は漂流してしまいます」

岸野が私をじっと見つめた。

岸野が、そんなことを言うとは思わなかった。意外だった。最近こそ私に協力をし始めたが、まだまだ反発をしている。彼にしてみれば、私の最近の態度から、ようやくＤＦＳを改革できるかもしれないと考えたのだろうか。

岸野に誘われたように他の役員たちも私に頭を下げた。

「樫村さん、これだけ皆さんがお願いしているんだ。社長、引き受けなさいよ」

大友は、自分が引き起こした事態なのにまるで任期を満了して社長を禅譲するかのような態度だ。

「ありがたく、かつ身に余る光栄です。前向きに検討させていただきます。ご返事は、数日、お待ちください」

私は、立ち上がり、大友や役員たちに一礼をした。

「出来るだけ早く頼んだよ」

大友が苛ついた口調で言った。急いでかけ込んだ蕎麦屋で、かけ蕎麦を注文するような気持ちでいるのではないだろうか。

昨夜、妻の明子に社長就任の件を話した。深刻そうに相談するというより話しただけだ。

「やりたいんでしょう？」

明子は私をまっすぐに見つめた。

「やりたいってわけじゃないよ。大友があまりにもいい加減だからさ。従業員のことを考えれば、受けざるをえないかなと思っているんだけどね」

私は戸惑いつつ言った。

「あなたともう何年、暮らしていると思うのよ。顔に書いてあるわ」

「そうかな。そんなにやりたがっているかな」

私は頰を撫でた。

「ところで、上手く行くの？」

「わからない」

「大丈夫？」

「わからないな」

「私に迷惑はかからない？」

「かからないようにする」

「好きにして。銀行を辞めてからは、私にもあなたの先が見えないもの。勤めている間は、先が見えたのに」

「それが嫌だったんだ」

「でも普通の人は、先が見えると安心するんじゃない。道なき道を行くよりはね」

「そうかもしれない。僕は変わっているのかな」

「さあ、どうかな。でも仕方がないわね。道はあなたが作っていくのね」

明子は、あまり驚きもしなかった。女というものは、いざとなると自分の運命を甘受するものなのか、男のようにじたばたしない。だからと言って自分についてきてくれると全幅の信頼を置いた途端にしっぺ返しを食らうことがあるから気をつけねばならない。

今日、取締役会がある。そこで私はＤＦＳの社長に就任するつもりだ。すぐに改革に取り組まねばならない。

そろそろ自宅に向かって走ることにしよう。シャワーを浴び、すっきりして出社しよう。

私は、ランニングのスピードを上げた。

4

新宿駅西口地下街の雑踏をＤＦＳの本社に向かって歩く。自然と速くなる。社長就任という事態が、私を緊張させ、速足にしている。

「ちょっと、そこの人」

私を呼ぶ声がする。声を聞いた瞬間にすぐ誰か分かった。

「どうも」

私は声がする方向に振り向いた。しかし、誰もいない。おかしいと思って、立ち止まって周囲を見渡した。人の流れを遮ったために、通勤の人たちから冷たい視線を浴びてしまった。

「確かに聞こえたのに」

あの占い師の老女の声だ。私に人生、七味とうがらしという謎めいた言葉を投げかけた人物だ。

「空耳が聞こえるようじゃ、俺も終わりかな」

私は、歩き始めた。

「運命じゃなぁ。避けようがない。赤い、赤い、辛い、辛い七味とうがらしを浴びるんじゃな」

私は、急に止まった。後ろの男がぶつかった。

「なんだよ。びっくりするじゃないか」

男が怒った。

「すみません」

私は謝った。

どこにいるんだろう、あの老女は？　空耳ではない。この雑踏のどこかにいるはずだ。

私は、人の流れをかきわけた。まるで人の海を泳いでいるようだ。老女はどこだ？　今回の就任を受諾していいのだろうか。警告しているのか。運命、避けようがない。それは受けざるを得ないということか。

老女はいない。地下街にホームレス除けのモニュメントが作られてから、この地下街にホームレスはいなくなった。勿論、こんなところで占いの露店を出している人もいない。

幻聴か？

私の心は、思った以上に緊張しているのだろう。だから普段は潜在意識に眠っている聞こえない声が聞こえてしまったのだろうか。

いや、いる。あの老女の存在感が、ひしひしと伝わってくる。どこかに絶対にいるはずだ。

あの時、彼女は、また会うことがあると意味深なことを言っていた。一度、すれ違ったことがある。今、私は重要な岐路に立っている。今こそ、彼女に占ってもらうことが重要ではないのか。必死の思いで周囲を探したが、老女の姿は見えなかった。

やはり、極度の緊張が生み出した空耳だったのだろうか。それにしてははっきりと聞こえた。

運命じゃなぁ。避けようがない。赤い、赤い、辛い、辛い七味とうがらしを浴びるんじゃな。

社長に就任することが、七味とうがらしを浴びることになるのだろうか。人生を味わい深くするなどという悠長なことを言っている場合ではない。

社長になるのを止めようかな。私は、ＤＦＳの本社が入ったビルを眺めた。弱気の虫が、口から飛び出してきた。

5

「それでは新社長、ご挨拶をお願いします」

議長を務めている大友が、私に挨拶をするように促した。

体調が良くないという理由で社長を退任する割には、憑きものが落ちたようにさっぱりとした顔をしている。事情を知らないものが見たら、どこが悪いのかと訝しむだろう。

結局、断り切れなかった。社長就任を土壇場で迷ったのだが、逃げ切れなかった。不味いことになるという思いと、やってみたいという思いが喧嘩して、後者が勝ったというわけだ。

「このたび、大友社長が急遽退任されるという事態を受け、不肖、私が社長ということになりました。我が社の状況は、非常に厳しいものがあります。私は、微力ながら業績好転に努力いたします。皆様のご協力をよろしくお願いします」

私が頭を下げると、パラパラと拍手が起きた。

あまり勢いがない。ここに居並ぶ役員たちのやる気の無さを示すかのようだ。私が見る限り、彼らには私ほどの危機感はない。なぜなら百三十億円もの含み損のことを知らないからだ。これを片付け、経営を軌道に乗せるには、相当の荒療治が必要だ。

密かに決意していることがある。それはやる気の無い役員やこの含み損を作った責任のある役員を退任させ、若い社員を登用して、DFSを改革しようということだ。

「それでは私は、これで失礼しますよ」

大友は、さっさと退席しようとしている。

「えっ、あのう、記者発表とかはいかがされますか？」

私は立ち上がり、彼を引きとめようとした。

ジャスダックへの報告や食品や証券関係の記者にも対応しなくてはならない。

「君が適当にやっておいてください。お任せするから」

大友は、じゃあねと気楽な調子で会議室を出て行ってしまった。

なんていい加減なのだろうと思っていると、岸野が近づいてきた。岸野は役員ではないが、財務を担当しており、取締役会に常時出席していた。

「よろしく頼みます」

私の方から先に頭を下げた。

「もうあの人、株を売っちゃいましたよ」

岸野は無表情に言った。

「本当？」

私は驚いた。

「ええ、本当です。辞めるって言った時に売却の手続きをしていますよ。大した人です。恥を知らないという意味ですけどね」

岸野がちらりと私を一瞥した。その目は、所詮、銀行員なんてそんなものだ、会社を愛してはいないんだから、と私と大友を同列に見て、責めているかのように感じた。

「頑張りますよ」

私は、無理に笑みを作った。

「私も新社長に協力しないといけませんね。たくさんの人間の人生がかかっていますから」

岸野が真剣な顔になった。彼が協力的になってくれたのは、嬉しく、かつ心強い。私が大友と違い、逃げ出さなかったことを評価してくれたのだろうか。

私は、彼の手を握った。

「社長就任のマスコミリリースやジャスダックへの報告は、総務の久原がやってくれます。ご安心ください。まずは役員たちに何をやるべきか、明確な方針を指示してください」

岸野は私の手を握り返した。その力は強い。

落ち着いて周りを見渡した。そこには五人の役員が私を見つめていた。私は、静かに息を吐いた。

「では皆さん、新社長として方針を申し上げます」

私は着席した。

私のすぐ近くには岸野が座っている。渋川は、どういうわけか一番遠くにいる。北海道エリア担当役員、東京エリア担当役員、食材の集中仕入れ、店舗開発、加盟店指導などの担当役員、人事総務担当役員、そして加盟店募集、すなわちフランチャイズ権利売却担当役員の渋川だ。

「このDFSは、多種多様な食文化を提供し、消費者に喜びを与え続けてきました。しかし、長く続く不況のために業績が悪化しております。まずこの状況を直視しましょう。まだ調査段階で、この数字が独り歩きをしますと、株主様などが動揺されますので、絶対に他言無用でお願いします」

私は厳しい目で役員を見つめた。実情を知っている渋川は目を伏せた。

「資金繰りや売り上げを水増しするためだと思われますが、フランチャイズ権利をむやみに売却し、オーナーから契約不履行で訴えられれば百数十億円の損失を被ることになります」

私は、ゆっくりと言葉を嚙みしめるように言った。こんなことが外に出れば、株価が暴落するだろう。しかし言わざるを得ない。

言葉を切った時、役員の間にどよめきが上がった。

「私は、まずオーナーさん方にお会いし、なんとかこのご理解をいただけるようにいたします。次に支援企業を探したいと思います。そしてなによりも皆様にお願いしたいのは、直営店を中心とした店舗の建て直しです。ぜひ、全力を尽くしていただきたい。明けない夜はないと申します。皆さんが、力を合わせれば、必ずやこの苦境を乗り切ることができると確信しています。皆さん、一緒にやりましょう」

私は、テーブルに両手をついて頭を深く下げた。額がテーブルにつき、ひやりとした。

会ったことはないが、結城がこの姿を見たらどう思うだろうか。彼は、まるで最後の悪あがきのように負債を残して去って行った。目の前にいる部下たちは、役員とはいえ事態の深刻さを詳しく説明されず、ただ言われるままに動いていたのだろう。彼らは役員であり、経営悪化の責任はあるが、これからの働き次第だ。

うん？　拍手が聞こえる。先ほどの拍手よりももっと大きい。力が籠っている。私は、ゆっくりと顔を上げた。

役員の視線が、一斉に私に注がれていた。拍手が強くなっていく。

「一つ提案があります。ここにいらっしゃる岸野聡財務部長に執行役員になっていただきたいのですが、如何でしょうか。再建のためには岸野さんの力がぜひとも必要です。皆さん、如何でしょうか？」

岸野を見た。思いがけない提案に複雑な表情を浮かべている。

拍手が、さらに強くなった。

「ありがとうございます。それでは岸野さん、執行役員として今まで以上に力を発揮してください」

私は、笑みを浮かべた。

「頑張らせていただきます」

岸野は言った。

私は、彼の声を聞いた時、この会社の再建は上手く行くのではないかと期待を抱いた。

6

目の前の男は、営業部員が宥めていたのを覚えている。ヤクザかどうかは分からないが、ピンクがかったストライプが織り込まれたダブルのスーツに、腕には金色に輝くロレックスと健康磁気ブレスレット。相撲でもやっていたのかと思うような筋肉が盛り上がった体格と、脂ぎった赤ら顔にちょび髭。典型的な脅しのタイプだ。

私は、こういうタイプには強い。銀行にはよくやって来るからだ。本当に怖いのは、真面目で、思いつめるタイプだ。融資などで揉めると、本気でナイフで刺そうとする。

「あんたが新社長か？　龍門興業の代表の龍ヶ崎ちゅうもんや」

男は名乗ると、名刺を出した。名刺は和紙製で、ケースに入らない大判という形だ。有限会社龍門興業代表龍ヶ崎司郎という名前が黒々と墨文字で書いてある。

「初めてお目にかかります。私は樫村徹夫と申します」

私も名刺を差し出した。

私は、渋川と一緒に池袋のサンシャイン通りに面した雑居ビルにある龍門興業の事務所に来ていた。ガラス窓には「いつでもにこにこ即決ローン、キラキラローン」というポスターが貼ってある。金融業を営んでいるようだ。

「はよう、話しあいをしたいと思うとったけど、なかなか責任者をだしてこんのや」

龍門興業は豊島区エリアで、焼きとりのとり五郎のフランチャイズ権利を五億円で購入していた。

私の隣に座っている渋川は、いつもは饒舌なのに口を閉ざしたままだ。

「なあ、渋川さん、あんたもよう知ってはるやないか。金が欲しいと結城さんと一緒に来て、頭、下げはったやないか」

私は、テーブルに契約書を広げた。

「これで金を借りたというわけですね」

「そうや。五億円を利率十五%で貸したんや。期限は六か月。もうとっくに過ぎとる。耳を揃えて返してもらおうか」

龍ヶ崎は、テーブルをドンと叩いた。

「これはとり五郎を営業したいという資金ではないのですね」

私は渋川に聞いた。

「ええ……」

渋川は、眉根を寄せ、何も聞かないでほしいという情けない顔をした。

「私どもは、フランチャイズの経営に全力を尽くしております。よろしければ、この五億円をいくらか減額していただければ、とり五郎の経営ノウハウを提供させていただきます」

「わしに焼きとり屋をやれ、言うんか」

龍ヶ崎は笑った。

「そうです。ご検討いただけませんか。今、当社は再建に向けて努力しております。必ず金利以上のご収入が得られるものと確信しております」

「焼きとり屋で十五％以上の利益が上げられるから、元金を値切ろうちゅうんか？　ええ根性、しとるやんけ」

ちょび髭をつき出した。

「その通りです。その方がお互いに助かります」

「アホ、言うな」

龍ヶ崎は、両手でテーブルを叩いた。大きな音がし、茶碗がぐらぐらと動いた。私は、慌てて茶碗を押さえた。

「なあ、渋川さん、そんなに渋い顔をしいなや。耳を揃えて返すと言うたやないか。言うたやろ！」

「は、はい！」

渋川は、驚いて目を見張った。

「な、社長はん、聞いたやろ。わしらは焼きとり屋やないねん。金貸しやねん。金貸しは金利を取って、元金を返してもろて、なんぼやねん」

「よく承知しております。私も以前は銀行に勤務しておりましたので、おっしゃることはいちいちごもっともです。そこで相談させていただいておるのです」

私は、冷静に言った。

「なんや、あんた銀行屋さんかいな。ほな、話が早いわ。金、返してんか」

龍ヶ崎は、両手を差し出した。

「今、いろいろなオーナーさんとお会いして、実情をお伺いして、対応を検討……」

バン！

龍ヶ崎が再びテーブルを叩いた。

「検討やない。返せちゅうんや。馬鹿にすな！」

「ぜひ当方の実情をご理解ください」

私は頭を下げた。渋川も頭を下げた。

「あかん、あかん、話にならんわ！」

龍ヶ崎は大声を上げた。

今日は、長引くぞ。何時になってもなんとかするぞ。私は、頭を下げながら腹を固めた。

7

龍門興業をようやく解放されたのは、午後六時を回っていた。午後の一時に事務所に入ったから、五時間も話していたことになる。

龍ヶ崎は、この五億円は金融取引だと主張した。彼の言うことは正しいだろう。金が欲しかった結城は、簡単に言えば、フランチャイズの権利を担保に差し出して融資を受けたのだ。私は、金が返せないのでフランチャイズの権利を渡すから、五億円を返却するところを三億円にしてくれと頼んだのだ。

粘りに粘ったが、結論は出なかった。しかし、龍ヶ崎も最後には疲れ切ったのか「お前、しぶといな」と呆れたような、感心したような顔で言い、「今日は、これくらいで勘弁しろや」と話を打ち切った。

「もし話を受けていただければ、私どもがとり五郎の経営を請け負って利益をお渡しする方法もあります」

帰り際に私は提案した。とにかく五億円という返済額がいくらかでも少なくなれば、それだけ引当金を少なくすることが出来、かつ現金の流出も防ぐことが出来る。大口のオーナーを中心に、こうやって一軒、一軒、訪ね歩き、説得するしか方法はない。出来るだけ早く引当金の数字を確定しなくてはならない。

龍ヶ崎は、「ああ、考えとく」と言って私たちを追い出した。

「社長、すみません」

渋川は、サンシャイン通りの人込みの中を歩きながら言った。

「どうしたんだ?」

「安易に金を作る道具にフランチャイズ権利を使ったことを許してください」

「仕方がないよ。みんな必死だったんだろう?」

「ええ、まあ、そうですが。社長は、怒らないんですか。こんな事態の原因を作ったのは私らなんですから」

「そんなことを言っても始まらないさ。こんな事態を分かっていて社長を引き受けたんだからね。ところで、次のオーナーに行くのを止めて、ちょっと一杯飲みますか?」

「えっ、いいんですか?」

渋川はちょっとびっくりしたが、微笑んだ。

「好きなんでしょう?」

「ええ、まあ、なんというか。疲れましたしね。景気づけしたいですもんね」

「そこの立ち飲みでいいでしょう」

私は、サラリーマンらがたむろする串焼きの立ち飲み屋を指差した。

私と渋川は、のれんをくぐり、ビールを頼んだ。つまみは適当に串焼きを頼んだ。素材は豚だ。

「あの龍ヶ崎さんは、見かけより悪い人じゃないんですよ。結城さんと気が合って、ぽんと貸してくださったんです」

渋川は、串焼きを美味そうに食べながら言った。

「渋川さんの知り合いだったの？」

私はビールを飲んだ。

「ええ、結城さんに紹介したのは私です。あの人、中小のオーナーが金に困っていると、貸してくれるんですよ。銀行みたいにうるさいことを言わないし、あっ、すみません」

渋川は、私が銀行出身だと思いだしたのだ。

「構いませんよ。確かに銀行は中小企業に冷たいですからね」

「オーナーっていっても一軒だけ経営する人もいますから、そういう人は金がないんですよ。それで龍ヶ崎さんを紹介するんです。まあ、私と、持ちつ持たれつだったんですけどねえ。結城さんが、ぜひ頼んでくれって言うもんですからね」

渋川はビールを一気に飲んだ。酒は強いようだ。

「もう一杯飲んだら？」

「いいですか?」

渋川は、ジョッキを掲げて、「お代わり」と言った。

「私も頑張るから、頼んだよ」

「はい。なんでもやります。あの龍ヶ崎さんも、今日の、最後の方じゃ社長をなんとなく認めたというか、なんとかしてやろうという顔をしていましたよ」

渋川は美味しそうにビールを飲んだ。

「本当かい? それ甘くない?」

「そうですね。甘いことを考えるのはよくないですけど、なんとなくね。あの人が味方になってくれれば、頼りがいがあるんですけどね。他のオーナーにも影響力がありますから」

私は、渋川を誤解していたようだ。饒舌で、責任回避をするだけだと思っていたのだが、実際は、中小オーナーの資金繰りまで心配する男だった。

岸野といい、渋川といい、経営問題に直面したお陰で彼らの人間性に触れることが出来た。これも人生の楽しさだ。

「まあ、なにはともあれ、頑張ろうよ」

私は、ジョッキを掲げた。そして、明日は、十和子に会ってみようと思っていた。

困難な道だが、希望が見えないことはない。そう思ってビールを飲んだ。苦味が喉に沁みた。

第六章　やっかみの再建奔走

1

美由紀の顔が噛みつかんばかりに迫って来た。目はつり上がり、鼻の穴はまるで顔に開いた闇のトンネルのようだ。そのトンネルから息が噴き出してくる。

私は隣に恋人の柏木を連れてきたが、まずかったかもしれない。こんな顔を見たら、というより現在見ているのだが、百年の恋も冷めてしまうだろう。

心配になって柏木の顔を見た。柏木は困惑した表情で美由紀を見ている。美由紀と一緒に北京秋天の五人の若い店員、そして店長がいる。彼らは美由紀ほどではないが、怒りに満ちた顔で私を睨んでいる。

「なぜですか！　社長！」

鋭い声が私の耳に飛び込んできた。最後の「社長！」は、「シャッチョッ！」というように聞こえ、「社長」という漢字は浮かんでこなかった。美由紀は、私に親しみを感じていただけに、当たりがきつい。

「私は、早急にＤＦＳを再建しなくてはならないんだ」

「そんなこと分かっています。それと北京秋天を閉鎖することと、どう関係するのか分かりません。みんな社長の下で頑張ろうと思っているのにこれではやる気がなくなりますっ」

美由紀の唾が顔にかかった。ハンカチを取り出して、それを拭った。

「すみません」

美由紀が、謝った。

「いや、いいんだ」

「私たちの雇用はどうなるのですか」

別の店員が言った。

「解雇はしません。他の店に移ってもらいます」

「閉鎖するのは北京秋天だけですか」

「いいえ、ジンギスカンのモンゴルの空、モツ鍋の博多(はかた)人情、オムレツの玉子人生なども閉めます。今、直営店は八十五ヵ店ありますが、それを六十数ヵ店にする計画です」

玉子人生も閉めるんだ、という声が聞こえた。店長だ。玉子人生は、ＤＦＳでは人気のある店だから、驚いたのだろう。

「フランチャイズのオーナーが経営されている店は、そのまま残りますので街から玉子人生が消えることはありません」

店長が、慌てて視線をずらした。私に呟きを聞かれていたことに気まずい思いをしたのだろう。

「みんな一生懸命やろうとしているんですよ」

美由紀が言った。

「十分、承知しています。ですが、不採算店を大胆に削減しないといけないと思っています」

やるべきことははっきりしている。不採算の直営店を閉め、採算の高い直営店に経営資源を集中すること、増資をすること、スポンサーをさがすこと、そしてフランチャイズオーナーにフランチャイズ権利の買い戻しを要求させないことだ。

どの一つを考えただけでも気が遠くなるほどの問題だ。なぜ社長なんか引き受けたのだろうかと、愚痴りたくなる。

「北京秋天を採算の高い店にします。なんとか閉店しないようにしてください」

美由紀は頭を下げた。

私は、ＤＦＳの再建には若い人の力が必要だと思っている。そこでそれぞれの直営店に足を運び、若い人と話をしている。採算の高い店にはもっと頑張れと励まし、悪い店にはもっと頑張れと言う。頑張れとばかり言っていても始まらないので、若い人に直営店の経営に関するアイデアを募集するなど、もっと経営に参加してもらおうと考えている。閉鎖する店にも自分で足を運び、若い人に直接説明するようにしている。この北京秋天に来たのもそのためだ。自分の言葉で閉鎖を告げ、納得してもらって若い人たちが後ろ向きの気持ちにならず、再建に協力してもらいたいと考えている。

「ダメなんだよ。もう、閉鎖は決まったんだ。この店はコストがかかり過ぎるんだ。家賃も高いしね」

柏木が、美由紀をなだめた。

柏木は財務担当の役割を超えて、よくやってくれている。岸野を執行役員にし、味方にしてからは一段と働くようになった。自分の上司が、私と行動を共にすることになったために覚悟が定まったに違いない。北京秋天の閉鎖を言いだしたのも柏木だ。高級路線の北京秋天を閉鎖し、蕎麦居酒屋の新潟屋の直営店を増やしましょうと提案した。私は、その案に乗った。

「勝手に決めないでください。私たちはこの店をよくしたいと思っているのです」

美由紀が反論した。

「それはみんなどの店も一緒だよ。社長と一緒にモンゴルの空や博多人情に行った際も抵抗は強かった。しかし、みんな納得してくれた。経営には資源の集中が必要なんだ。採算のいい店に、人材も集中するんだ」

柏木は言った。

美由紀は唇を嚙みしめた。目には涙を溜めている。

「仕方ないね。会社が決めることだから」

店長が、美由紀の肩を叩いた。他の店員たちも力なくうなだれている。

「本当に申し訳ありません。しかし、あなた方を犠牲にしようとするのではありません。他の業態の店で存分に活躍してもらいたいと思います。当面は閉鎖の準備をしていただきます」

私は頭を下げた。

「社長、間違っていると思います」

美由紀は、私を見据えた。私は真剣な顔になった。どちらかと言うと素直な性格だと自任しているが、正面切って、間違っていると言われたら、腹が立たないというのは嘘だ。ざわざわと波立つ気持ちになった。

「なにが、間違っていると言うのかな」

私は、腹立ちを抑えた。やや強張(こわば)ったかもしれないが、笑みさえ浮かべた。

「社長の仕事は、リストラだけではないと思うからです」

「それはその通りだと思うよ」

私は、一層、穏やかそうに微笑み、小首を傾げた。

「社員に目標を与えること、ビジョンを与えることが、最も重要な仕事ではないでしょうか。閉鎖やリストラばかりを言うのではなく、社員に夢を与えてください。私たち社員は、夢さえあれば一生懸命に働くことができるのです」

美由紀は、ゆっくりと言葉を確認しながら言った。

夢? 私は、その言葉に衝撃を受けた。

「夢か……。夢がなかったかな」

「ありません。社長の口から出るのは、厳しい経営、店の閉鎖など後ろ向きのことだけです。後ろ向きのことをやった後、その先には明るい未来、夢があるのですか?」

「どんな夢がいいかな? 世界一の飲食チェーンになるとか、海外に進出するとかかな?」

私は、本気で考えていた。DFSが再建できれば、海外進出したいと思っていた。その考えを、今、店員に披露してもそれは実現不可能なたわごとだと思われるだけだと考えていた。そんな夢でもいいなら伝えたいが……。

「そんな大きな夢でなくてもいいです。私たちの夢は、この北京秋天がお客様に喜ばれる店になることです。閉鎖する前に、もう一度チャンスをください」

美由紀は、涙目で訴えた。

「あまり社長に無理なことを言うなよ。今、資金繰りやオーナーとの交渉で大変なのだから」

柏木が眉をひそめた。

「分かってるわよ。そんなこと！」

美由紀は、柏木を責めるかのように睨みつけた。

「分かっているなら、無理なことを言うんじゃない」

「本当のことを言うと、私たち、本気でこの北京秋天を良くしようと思ったことはなかったんじゃないかと思うの。だからこのまま閉鎖になってしまうのは、私自身にも許せないの。だから社長にお願いしたいんです。もう一度、チャンスをください。それでダメなら諦めます」

美由紀は私に懇願すると、「ねえ、みんなそうでしょう。力を合わせて、北京秋天を良くしようよ」と周りの店員に言った。店員たちが目を輝かせ、身体を乗り出してきた。

「社長！　お願いします」

店員の声が揃った。

私は、困惑したが、嬉しかった。みんなの熱い気持ちが伝わって来た。彼らの望みは、この北京秋天にもう一度夢を見させることだ。この店がスタートした時は、誰もが繁盛店を望んだはずだ。それがいつの間にか、閉鎖に追い込まれるほどの不採算店になった。ずるずると沼に足を取られるように沈み込んで行った。人間というのは不思議なものだ。急に悪くなると気付くが、だらだらと緩慢に悪化して行くと、それが常態になって気付かない。そしてベッドから起き上がれなくなってやっと悪化に気付く。北京秋天もそうだったのだろう。

「店長」

私は店長を見つめた。美由紀の後ろに隠れて目立たなかったが、この店の責任者だ。

店長の顔に動揺が浮かんだ。彼は見かけ通りの平凡な組織人だ。私が閉鎖と指示すれば、粛々と閉鎖の実務を取り行うだろう。その腹積もりも出来ていたはずだ。しかし、流れが変わってしまった。

「私も、皆と同じ考えです。もう一度チャンスをいただけないかと思います。皆と力を合わせて頑張りたいと思います」

店長は頭を下げた。

「期間は？」

私は冷静に言った。不採算店を閉鎖しなければならないのは自明のことだ。この場の雰囲気にのまれ、安易な決定をすればリストラは上手く行かない。あちこちでここと同じような抵抗が起き、その都度、閉鎖決定を取り消していたら、自分の指示が社内に徹底されなくなる。情に棹（さお）さしゃ流される。店長は返事に窮し、考え込んだ。

「一ヵ月ください。来月一ヵ月でなんの成果も見られなかったら、閉鎖で結構です」

美由紀が言った。

「分かった。一ヵ月の猶予を上げよう。でも一過性の業績向上はダメだよ。あなた方が協力して永続的に業績が上がるようにしてください。その結果を見て、閉鎖か否かを判断します。いいですか、店長？」

「ありがとうございます。力を合わせてやってみます」

店長は力強く答えた。

「先ほど、中野さんから社長は夢を与えてくれと言われました。まったくその通りです。夢を与えられない社長なんて社長ではありません。私は、このDFSを再建し、皆さんが誇りを持って働くことが出来る会社にします。約束します。今は、海外に何店舗、売り上げいくらなどと言える段階ではありません。しかし、皆さんが力を合わせてくだされば、素晴らしい会社になります。一緒にやりましょう」

私は、強く言った。

美由紀が拍手をしている。周りの店員たちも一緒だ。一ヵ月で目に見える改善ができるとは思えない。しかし、北京秋天のみんなが力を合わせることは、非常にいいことだ。このことが他の店にも波及して、DFS全体が活気づくかもしれない。

「いいんですか？　リストラ失敗ですね」

柏木が言った。

私は首を振った。「いや、失敗じゃない。これが本当のリストラ、再構築かもしれないよ」

私は答え、笑みを浮かべた。

しかし、口には出さないが、甘いなと自分を嘲（あざわら）っていた。冷徹にリストラ計画を実行に移せないようでは経営者として失格だろう。経営者は、戦国時代で言えば、信長のように非情でなくては務まらない。いちいち社員の話に耳を傾けてはならないのだ。そんなことは分かっているのだが……。

「次に行きましょうか？　オーナーたちが待っています」

柏木は言った。

2

会議室のドアを開けると、渋川が、今にも泣きそうな顔で振り向いた。でっぷりした身体がすっかり小さくなってしまっている。

会議室には十人ほどの男がいて、一斉に私を見た。見たと言うより睨んでいる。その目には怒りの炎がめらめらと燃えているのを感じる。彼らの怒気が熱をもった空気のかたまりとして襲ってくる。

思わずうつむく。そのまま渋川のいる正面の席に向かう。柏木は入口で待機している。

「遅くなりました」

私は、彼らを見渡し、深く頭を下げ、「座らせていただきます」と椅子を引いて、座った。

「どないなっとんねん！」

いきなり関西弁が降って来た。見ると、長年、サラリーマンをやって来たような地味な男が立ちあがっている。

「ちょっとお待ちください」

私は、男に頼んだ。いきなりでは状況がつかめない。

「渋川さん、どうなっていますか」

「今日は、最もお世話になっているオーナーさんやその関係の方に集まっていただきました。皆さん、フランチャイズ権の買い戻しを要求されています」

「分かりました」

この会議室に集まった十数人は、ＤＦＳが親密にしている取引先らしい。そこにフランチャイズ権を資金繰りのために無理やり購入してもらったのだが、それの買い戻しを要求されている。龍門興業などと同じ状況だ。担当の渋川が、社長が事情を説明してくれないと収まりがつかないと頼んできたので、急遽、この会となった。

親密な取引先という割には言葉が荒い。ＤＦＳの経営悪化の噂を聞きつけ、投資資金が焦げ付くと心配しているのだから、それも仕方がないことだと観念するしかない。

「本日は、お忙しいところ……」と私が、挨拶をしようとすると、「もう、そんな回りくどいことはええ。早う、金返せや」と地味男が言った。

そうだ、そうだと周りの男たちも同調する。

「皆様には、当社のフランチャイズ権に投資をしていただいております。それに関してなんとかそのまま保有をしていただきたいと考えております」

私の考えを説明をするべく、口火を切った。

痩せた男が立ちあがった。きっちりとしたスーツ姿だ。投資した会社の社員のようだ。

「私どもは、ジンギスカンのモンゴルの空の都内全域の権利を購入しました。購入金額は、ここでは申し上げませんが、大変な高額です。前オーナーの結城氏に依頼されて購入しました。しかし、一向にモンゴルの空の店舗展開について具体的な動きがございません。このままではこの投資が当社の大きな問題になってしまいます。こちらにお集まりの皆様は、多かれ少なかれ同じ悩みだと思います。ぜひ、全額買い戻していただきたい。お願いします」

痩せた男は冷静に話した。座るやいなや地味男が、「まったくおんなじや。なんとかしてもらわんと困るなぁ」と声を荒らげた。

「お宅はどんなフランチャイズでしょうか」

聞いた後から、しまったと思った。

「あのなぁ、社長はん、わしらが何を買うたか、調べんとそこにおるんか？　わしは、博多人情や。モツ鍋や。わしの知り合いが、あんたのとこから新宿での博多人情の権利を買うたんや。しかし、可哀そうにな、左前になりよってん。そいでわしが肩代わりした、ちゅうわけや。分かったか！」

地味な男だけに妙に迫力がある。肩代わりと言った。この男は恐らく金融業者だろう。借金の担保に、ＤＦＳのフランチャイズ権を差し押さえたのに違いない。

ここまで来ると、倒産もしていないのに債権者会議のようになってしまった。オーナーからの文句が手に負えないのでなんとかしてほしいという渋川の要請を受けて、開催したが、こんな金融ゴロのような人物まで現れるのなら個別に頭を下げた方がよかった。時間を削ろうと焦ったのが失敗だった。

「申し訳ございません」

「申し訳ございませんやないやろ。どないすんねん、結論、出せや」

「皆様方のご要望はよく理解しております。しかし、今、当社は業績が振るわず、全額買い戻しのご要望に、お応えするのはなかなか困難かと……」

私は頭を下げた。

「困難だと言われましても」と恰幅（かっぷく）のいい男が、私の話を遮り、「あなたは銀行のご出身らしい。この不始末は、前オーナーの結城氏がやったことではありますが、メインバンクとして処理しないといけないのではないですか。前社長の大友氏が急に辞めてしまったり、どうなっているのですか。不安で仕方がありません」と言った。

「なんで大友は辞めたんや。わしらになんの挨拶もなしや。急に、訳もなく社長が辞める会社に金なんか投資出来るかい！」

地味男の不規則発言だ。

会場がざわついている。誰もが自分だけは投資額全額を耳を揃えて回収しようとしている。ひょっとしたらDFSが倒産するかもしれない。そうなると、回収できるものも回収できなくなるからだ。

「ここに集まったのも何かの縁ですな、皆さん。わしらだけでも、満額回収しましょうよ」

地味男が周りの男たちに言った。男たちは、「そうしよう」と声を揃えた。

私は、首筋に嫌な汗が流れるのを感じていた。

「どうしようもないな」

私は、隣の渋川に言った。渋川は小声で、「ひたすら謝り、ひたすら時間を稼ぐ」と言った。力が抜けた。そんな方法しかないのか。

ドアが開いた。龍門興業の龍ヶ崎司郎が立っている。

渋川に「彼も呼んだのか」と聞いた。渋川は首を曖昧に振った。

「皆さん、お集まりですな。龍門興業の龍ヶ崎です」

すごい迫力だ。あの地味男が急に大人しくなり、椅子に収まった。

「私もこちらに五億円ほど投資しておりましてね。皆様と同じ思いでなんとかしたいと思っています」

龍ヶ崎が、私を見てにんまりとした。

五億円と聞いて、ほうという驚きの声が漏れた。

「なかなか難しいようですな」

龍ヶ崎が会議室の男たちをぐるりと見渡す。

「龍ヶ崎さん」

地味男が言った。

「おお、なんだ、キングローンの里谷さんじゃないですか」

「ええ、私もお仲間です」

卑屈そうに言った。あの地味男はやはり金融屋だった。

「知っているか?」

渋川に聞いた。渋川は、今度は強く首を横に振った。

「そこで皆さん、ご提案です。この社長を皆さんで責めても、金は出てきません。私が、代表して皆様の要望をまとめたいと思いますが如何ですか」

龍ヶ崎は、威圧するような笑いを浮かべて会議室の男たちを見渡した。

ああ、まさに債権者会議そのものじゃないか。まだ倒産してなんかいないぞ。

「ここでワイワイと騒いでも、なかなか進展はいたしません。それにこの会社を殺しては、なんにもなりません。そこで私は皆様方を代表し、こちらの会社と交渉し」と龍ヶ崎の視線が私を捉えた。

「皆様にも、この会社にも良かれという方向にまとめたいと思っております」

「龍ヶ崎さんにお骨折りをいただけるんやったら、文句ないですわ」

里谷が賛同する。

出来ているのか？　この二人。

「ありがとうございます」

龍ヶ崎は、役者のようにニラミを利かせて礼を言った。

「私は、社命でここに来ております。ですから勝手にお任せするわけにはいきません。それにあなたのやり方は、まるで債権取り立てのヤクザのようです。そんなやり方は賛同できません」

痩せたスーツ男が言った。

龍ヶ崎の頬からこめかみの筋肉がピクリと動いた。

「おい、今、なんちゅうた！　龍ヶ崎さんをヤクザ呼ばわりしたな」

里谷が、テーブルを思いっきり叩いた。激しい音がした。

「ヤクザのようですと申し上げただけで、ヤクザとは言っておりません」

痩せたスーツ男が反論する。顔は強張っているが、反論するとはなかなかのものだ。

「なんやごちゃごちゃぬかして！」

　里谷は今にも飛び出しそうだ。

「ちょっと待った」と龍ヶ崎が里谷を制した。

「まあ、言われてみればよくヤクザがやる方法に似てなくはないですな。しかし、私は善意で申し上げております。勿論、私もこの会社に投資をしておりますので、全て善意というわけではありません。私の儲けのことも考えております。しかしですなぁ、このままでは一歩も前へ進まないだろうと申し上げているのです。ですからオーナーの中で代表を決めて、会社と交渉する方がベターだろうと考えた次第です。どうですか？　悪いようにはいたしません。私にお任せいただけませんか」

　龍ヶ崎は、痩せたスーツ男に言った。威圧的な空気のかたまりが、彼にドーンとのしかかる。

「ヤクザのようだと失礼なことを言いました。お許しください」

　痩せたスーツ男は言った。龍ヶ崎の威圧感に押され、うつむき加減だ。

「そんなことは結構です。あなたは会社の命令でここに来ておられる。会社の利益の代弁者だ。個別に交渉するのがいいのか、私に任せるのがいいのか、よく会社とご相談してください」

　龍ヶ崎の目が私を捉えた。眉が、くいっと引き上がり、笑っているようにも見える。この場の空気を抑え込んだという勝ち誇った顔だ。

「よかったですね」

渋川が囁(ささや)いた。

渋川は、龍ヶ崎のことを頼りにしていた。彼がオーナーたちをまとめてくれればいいのにと思っていた。その通りになりそうな雰囲気だ。まさかとは思うが、この筋書きを書いたのは渋川ではないだろうかと疑ってしまう。

「なあ、皆さん、この場にいるのも何かの縁や。わしらは龍ヶ崎さんにお任せして、会社との進捗状況を随時、報告してもらうという方向でどうやろ。わしは賛成や」

里谷は、龍ヶ崎を仰ぎ見るように拍手した。

渋川も膝の上に置いた手を音が出ないように叩いている。

「ちょっと待ってください」

私は龍ヶ崎に言った。少し声が震えていたかもしれない。

「なんですか？　社長」

龍ヶ崎が、恐竜のように太い首を曲げ、私に顔を向けた。

「いろいろご厚意はありがたいのですが、交渉はそれぞれの方と個別にやらせていただきます」

私は言った。

「なんや、それ！」

　里谷が怒気を含んだ声で叫んだ。

　渋川も目を剝いて、私を見ている。何を言うんだという声なき声がその顔から聞こえる。

「待たんかい！　がたがた言うな」

　龍ヶ崎が里谷を制した。地響きのような声だ。私の足元から震えが来る。

「私の提案は飲めないということですか」

　龍ヶ崎の目が私を摑まえる。蛇に睨まれた蛙の心境だ。

「まあ、そうです」

「なぜですか。私はあなたに協力したいのに」

「よく分かっております。しかしオーナー様のご事情はそれぞれです。そして私はオーナー様に当社の実情をご理解いただき、ご協力をいただきたいと思っています」

「じゃあ、なぜここにこの方々をまとめたのですか？　集団での交渉に持って行こうと考えたからではないのですか」

「そうじゃありません。当社の実情をご理解いただき、これから個別にお話しさせていただきたいと言うためです」

　私は背中に鉄板が入っているかのように姿勢を正した。龍ヶ崎がゆっくりとこちらに近づいてくる。その風圧で押し潰されそうだ。

「滅茶苦茶……」

愚痴ともつかぬ渋川の囁きが聞こえる。

やはり龍ヶ崎とのシナリオを書いていたのか。

「とんだピエロを演じたようですな」

龍ヶ崎の顔が、私の視界を覆った。熱い息が吹きかかる。

「そんなことはありません。龍ヶ崎さんにもご協力をいただきたいと思います」

怯（おび）えながら言った。

「なんの協力ですか？　ええ、社長さん？」

私の頭の中に、ふいに「夢」という言葉が浮かんだ。北京秋天の美由紀が言った言葉だ。

「夢、です」

「はぁん？　夢？」

「そう、夢です。このDFSを建て直し、皆様と共に栄えるという私の夢です」

私は言った。

渋川が、深いため息をついた。息を吐く音が聞こえる。

「あんたの夢に付き合えと言うんかね？」

龍ヶ崎の顔が歪んだ。笑っているのだろうか。

「お願いします」

私は、龍ヶ崎に押し潰されそうになるのを辛うじて支えた。

「もう一度、言うてみぃ」

「夢のことですか」

「ああ」

「私は、社長になりました。それはこのＤＦＳをもう一度立派な飲食チェーンに再建するためです。国内の店を建て直し、海外にも出店したいと思います。やれると思います。そのためにはオーナーの皆様のご協力をお願いしたいのです」

話し終えるや否や、私のテーブルがバンッと大きな音をたてた。身体が飛び上がった。龍ヶ崎がテーブルを叩いたのだ。

「ひっ」

渋川が引きつるような悲鳴を上げた。

3

「社長……、なんですか」

渋川が泣きださんばかりの顔をして、私に迫った。

「仕方ないじゃないか」

私は、がらんとなった会議室を見渡した。

龍ヶ崎が、全身から怒りを発散して「夢で食えるか！」と言い残して出て行ってしまった。彼に続いて里谷が、そしていつの間にか誰もいなくなった。

最後まで残っていたのは痩せたスーツ男だった。彼は、「いずれ、また」とだけ言い、去って行った。

「龍ヶ崎さんにまとめてもらえれば、スムーズに行くんです。それを……」

渋川は諦めきれない様子で、唇を噛んだ。

「君が、彼をここに呼んだのか」

「そうです。いけませんか」

「いけないとは言っていない。しかしこんな展開になるとは思ってもいなかったよ」

「龍ヶ崎さんが、何か出来ることはないかと仰るので、オーナーの集まりで応援していただきたいと申し上げたのです」

「でもあのまま龍ヶ崎氏にオーナーの取りまとめをお願いしたら、彼と私たちで出来レースを演じているようでオーナーの信頼は得られないんじゃないか」

「今日来たオーナーは、金融的に我が社のフランチャイズ権を持っている人が多いですから、龍ヶ崎さんが、調整しやすいんですよ。個別に交渉するってどうするんですか？」

渋川は怒っている。

「文字通り、個別に会社に行き、買い戻しの要求を抑えてもらうなり、ディスカウントしてもらうなりの交渉をする」

私はきっぱりと言った。

「分かりました。社長がその気なら仕方がありません」

渋川は、いつもの饒舌さを無くし、表情を強張らせた。龍ケ崎による取りまとめという彼の案を無惨に打ち壊してしまったことに我慢がならないようだ。

「君もオーナーとの交渉には一緒に行くんだ。分かっているね」

私はあえてきつく言った。

渋川は、私を見て、「分かりました。少し考えさせてください」と言った。

「考えることもないと思うが、君の方でオーナーへの訪問スケジュールを作ってくれ。今日みたいに大勢を集めるんじゃないよ」

私は、念を押した。

渋川は、頭を下げると、無言で会議室を出て行った。

辞めるんじゃないかな、と私は思った。渋川は、リンケージ社や結城と組んで多くのオーナーにフランチャイズ権を売りさばいた責任者だ。そのフランチャイズ権の買い戻しを要求するオーナーの前に立つこと自体が辛いだろう。それで一気に片付ける方法として龍ケ崎に頼ったのだ。その気持ちが分からないでもない。しかし、他のオーナーから見れば、龍ケ崎にいくらかの手数料を支払って処理しようとしているのではないか、龍ヶ崎に儲けさせるだけではないか、と疑心を持たれてしまうのが落ちだ。そんなことをして経営が成り立つわけがない。あれでよかったのだ。龍ヶ崎にも他のオーナーと同様に交渉し続けるしかない。

柏木が入って来た。オーナーたちを送りだしていたのだ。

「ご苦労さま」

「渋川常務は？」

「どこかへ行ったよ」

「ダメだな。もっと当事者意識を持ってほしいですね。オーナーは、カンカンですよ。今日は、なんのために集まったのだって」

「怒るのも無理はないな。今日は、当社の窮状を説明して、協力を求めようと思っていたんだからね。それがなんだか変な方向に行ってしまった……」

私は、頭をかいた。

「社長、夢で食いましょうよ。食えますよ。美由紀ちゃんも言っていましたが、私たちに必要なのは夢です。きっと良くなる、以前みたいに活気のある店を作ろう、そんな夢があれば頑張れるんです」

柏木はにこやかに言った。私が龍ヶ崎に話した夢のことを聞いていたのだ。

「ありがとう」

私は、彼の手をしっかりと握った。

「社長は、私たち、若い社員の最後の砦です。よろしく頼みます」

「こっちこそね。こうなったら、君たち若手でこの会社を変えて行こうじゃないか」

私は嬉しくなった。渋川のようなベテランが、もしいなくなっても若い力が残っていればいい。そう思うことにした。

「ちょっと出かけて来る」

「どちらへ？」

柏木の問いに、私は親指を立てた。

「スポンサーですか」

「そう」

私は頷いた。ＪＲＦの山本社長のところに行かねばならない。社長に就任したことと、増資のことを依頼するつもりだ。

私は、ＤＦＳの入居するビルを出て、新宿駅の地下街を歩いていた。いつもと変わらぬ雑踏だ。人が無秩序にすれ違う。それぞれ他人の考えなど気にしないで、自分の目的にだけまっすぐに歩いている。私の悩みなど誰も理解してくれないだろう。とにかく金が必要だ。フランチャイズ権を買い戻すにも、償却するにも、不振店を建て直すにも、全て金が要る。社長の役割は、強盗してでも会社に必要な金を持って来ることだ。それが出来なければ、誰からも信頼は得られない。

「あっ、いたぞ」

私には、予感があった。地下街の壁際で、ぽつねんと椅子に座っているのは、あの占いの老女だ。私は、迷わず老女に近づいた。

「こんにちは」

私の声に、老女はおっとりと顔を上げた。

「誰だったかのう？」

しゃがれた声で言う。

「忘れたの？　こっちは忘れたことがないのに」

少し悲しそうな目をすると、老女はじっと私を見つめた。

「おうおう、相当、赤くなってきたな。とうがらしは辛いか？」

口の周りに皺が集まった。笑っているように見える。

「思い出してくれた？」

「ああ、七味とうがらしを浴びる人生をまっすぐ歩んでいるなぁ。フォッフォッフォッ」

抜けた歯の間から空気が漏れている。

「お婆さんの言う通りになってきたよ。これからどうなるのかな」

老女は、手を差し出した。「見料（けんりょう）」

「最初に払うの？　いくら？　三千円だったね」

「四千円だ」

「えっ、値上がりしたの？　高いな」

「嫌なら、いいよ。他の客に邪魔だからどこかに行きなさいな」

私はしぶしぶ財布から金を出した。老女は、それを丁寧に畳むと、椅子の横に置いたキャリーバッグの中から財布を取り出してしまい込んだ。

「どれ、手を出してご覧」

私は、客用の椅子に腰かけ、右手を出した。

「まだまだだな」

老女はぽつりと言った。

「なにが、まだまだなの」

私は聞いた。

「とうがらしの浴び方だよ」

「今から、金の相談に行くんだけど、上手く行くかな？」

「苦労するね。それより東の方向に行けばいいな。いい話があるかもしれない。女難さえ上手く避ければな」

東と言えば、都心だ。銀座の十和子のところに行けと行っているのだろう。それしかない。

「思い当たるところはある。そこには行こうと思っていたんだ。そちらを先にした方がいいんだね」

「たいした違いがあるかどうかは分からないが、女難もいいだろう？」

老女は、にっと笑った。

「ありがとう。女難に一直線に向かってみる。それはかなり辛いのかい？」

「ああ、かなりね」と目の端に皺を集めたかと思うと、「フォッ、フォッ」と笑った。

私は、「またね」と言い、立ちあがった。

もはや山本のところに行く気はなくなっていた。十和子のところに行くことに決めた。

女難というのが、気がかりだ。ひょっとしたら十和子と深い関係になるという意味だろうか。まさか、とおもいつつもちょっと怖いもの見たさの期待感がある。

いずれにしても十和子のところには行かねばならなかった。出資を相談するつもりなのだ。もし、出資を検討してくれるなら、その話を持って山本に会いに行けば、前回のように厳しくは言われないだろう。

「せいぜい、気張れ。後悔せんようにな」

老女が後ろから声をかけた。

私は、再び、雑踏に足を踏み入れた。

4

地下鉄に乗った。新宿から十和子の経営するさつま西郷に行くには、丸ノ内線で赤坂見附まで行き、銀座線に乗り換え、新橋に行く。そこから歩けばいい。事前に連絡していないが、なぜか必ずいるような気がしていた。老女の言葉が当たっているかどうかを試すのにちょうどいい機会だ。

新橋に着いた。地上に出て、交差点で信号待ちをする。時間を見ると、六時を過ぎている。店は忙しくなる時間だろう。辺りは少しずつ薄暗くなってきている。

土橋の交差点を過ぎ、金春通りを横目に見る。ここには金春湯という銭湯がある。銀座に銭湯は二軒しかないと聞いたことがある。ものは試しと銀行員時代に仕事中にもかかわらず入ったことがある。ビルの一階に銭湯の暖簾がかかっていて、それをかきわけ中に入った。熱い湯だった。仕込みを終えた板前さんや出勤前のホステスさんが、熱い湯で、さっと身体を引き締めてから仕事に向かうために利用する粋な銭湯だ。

湯船はさほど広くはないが、早い時間だったのでゆっくりとつかっていると、身体が熱くなった。湯から出ると、全身が赤く火照っている。仕事が順調に進まない鬱々とした気分などはすっかり消えてしまう。

問題は、銀行の本部に戻ってからだ。上司は、何も言わないが、私を胡散臭い顔で見る。同僚の女性行員はもっと何かを疑う顔だ。宮内が近寄って来た。にやにやして、「勤務中に風俗とはね」と耳元で囁いた。「あっ」と思ったが、疑われてもしかたがなかった。身体はほかほかと温かく、石鹼の甘い香りが辺りに漂っていた。

恥ずかしい思い出だが、あれはあれで悪くはない。あんなとぼけたことが出来たサラリーマン時代が懐かしい。どうして年々歳々厳しくなっていくのだろう。

さつま西郷の看板が見えた。息を整える。あの占い老女が言う女難が当たっているなら会えるはずだ。

「あら？」

「あれ？」

目の前に和装の女性が立っている。十和子だ。

「樫村さん」

「岡田社長」

「どうされましたの？　お食事？」

「お目にかかりたくて」

店の入口で、まるで相響く木霊のようなやり取りになった。不思議な高揚感に満たされる。あいつ、なかなかやるなと老女の顔を思い浮かべた。

「私に？」

十和子は少し驚いた顔をした。

「ええ、相談がありまして……」

「今から、ちょっと食事に出ようと思っていたところですの。ご一緒されます？」

「お邪魔でしょう？」

「いえ、一人ですから、ちょうどよかったですわ。時々、一人で美味しいものを食べるんです。勉強にも、ストレス解消にも、一石二鳥でしょう？」

笑みが素敵だ。小悪魔的に見える。勝手に鼓動が高まる。

「ちょっと出かけます」

受付の店員に声をかける。私は、何も考えず十和子と一緒に外に出る。

「勉強熱心なのですね」

「そんなことありませんわ。ただ食いしん坊なだけです」

銀座通りに入る。十和子のような和装の美人と薄暮の銀座のメインストリートを歩くと、優越感に身体が震えて来る。すれ違う人、特にサラリーマン風の男たちの嫉妬深い視線が心地よい刺激となって刺さって来る。

銀座六丁目を左に曲がり、交詢ビルの通りに入る。

「どちらへ？」

『馳走啐啄』という和食のお店です。小さなお店ですけど、ご夫婦で真面目な仕事をされているんです」

「やはり和食党ですか？」

「なんでも美味しく頂きますけど、和食がいいですね。身体の隅々まで味が沁み込んで行くような気がしますもの。着きましたわ」

十和子が通りの飲食ビルを見上げた。ビルの二階に「馳走啐啄」という看板が見える。

「行きましょうか」

十和子はビルの階段を上がって行く。踊り場の先に格子戸と暖簾が見えた。

「さあ、どうぞ」

十和子が格子戸を引き、暖簾をかきあげ、私に先に店に入れという。「すみません」と遠慮しつつ、店の中に入る。

「いらっしゃいませ」

割烹着姿の小柄な女将が笑顔で迎えてくれる。

「いらっしゃい」

カウンターの中の調理場から声がかかる。主人のようだ。細身で、やはり笑みが優しい。

調理場には若い料理人が二人働いている。

十和子の言う通り、そう大きくない。五人も座れば一杯のカウンターに四人掛けのテーブルが三つだけだ。

「二人だけどいいかしら？」

「どうぞ、こちらへ」

女将がカウンターの席に案内する。

「へえ、さっぱりとした綺麗なお店ですね」

私は、周りを見渡した。清潔感に溢れている。

「生ビールでいいかしらね？」

十和子が親しみを込めて言った。塩田さんの紹介で、一度会っただけだが、お互い元銀行員ということで気が合うとでもいうのだろうか。嬉しくなってくる。自重しなければ、勝手に盛り上がってしまう。

生ビールが運ばれてきた。

「なにに乾杯します？」

十和子の目が悪戯（いたずら）っぽい。

「ええ、なににしますか」

私は戸惑った。

「そんな時は、二人の素敵な出会いにとか言えばいいのですよ」

笑いながら、十和子は、待ちきれないかのようにグラスを合わせてきた。カチッと鳴った。

「啐啄って難しい言葉ですが、どういう意味なのですか」

「啐啄同時という禅の言葉があります。雛が殻を破って外に出ようと、内側からコツコツとつつくのを啐、それを助けようと親鳥が外からコツコツするのが啄。この啐と啄とがぴったりと合って初めて雛は殻を破って外に出ることが出来るのね。それで二人の出会いが、素晴らしい出会いであることや、とても息があうことの意味になったというわけ。ねえ、ご主人？」

十和子は、カウンターの中の主人に声をかけた。

「ええ、間違いないです」

主人は、包丁で魚を捌きながら、笑みを浮かべて答えた。

「詳しいですね」

「こちらのご夫婦は、お茶を嗜まれるから、禅語にお詳しいのね」

料理が次々と運ばれてくる。どれもこれも丁寧な仕事がされている。季節の魚、野菜がふんだんに使われている。

「和食はやっぱり日本酒ですわ」

十和子は、冷酒を頼んだ。

「まさか社長とこんなところで食事が出来ると思ってもいませんでした」

私は、盃に満たされた酒を飲んだ。美味い。身体の細胞が全て生き生きと躍動を始める。

「私は違います」

十和子の真剣な目が私を見つめた。

「えっ」

意外な言葉に驚いた。

「きっと樫村さんはすぐに来られるだろうと思っていました」

「本当ですか」

「本当も何も、こうして来られたじゃないですか」

「その通りですが、凄いですね。予感をしてくださっていたのですか」

自分も同じだとは言わなかった。ましてやあの老女のことも。本当に、老女の言う女難が、十和子のことであれば嬉しいような怖いような……。

「啐啄同時ですわ」

十和子が私を見つめて、盃をあけた。

「そうか……。そうですね」

私も盃をあけた。

「相談があるんでしょう？」

「ええ、いいでしょうか？」

「経営の支援をしてほしいということでしょう」

十和子の発言に肝を潰した。これほどまでにストレートに言われるとは思わなかった。

私は、「はい」と、まるで先生に叱られた生徒のように答えて、頷いた。

「苦しいんでしょう」

「ええ、どうしていいか分からないくらいです」

私は正直に答えた。

「どんなことをお考えなの？」

「ＤＦＳのスポンサーになっていただけないかと……」

「Ｍ＆Ａってことかしら」

企業の合併や買収を意味する言葉だ。

「そう理解していただいても結構です」

私は、言葉を選びつつも明瞭に答えた。本格的に経営支援に乗り出してくれる企業を見つけなければ、ＤＦＳの経営は成り立たない。ＪＲＦはファンドであり、基本的には株の売却先を探して、高値で売り抜けることしか考えていない。

「私は、地味にやって来ました。借金もしませんし、直営店のみです。自分の目の届かない経営はしません」

「理解しています。まったく慧眼です」

私は、急にビジネスモードになった。十和子フード社長の岡田十和子に対していた。

「DFSは、いろいろな方面に手を出されていています」

「それが必ずしも上手く行っていません」

「私の会社の規模は、大きくないですよ」

「小が大を飲んでもいいでしょう？」

「それには力のある人の助力が必要だわ」

十和子が私を見た。瞳が濡れている。酔いが回っているのだろうか。

「もちろんです」

私は強く同意した。

「どうぞ」

十和子が、ガラスの銚子を私の盃に傾けた。盃を差し出す。細かく指先が震えている。左手を添えて震えを抑える。

「樫村さんも残ってくださるの？」

「えっ、なんでしょうか？」

「もし、私の会社が、DFSさんを支援するとしたら、樫村さんも経営に残ってくださるの、と伺ったのです」

盃に酒が溢れた。慌てて口に運ぶ。

「それが条件でしょうか？」

私の問いに、十和子の表情がふっと崩れる。

「そう、条件」

十和子の目元が緩んだ。

「経営の悪化している会社の経営者が、新しい会社に引き続き残るのは良くないと思いますが……」

軽く引いてみた。

「でも、あなたが悪くしたんじゃないわ」

踏み込んできた。

「ありがとうございます。見込んでいただき、嬉しいです」

私は、頭を下げた。

「もう一つ」

「なんでしょうか」

「嘘をつかないこと」

十和子が経営者の顔になった。

「分かっています」

私は、フランチャイズ権の含み損が推定百三十億円もあることを話していない。今、その話をすれば、さすがの十和子でもこの話を流すだろう。

「嘘は嫌いなの」

「嘘はつきません。全てを開示し、透明性を高め、できるだけ身ぎれいにいたします」

私は姿勢をただした。

「乾杯」

十和子が盃を掲げた。私も同じように目の高さまで盃を持ち上げた。二つの盃を合わせた。

「啐啄」

十和子が言った。

「同時」

私が答えた。

「もう、こんな時間です」

いつの間にか時計は十時を回っていた。先ほどまで一杯だった店内も静かになっていた。

私たちは外に出た。代金は、十和子が支払った。私が、払うと言っても許さなかった。

「もう一軒行きましょうか」

十和子が言った。

「お伴します」

「おかしいわ、樫村さん、その言い方。まるでサンチョ・パンサみたい」

「では、岡田社長は、ドン・キホーテ様ですか」

私は大げさに敬礼をした。十和子が笑った。急に、そこに老女の顔が重なった。驚いて目をこすった。

「おい、樫村」

後ろから声が聞こえた。振り向くと、こういう時に最も会いたくない男が立っていた。宮内だ。

「宮内……」

「楽しそうだな。いいのか、こんなことをしていて。大友さんから聞いたぞ。お前、貧乏くじをひかされたそうじゃないか。DFSはもうダメだってな」

宮内は言った。

私は、慌てて十和子を振りかえった。今の宮内の話が、十和子に聞こえては大変なことになる。誤解され、全てはご破算になってしまう。

「おい、おい、何を言うんだ」

私は、宮内を制した。

ところが宮内は、私を見ていない。私の後ろにいる十和子を見ている。瞬(まばた)きをしていない。十和子に魅了されているのに違いない。

突然、宮内は、私を押しのけ、十和子の方に向かって歩き出した。

こいつ、酔っているのか。絡み酒だとは知っているが、十和子には構うなと、私は宮内のスーツの裾を摑んだ。

「岡田さん、岡田社長じゃありませんか」

宮内が弾んだ声で言った。

「あら、宮内さん、お久しぶりです。こんなところで奇遇ですわね」

十和子が答えた。

私は、摑んでいたスーツの裾を離した。

宮内と、十和子が知り合いとは？　こんなことがあっていいのか。幸せな気分がぶち壊しだ。女難ではない、これでは男難、いや災難ではないか。あの老女の顔を思い浮かべ、小さく「あほっ」と呟いた。

第七章　そねみの七転八倒

1

　私の隣には十和子が座っている。その隣に黒のロングドレスを着たホステスをはさんで宮内が座っている。目の前には、萌黄(もえぎ)色の地に白のスズランの花をあしらった上品な和服姿の、このクラブのママが座っている。テーブルには、ウイスキーの水割りとチョコレート、あられ、ナッツ、チーズなどの簡単なつまみ類が並んでいる。

「まさか、お前が、岡田社長に支援を願い出ているとは思わなかったぜ」

　宮内が、身体を乗り出し、ホステス越しに話しかけて来る。頭がちょうどホステスの腰のあたりにある。ホステスが身体を反らし、邪魔にならないようにと気を遣っている。

「あまり大きな声で言うなよ。人がいるかもしれないじゃないか」

　向こうのテーブルでは頭髪が薄くて、腹がつき出たサラリーマン風の男が、両脇にホステスを抱えて大笑いしている。いまどき、景気のいい会社もあるものだ。

「大丈夫さ。この店は岡田社長ファンだから。ねえ、ママ」

宮内によると、ママは、年の頃なら六十歳は過ぎていると思われるが、このクラブのオーナーだ。

クラブは男性が行くのが普通だが、十和子はこのクラブにママと話すために時折、来るらしい。昔、ママと偶然に知り合い、銀座での商売のやり方などを習った縁からだという。

どうして宮内がそんなことを知っているのかと言えば、宮内が支店長をしていた銀座通り支店は、十和子フードと取引があり、このクラブにも頻繁に通っていたからだ。

宮内が支店長の当時、十和子フードの経営は、すでに安定していて、新たに銀行取引を増やす必要はなかった。しかし、宮内は十和子の店を何かと利用した。根負けする形で、十和子は銀座通り支店に当座を開いた。それからは店舗改装資金などを融資した。熱心な支店長さんで、借りなくてもいいのに借りさせられましたわ、と十和子は笑って言うが、相当、強引な取引をしたのに違いない。

現在、十和子フードとWBJ菱光銀行とは取引はない。後任の支店長は、宮内さんほど熱心じゃなくて疎遠になりました、と十和子は宮内に言い訳っぽく話したが、宮内の転職を、これ幸いとばかりに取引解消の契機にしたのだろう。それは残念だ、後任は何してたんだ、と宮内は憤慨したが、無理強いするような銀行取引は長続きしないものだ。

「岡田さんはよくやっておられるもの。私たちは、みんな岡田ファンよ」

ママが答えた。

本当は、このクラブに十和子と二人で来ているはずだった。それが宮内とばったり会ったばかりに強引に割り込まれてしまった。私は、心ひそかにわが身の不運を呪いながら、水割りを飲みほした。

「おつくりします？」

ホステスが聞いた。

「ああ、今度はハイボールにしてくれる？」

「分かりました」

ホステスは炭酸水のボトルを手に取った。

「岡田社長、こいつの会社なんか支援したらダメですよ」

宮内がホステスの腰のあたりから顔を覗かせて言う。

「まだ決めたわけじゃありませんから、あまり言わないでくださいね」

十和子が当惑している。

「宮内、もうその話は止めよう」

私は言った。

なぜ、十和子と会っているのだと宮内に問われた時、変に疑われても嫌だと思い、業務提携でもできればいいと思って相談に来たのだと話してしまった。すると、宮内は、すぐに支援要請をしているのだと見抜いてしまった。

「いや、止めないね。僕は岡田社長を守る必要があるからね」

宮内は、ロックにしたウイスキーをぐいっと飲みほした。出会ったときから、相当、酔っているように見えたが、さらに酔いが回り、目が虚ろになりつつある。

「あら、守ってくださるの？」

「僕は、いつも岡田社長を守って来ました。銀行にいた頃から、そうです」

「うれしいわ。ありがとうございます」

十和子は微笑みながら頭を下げた。

「銀行の偉い人が、守ってくださるなんて羨ましいですね。私もそんなこと言われたいですう」

ホステスはハイボールを作りながら、甘ったるい声で言った。

「岡田社長は、守り甲斐があるが、君にはない！」

宮内が真面目な顔になった。

「ひどい！　ひどい、わ！」

ホステスは、笑いながら、ハイボールのグラスを私に差し出した。

「気にしないでね。酔っ払いだから」

私は渋面を作った。宮内は、いつでも絡み酒になる。以前からこんなひどい酒だったのだろうか。この男、いずれ身体を壊すに違いない。

「本気ですよ。岡田社長、こいつの会社なんか支援したらダメです。きっと後悔します」

宮内は、ホステスに寄りかかり、少しでも十和子に近づこうとしている。ホステスが苦笑いして、「替わりましょうか？」と言ったが、私は「いや、そのままでいい」と押しとどめた。ホステスが防波堤になってくれなければ、宮内はどこまで侵食してくるか分からない。

「宮内、もうよせよ。まだ話し合ったばかりだから」

「だから種火の段階で消しておこうと思っているのさ。燃え上がってからじゃ消せないからな」

宮内は、赤くなった目を私に向けた。彼の表情には、明らかに嫉妬が浮かんでいた。

「宮内さん、ご心配、ありがとうございます。慎重に検討させていただきますからね。行きましょうか？」

十和子は、私に言い、立ちあがった。

「えっ、行きますか？」

私は、宮内を見ながら、腰を上げた。

「じゃあ、俺も」

宮内は、立ちあがったが、よろよろと身体を揺らして、また座り込んだ。

「ママ、お願いね」

十和子は、そう言うと、私に「さあ、行きましょう」と促した。

宮内は、酔ってしまったのか、頭をテーブルについている。私は、急いで立ちあがった。

宮内のことが気にならないではなかったが、ママがなんとかするのだろう。

外に出ると、夜の風がひんやりと肌に気持ちいい。酔い覚ましにちょうどいい。

「申し訳ありませんでした」

私は謝罪した。宮内の態度を謝ったのだが、十和子に支援を頼んだことは、もう諦めた。酔っていたとはいえ、あれほど元銀行員に否定されたら十和子の気持ちも萎(な)えてしまうだろう。

十和子は、黙って手を上げ、タクシーを停めた。時間は午前一時を過ぎていた。銀座は一時を過ぎれば、乗り場以外でもタクシーを停めることが出来る。

タクシーのドアが開いた。

「乗って」

十和子が私の背中を押した。

「どうぞ、私は後ろのタクシーに乗りますから」

「いいの、私も一緒に乗りますから」

十和子は、さらに背中を押した。私は、タクシーの中で話すのもいいだろうと思って、押されるままに乗り込んだ。十和子が続いて乗り込んだ。

「佃(つくだ)に行って」

十和子は運転手に告げた。

「佃にお住まいですか」

「ええ、交差点のところのマンションです。近くていいでしょう」

「こんな時間まですみませんでした。ご家族に申し訳ないです」

私が言うと、十和子は口に手を当て、くすりと笑って「一人ですよ」と答えた。

「ああ、そうだったのですか。それは失礼しました。てっきり……」

「結婚していると思っていらしたのですか。そう考えた時期もありましたが、仕事を選んでしまいました」

十和子の横顔が凜(りん)としている。女性が事業を行っていくのは並大抵ではないと横顔が答えている。

「宮内があんなことを言いましたから、もう支援の話は熱が冷めてしまったでしょうね」

私は、もはや諦めていた。

「いいえ」

十和子は、私の顔をまっすぐに見つめた。

「えっ、本当ですか？」

「ええ、でも社の幹部とは相談します」

「それは当たり前でしょう。でもありがとうございます。宮内が、あんなに我が社のことを悪しざまに言うものですから、もう諦めていました」

「約束しましたわね」

十和子の表情が真剣だ。

「はあ？」

私は、すぐに意味が理解できなかった。

「樫村さんが、経営に残ってくださること」

思いだした。支援を受けた後も私が経営に残ることが条件だと十和子は言っていた。

「そうなればありがたいと思います。他の株主や債権者の意向もありますが……」

十和子を振り向いた。十和子が私を見つめている。突然、彼女の顔が私の視界を塞ぎ、ウイスキーと香水の香りが私を包んだかと思うと、私の唇に、彼女の熱く、柔らかな唇が重なった。

「うっ」

私は息を飲んだ。

すぐに十和子は唇を離した。一瞬の出来事だった。

「ごめんなさい」

十和子はうつむき気味に言った。

「いえ、まあ、なんか、どうもすみません」

私は、言葉を並べたが、会話にならない。

「樫村さんに初めてお会いした時から、パートナーになっていただける、いえ、いただきたい気になったのです」

十和子の話を聞いて、動悸が激しくなった。私には、妻も子もいる。いきなりパートナーと言われても、それも唇を奪われて……。

「パートナーと言っても、もちろん仕事上のことです。ご家庭を不安にするようなことではありません」

十和子の目が私を捉えて離さない。

おいおい、不安にしないと言ってもこっちが不安になってしまう。今のキスはなんだったのだ。頭の芯が熱くなり、どくどくと恐ろしい音を立てて脈を打っている。このままの状態を続けていると、理性がぶっ飛び、冷静さを失ってしまう。もう一度、あの甘いキスを味わいたいし、もし可能ならもっとと思うだけで下半身が落ち着きを失い、むずむずする。

「佃はまだですか？」

「もうすぐ着きます。寄って行かれます？」

「いいえ、今日は帰ります」

私は、これだけ言うのに息が切れそうに苦しくなった。

「残念だわ。もう少し、資本提携策を話し合いたかったから。また日を改めてご連絡してくださる？　具体的に話を詰めていきましょう。どれくらい用意すればいいのか。私だけで無理なら他のスポンサーも必要なのかも、考えないといけないから。樫村さんもプランを持って来てくださいね」

十和子は経営者の顔に戻ったようだが、私は、ますますただの男になってしまいそうだ。ただ生唾を飲んでいた。

「私は、ＤＦＳさんも欲しいけど、本当に欲しいのは樫村さんよ」

十和子は妖しげに微笑んだ。もういけない。我慢できない。私は十和子に覆いかぶさりたいという衝動に耐えられなくなった。目が眩(くら)んだ。

「ここよ、停めて」

タクシーが、急停車した。

「運転手さん、これでお願いね」

十和子は、運転手にタクシーチケットを渡した。

「ああ、すみません」

「またね」

十和子はタクシーを降りた。

「どこへ行きますか」

運転手が聞いた。私は暗闇の中に溶け込むように消えていく十和子の後ろ姿を見つめながら、自宅の住所を言った。私の右手は股間の脹(ふく)らみを押さえていた。

ん？

運転手の背中にあの占い老婆の笑い顔が映ったではないか。私は目をこすった。

2

あの十和子の唇の柔らかさが、また蘇(よみがえ)って来た。感触を確かめるように、目を閉じ、舌を自分の唇に這(は)わしてみる。自然に笑みがこぼれて来る。まるで夢を見ているような気分になる。どうして十和子はあんなことをしたのだろうか。あの時、帰宅せずに十和子のマンションに行けば、いったいどうなっていたのだろうか。

いけない、いけない。十和子には出資をお願いしなくてはいけないのだ。馬鹿なことばかり考えて、公私の区別を無くしてはいけない。

「社長、どうなさいましたか」

岸野が囁き、肘(ひじ)で身体をつついた。

「あっ、そうですね。すみません」

私は、目の前に座る二人の男を見つめた。夢見心地になっている場合じゃない。気を引き締めねばならない。

目の前にいるのはＷＢＪ菱光銀行本店営業部の営業第一課課長杉山誠三（すぎやませいぞう）と営業担当の斎藤（さいとう）博敏（ひろとし）だ。

「お疲れなんでしょうね」

杉山が言った。

「いえ、そんなことはありません。杉山さんがご支援してくだされば、気持ちもしゃんとし、疲れなんか飛んでしまいます」

まさか十和子を思い浮かべていたとは言えない。

私は、メイン銀行であるＷＢＪ菱光銀行に支援依頼のために、財務担当の岸野を同行して来ていた。

ＤＦＳは、銀行やノンバンクなど、十数の金融機関から約六十億円の融資を受けている。そのうち約二十億円がＷＢＪ菱光銀行だ。この融資残高を維持してもらうことと、可能ならば店舗改装資金などを融資してもらいたいと思っている。

しかし、杉山は、ＤＦＳからの融資引き揚げを指示している。そのため前オーナーの結城は、フランチャイズ権の売却を進めて、資金を作り、ＷＢＪ菱光銀行にかなり返済していた。以前は約四十億円の融資があった。

「ご融資しているのを徐々に減らしていただくようお願いしています。なかなか厳しいものでして……」

杉山は、まるで高校生のようなセルロイド製の黒縁眼鏡をひょいと持ち上げた。細身の体に、黒のスーツで、ネクタイの柄も大人しい。いかにも銀行員、それも堅いことで名高いＷＢＪ菱光銀行員の典型だ。このタイプは菱光銀行出身者が多い。杉山は菱光銀行出身に違いない。

「前オーナーの結城さんの時代から、相当、減らして来ているではないですか。ねえ、岸野部長」

私は、岸野に同意を求めた。岸野は、無言で頭を下げた。

「我が行は、飲食業への融資残高が増えましてね。減らす方針なんですよ。合併の影響ですね」

「合併のせいだとおっしゃるのですか。おかしいな。我が社は、菱光さんがメインだったのですよ。私がＷＢＪ出身だということはご存じですね。合併後の銀行は菱光さんの勢力が強いことは知っています。だったら我が社のような菱光さんのメイン先は大事にしてほしいですね」

「菱光、ＷＢＪ、どちらがどうのということはありません」

斎藤が、横から口を出した。健康そうながっしりした体躯（たいく）にぴったりとしたグレーのスーツを着ている。時計はGショックだ。若い。ロック音楽でも流れれば、すぐに踊りだしそうな活気がある。こういうタイプは間違いなくWBJ出身だ。私は、親しみを込めて、斎藤を見た。

「それじゃあ、我が社から、さらに融資を引き揚げるのはどうしてですか。メインが支援してくれなければ、他行も支援してくれません」

「御社の財務内容が相当、悪いからです」

斎藤は悪びれずはっきりと言う。若いというのは素晴らしい。相手の気持ちを考えず、ズバリ本質をついてくる。

「はっきりおっしゃいますね。確かに良くはない。しかし、建て直しは可能で、私は、WBJで長くそうした業務を担当してきました。その経験を生かして努力します」

私は、WBJを強調した。斎藤にメッセージが伝わるはずだ。杉山をちらっと見ると、嫌な顔をしている。WBJという同根の私と斎藤が、どこかで気脈を通じるのではないかと思っているのかもしれない。

「樫村社長がWBJ出身であることは良く存じ上げております。ですが冷静に言って再建はかなり難しいのではありませんか？」

斎藤は、如何にも財務内容を疑っているぞとでも言いたげな視線を向ける。

「斎藤君、ちょっと言い過ぎだよ」

杉山がたしなめる。

「いえ、構いません。斎藤さんのご意見を伺いたいと思います」

私は冷静に言った。

「実は、大友さんから情報を得ています。フランチャイズ権の含み損が相当額に上るそうじゃないですか。ちゃんと話していただけないと困りますよ」

斎藤は、杉山のことなどまったく無視している。若い銀行員は、得てして斎藤のように遠慮会釈なく攻め込んでくる。

「斎藤君、固有名詞を出してはいけないよ」

「すみません。でも我が行の立場をはっきりさせておいた方がいいと思います。融資はできません。今後も減らしていただきます。含み損がいくらあるかもはっきりしないのに融資ができるはずがありません」

斎藤は淀みなく言い切った。

「斎藤君、そこまではっきりと……」

杉山が眉間に皺を寄せた。

私は、壁土が貼りついたかと思うほど顔を強張らせた。びりびりと音を立ててひびが入るほどだ。

斎藤が突っ込みを入れ、杉山が宥める役割を演じているのは間違いない。銀行員時代によくやったことだ。部下に言いにくいことをズバリと言わせる。部下が勇み足をしても後で訂正がきくが、課長などの立場にある者なら訂正がきかない。これは融資を約束する場合も同じだ。部下が融資を約束しても、後で上司が、部下の勇み足でしたと取り消すことがよくあった。

「大友さんが何をおっしゃったか知りませんが、もう当社と関係のない人です。含み損、含み損って言いますが、あなたのところが貸し剝がしを進めるから、フランチャイズ権を無理に売ってしまったんじゃないですか」

岸野が興奮して、反論した。珍しいことだ。さすがの岸野もあまりにもはっきりと言われて腹が立ったのだろう。

「貸し剝がし？　聞き捨てならないことをおっしゃいますね。私どもは金融庁の指導もありますから、貸し剝がしなどはしていません。前任はどうか知りませんが、少なくとも私はね」

斎藤は岸野に言った。彼は最近、ＤＦＳの担当になったのだ。これも銀行が融資を引き揚げる際によく使う手だ。融資を回収するなど、取引先と関係が悪化しそうな場合には、頻繁に担当者を取り替える。こうすることで取引先に遠慮せずに融資回収が出来るのだ。

「どうか再建に努めている芽を摘まないでいただきたい。私だってＷＢＪ菱光銀行の出身なんです。応援してくださってもいいでしょう」

ＷＢＪ菱光銀行出身の私の立場がないではないか。そのことを少しは斟酌してほしい。

それにしても大友は、ただ辞めるだけではなく、銀行に情報を提供して再建の邪魔をするとは、なんという奴だ。きっとご注進に及ぶことで、どこか適当な会社を紹介してもらおうと考えたのだろう。あさましい奴だ。

「社長も元銀行員ならお分かりになるはずですね。いったい今の経営状態はどうなんですか。支援しても上手く行くのですか？　正直に教えていただけないと、答えは変わりません」

斎藤は、表情も変えずに言った。若いのによくこんな生意気な口がきけるものだ。菱光銀行出身と思われる課長に取り入るために一生懸命なのか。

「私は君と同じ、ＷＢＪ菱光銀行出身だよ。君につべこべ言われるほど未熟な銀行員ではない。経営の実態については、いずれ説明します。説明したら、融資をしてくれるのかね」

「融資をするかしないかではなく、説明するのは、御社の義務でしょう。義務を果たしてください」

「店の改修もなされていない。そのせいで売り上げが上がらない。そのために資金もいるんだ。頼む、支援をお願いしたい。メインが支援してくれなければ、他行も支援してくれない。頼みます」

私は、テーブルに両手を突き、深く頭を下げた。社員たちのためにもここは耐えねばならない。

3

私は、昨日の店員との話し合いの様子を思い出した。彼らは厳しく、激しく私に迫って来た……。


「社長が、閉めろと言われれば、閉めますよ」

モンゴルの空の店長は、投げやりに言った。

モンゴルの空は、ジンギスカン料理を展開しているが、直営店は経営不振のために閉鎖することに決まった。

一時期のジンギスカン料理のブームに乗って安易に店舗を作ったものでフランチャイズの権利は三百万円、加盟保証金は五十万円、ロイヤリティーは月額五万円だ。

直営店は一店のみ。フランチャイズで数店あるが、それはそのまま経営される。フランチャイズ店の面倒を見るのは業態担当の水島圭吾（みずしまけいご）だが、私の隣で悄然（しょうぜん）として、項垂（うなだ）れている。

「社長が云々（うんぬん）じゃなくて、業績が振るわないから閉鎖になるのです。そこは理解してもらわないと困ります」

柏木が、厳しい口調で言った。彼は閉鎖する直営店へ私に同行してくれているが、なかなか頼りになる。

「業績が悪いのは、私たちのせいだと言うのですか」

店長が怒った。

「ちょっと柏木さん、それおかしいっすよ」

店員の一人がため口で反論した。

「なにがおかしいんですか。実際、業績がここ数年悪いじゃないですか」

柏木も負けてはいない。

「やってられないな。業績が悪いから閉鎖する、それはみんな俺たちのせいだ、もう辞めますよ。こんな会社」

別の店員も怒って、被(かぶ)っていた衛生用のキャップを脱いだ。

「まあまあ、ちょっといきり立つのは止めなさい。柏木君も言い過ぎだよ」と私は、仲裁に入り、「ではどうして業績が振るわなかったのか、意見があるなら言ってくれ」と頼んだ。

「それなら隣の水島さんに聞いてくださいよ」

店長は、さらに投げやりになった。

「水島君に聞け？　どういうことかな」

「水島さん、頭ばっか下げてねえでなんか言ったらどおっすか」

ため口店員は、憎々しげに口を歪めた。

「水島君、どうかな？　何か分かっていることがあるなら言いなさい。全てが経営の改革に繋(つな)がるんだからね」

私は、水島に発言を促した。

「私が何か言うより店長が言った方が、現場の意見ですから社長のご参考になると思います」

水島は悲しそうな目つきで言った。

「それなら言わしてもらいますが、社長、この店舗汚いと思いませんか。一度も改装してないんですよ」と店長。

私は、天井から床までぐるりと見渡した。油汚れがひどく、臭いも籠(こも)っている。テーブルも椅子も古びている。壁に貼ってある映画や音楽のポスターもノスタルジックなのはいいが、モンゴルとどういう関係があるのか分からない。

「トイレ、汚いんすよ。女の子が来るにはトイレ、綺麗じゃないとだめなんすよ。直してくれって言ったって、無視ばっかじゃないっすか」とため口店員。

トイレは大事だ。女性はトイレで化粧もする。

「メニューだって、斬新なものはちっともない。こっちが提案しても予算がないと言うばかりで、全然ダメだ。僕が提案したジンギスカンしゃぶしゃぶやジンギスカンサラダラーメンなんか、どうなったんですか。答えてくれないなら、辞めますよ」と辞めたい店員。

どの提案メニューも美味そうじゃないか。

「水島君、なにか言ってくれよ」

私が促すと、水島は情けなさそうに顔をくしゃくしゃにして「私だって辛かったんです」と言った。

「どういうことだね」

私は驚いて聞いた。

「予算がなかったんですよ。全部、予算がつかないんで否決でした」

柏木が、悔しそうに言った。

「そういうことか」

私は深く頷いた。

「私は店長に厳しく言いましたが、業績が悪い原因の一つは、再投資をしなかったことにあります。店は数年ごとに改装したり、メニューを一気に改めたり、再投資してこそ伸びるんです。それは客を飽きさせないことでもありますが、何よりもそこで働く店員のモラルが向上するんです」

柏木も私に訴えかけるような目で言った。

DFSは、日々の資金繰りにさえ苦労していた。そのため既存店の改修費用の捻出が出来なかった。それに加えて新しいメニュー開発に注ぐエネルギーも無くなっていたのだろう。

　本社から見捨てられ、何を提案しても前向きな支援を得られないまま、ズルズルと業績を悪化させてきた現場の店。彼らは浮上するきっかけさえ与えられなかったのだ。彼らは彼らなりに頑張ってきたのだろう。それなのに一方的に閉鎖の決定が来た。突然の死刑宣告だ。やり切れない思いに胸がかきむしられていることだろう。

　私は、夢を語ろうと思った。店の閉鎖はやむを得ない。しかし、彼らの意欲を、やる気を促し、会社再建に繋げねばならない。

「よく分かりました。大変、悔しい、辛い思いをしたのですね。店の閉鎖については、ご容赦ください。不採算な直営店を維持していくだけの体力が我が社には残されていないからです」

　私は、店長らを見渡し、ひと呼吸置いた。彼らは、一様に黙り込み、うつむいている。テーブルに置いた手を強く握りしめているところから推察するに、自分たちがやって来たことが虚しい結果を迎えたために残念でたまらないのだろう。

「でもフランチャイズの店は残ります。その店が頑張ってくれれば、我が社にはロイヤリティー収入が増えます。またフランチャイズを拡大したいという人も現れるでしょう。今、直営店がこのように不振であれば、フランチャイズ店はもっと苦しいはずです。その店をあなた方で助けませんか」

私は、強く呼びかけた。店長が顔を上げた。握っていた拳を緩めた。ため口店員、辞めたい店員も顔を上げた。

「新しいメニュー開発、店舗改装、顧客誘致など、この店で実現できなかったアイデアをフランチャイズ店のために生かしませんか」

「そんなこと本当に出来るんですか。今までフランチャイズ店のことなど本社は無関心でしたよ。とにかく店さえ増やせばいいんだと言うばかりでしたが」

店長は戸惑いの表情を浮かべた。

「フランチャイズ店を増やすには、支援しないとダメでしょう」

「その通りっすよ。そんな基本的なことも分かってくれなかったんすよ」

ため口店員は憤慨しつつ、戸惑っている。私の言うことを信じられないのだ。

「私たちは辞めないでいいんですか」

辞めたい店員が言った。

「辞めたいんですか。本当に辞めたいんですか」

「いえ、まあ、辞めなくていいなら辞めたくないし……。私、飲食業は好きだし、期待されるなら、辞めたくないし……」

「辞めては困ります。ここにいる水島君と一緒にフランチャイズ店の活性化のために一肌脱いでください。予算をつけるように、私は金集めに奔走しますから。頑張りましょう」

私は、手を差し出した。店長の手が恐る恐る伸びて来て私の手を掴んだ。それを強く握った。そこにため口店員と辞めたい店員が手を重ねてきた。

「やってくれますね。私も頑張りますから」

私は彼らを見つめた。

「はい、社長」

彼らの返事は力強く、手からは熱気が伝わって来た。

私はようやく頭を上げた。そこには杉山と斎藤の、先程と変わらぬ無慈悲な顔があった。

4

「銀行は冷たいですね」

岸野は、ＷＢＪ菱光銀行の本店ビルを見上げながら、呟いた。

「合併して、余計に悪くなりましたね。あの若い斎藤という担当者はＷＢＪ出身でしょうね。杉山課長が菱光で、あれはあれでいいコンビじゃないですか」

私は、多少、元銀行員としての懐かしさも絡んだ苦い思いで言った。

「逆ですよ」

「えっ？　ホント？」

「ええ、杉山課長がＷＢＪで斎藤さんが菱光です」

「僕はズバズバ言う斎藤君がＷＢＪだと思っていましたよ。ＷＢＪにはああいうタイプが多かったから」

「杉山課長には、何の力もなく、斎藤さんが言っていることが銀行の方針ってことですよ。あの銀行は菱光銀行になっています。我が社は、菱光とＷＢＪが並列メインでしたが心情的にはどちらかというとＷＢＪさんと親しかったですが……」

岸野は憂鬱（ゆううつ）そうに顔を曇らせた。

「そうか……。杉山課長は、堅くて真面目そうで菱光銀行タイプに見えたんだけどなぁ。担当の斎藤君を抑えられなかっただけのことか。僕は、ＷＢＪ出身の斎藤君が、杉山課長にいいところを見せなくてはいけないと張り切っていただけかと思ってました。いやはや、見る目がないですね」

私は岸野の顔を見た。

「要するに菱光主導で我が社との取引をさらに縮小する方針を決めているってことか。こうなると他行も望み薄ですね」

岸野は、軽く頷きながら「悔しいですね。調子がいい時は、金を借りろ、借りろって言っていながら、ちょっと悪くなると、返せ、返せですからね。銀行ってなんなんですかねぇ」

とうらみがましいことを呟いた。

元銀行員の私としては、グサリと胸に突き刺さるような言葉だが、返すことは出来なかった。岸野の言う通りで、私が何かを言えば、言いわけか銀行弁護に聞こえてしまうだろう。

「大友さんは、余計なことをしてくれますね。あの人、なにしに我が社に来たのでしょうか。リンケージ社の回し者にはロクな奴がいません」

岸野が暗い声で言う。

「まったくだ。同じ元銀行員として恥ずかしい。守秘義務もなにもあったもんじゃない。杉山課長らが、私たちより大友を信用しているのは悔しいなぁ」

「社長が、頭をお下げになった時の斎藤さんの顔を見ましたか？」

「いいや、見てません」

「ニターッとしてたんですよ。殴ってやろうかと思いましたよ。勝ち誇っているみたいでしたね」

岸野は、まだ怒りが収まらないようだった。

杉山と斎藤に、深々と頭を下げた後も、二人の態度はまったくそっけないものだった。まあ、頭を下げたくらいで変わると思う方も甘いが、それでも「考えてみましょう」とか、「後日、相談しましょう」と先に希望を抱かせてくれればいいのに、何もなかった。

私は、よせばいいのに元銀行員の矜持（きょうじ）を発揮して、斎藤に「君たち、若い人は、企業の再建を支援してこそいい経験が出来ると思う。ここ数年融資の回収ばかりしているが、そんなことのために銀行員になったんじゃないでしょう？」などと言ってしまった。

私の言葉に対して斎藤は少し真剣な顔になった。杉山も同じだ。少なくとも私にはそう見えた。

「このDFSは、絶対によくなる。人材も揃っているし、各業態の店は、客の認知度も高いからね。支援しがいがあると確信する」

私は、調子に乗って、さらに言ってしまった。隣にいる岸野が、次の予定だと言ってくれなければ、そのまま喋り続けたかもしれない。

岸野が言うように勝ち誇ったような不敵な笑いを浮かべていたのなら、あの時、二人は内心では馬鹿にしていたのだろうか。腹立たしい。

「まあ、仕方がないですよ。融資をして、不安を抱き続けるより、融資を減らして安心したいんだろうね。銀行が当てに出来ないなら、我が社はこれからどうするかなぁ？」

社員に夢を持って仕事をしてもらうためには、資金繰り以外に店舗の改装などの費用も捻出しなくてはならない。

十和子のことは、まだ岸野に話してはいない。早急にどういう支援をしてもらうか詰めねばならないが、その前に当面の資金がいる。

「JRFの山本社長に融資を受けることは出来ますか？」

岸野が言った。

「そうですね、相談してみます」

山本に文句を言われるが、仕方がない。我慢だ。

「資産、売りますか？」

岸野が私の目を覗きこんだ。

「売れる資産はあります？」

「採算の高い直営店の経営を売却するんです。買いたいという話もあります」

「資産の切り売り？ 目先はいいけど、長期的にはどうですかね」

十和子に支援してもらう際に、採算の高い直営店は相手にとって魅力なはずだ。それが無くなってしまっていたら、さすがに十和子も投資を躊躇するだろう。

「検討させてください」

「分かりました。検討してみてください」

「ところで社長、オーナーさんのところに行く前にちょっと時間がありますから、寄ってもらいたいところがあるんですが」

「いいですよ。どこ？ 店ですか」

「ええ、来て頂けると分かります。ちょっと車を停めます」

岸野は、通りの方へ駆けだした。

いったいどこへ行こうというのだろうか？

5

タクシーの中でも岸野は黙っていた。どこに行くのか言わなかった。気味が悪いので、しつこく尋ねたが、「行けば分かります」と言うだけだった。

丸の内のＷＢＪ菱光銀行の本店前で拾ったタクシーは、日本橋に向かっている。

「停めてください」

岸野がタクシーを停めたのは商業ビル、コレド日本橋の前だった。

レストランなどの店舗とオフィスが入居する複合ビルで、日本橋のランドマークと言うべきビルだ。

「降りてくださいますか」

岸野がタクシー代を精算している間に、私はタクシーを降りた。

「こっちです」

岸野が私の前を歩き出した。

「ちょっと待ってください。いい加減に行き先を教えてくれないと、不安になりますよ」

私は、その場に立ち止まった。岸野が眉根を寄せている。

「行き先を言いますが、何も言わずにご一緒していただけますか？」

「変な場所じゃないでしょうね」

私の答えに岸野は苦笑して「どんな場所ですか。それは大丈夫ですが、社長が一番会いたくなくて、会いたい人に会ってもらおうと思います」と言った。

「誰でしょうね。そんな人」

謎々のような岸野の言葉に首を傾げた。

「コレドの裏に、雑居ビルがあります。そこに結城さんがいます。会ってください」

岸野は、私の顔をじっと見つめた。

「結城？　結城伸治？　前オーナーの？」

私は驚いて目を見張った。

「ええ、約束ですから、ご一緒に」

岸野は歩き出した。

「待ってくださいよ、どうして僕が会社を棄てて行った結城に会わねばならないんですか」

私は、岸野の背中に向かって声を荒らげた。岸野は、まったく無視して歩いている。このままだと見失ってしまう。

「おい、待ってください。なんとか言ってください」

岸野は何も答えず、歩いて行く。裏の通りのさほど大きくないビルに入った。洋食レストていた。

私もビルに入った。岸野を探した。エレベーターが開いている。そこから岸野の顔が覗いていた。

「岸野さん、強引だぞ！」

私は腹が立ち、岸野に喰ってかかった。

なぜ、結城のところに連れてこられなくちゃいけないんだ。奴が、滅茶苦茶な経営をしたおかげで、こっちは苦労しているんだぞ。結城の方が、頭を下げて、俺のところに来るのが筋だろう。

「結城から連絡があって、ぜひ社長に会いたいと……、すみません」

岸野は素直に頭を下げた。エレベーターの行き先は五階を示していた。

「ずっと連絡を取り合っていたのですか？」

「そういうことはありません。私と結城とは、個人的にも深い関係がありますから、そう思われるかもしれませんが、決してそんなことはありません。会社の利益を害することはしていません」

「じゃあ、なぜ、今回はこんな風に無理やり会わせるんですか？」

「社長が、資金繰りに苦労されていますので、なにか結城がいい知恵をだすのではないかと思ったからです」

岸野は淡々と言った。

エレベーターが、五階に着いた。ここまで来たら覚悟を決めて結城と会わざるを得ない。どんな提案をするのか知らないが、文句の一つも言ってやろうじゃないか。

「しょうがないです。行きますよ」

「行きましょう」

岸野は、エレベーターを降りると、迷わず右の方に向かった。以前に来たことがあるに違いないと思わせる行動だ。突き当たりに幾つかの個人事務所が並んでいたが、その中に「SYカンパニー」という表示があった。

「ここです。結城伸治のイニシャルでしょうかね」

岸野がドアフォンを押した。

「岸野です。樫村社長をお連れしました」

カチッという音と共にドアが開いた。

「どうぞ、お入りください」

私の目の前に、すらりとした男が立っていた。一見して若いという印象だ。目鼻立ちもすっきりしていて、なかなかの美丈夫(びじょうふ)といったところだ。

「結城です。初めましてというよりご苦労をおかけしています」

部屋の中に入った私に結城は、謝罪するように深く低頭した。私は、怒りを覚えるきっかけを失ってしまった。

6

結城は、DFSを辞めた後、都内に数ヵ店のイタリアンレストランを経営しているという。客単価が二千円程度で飲み食いできる安価なレストランだ。日本人は、スパゲッティやリゾットなどのイタリア料理が大好きなので、経営は好調だ。

このマンションの一室は、自分のオフィスとして使っている。事務員も誰もいない。パソコンとメッセージ機能を備えた電話があるだけの極めて質素な部屋だ。

「もう、店の数を増やすのは止めました。自分の目の届く範囲で経営します」

結城は、苦笑いして言った。

「今、フランチャイズ権のいい加減な売却で、含み損を抱えて困っています。なぜ、あんなことをしたのですか」

私は聞いた。

「言い訳になりますが、リンケージ社のアドバイスです。蕎麦居酒屋を数ヵ店、経営していた私は、リンケージ社の主宰する勉強会に行きました。それがきっかけで付き合いが始まり、経営アドバイスを受けるようになりました。リンケージ社は、私の経営する店に興味を持ち、フランチャイズ展開をしようと言って来ました。それでオーケーすると、あっと言う間に百ヵ店以上に膨れ上がったのです。全国各地の地主さんたちが、土地を有効活用しようとしてフランチャイズ権を購入し、店を開店させました。大成功でした。私は、その成功に酔いました。そして酔い潰(つぶ)れたのです。経営に少しずつ陰りが見え始めますと、新設店を出さないと資金が回らなくなってきたのです。新設店を出し、一時的に客が来る、その金で資金繰りを回すという悪循環です。リンケージ社に相談すると、もっと業態を増やして、フランチャイズ権を売却して、資金繰りに充(あ)てようと提案してきました。私は、その時は正常な判断力を失っていました。どんどんフランチャイズ権を売却しましたが、その半分はリンケージ社に持って行かれました。私は彼らにとって金の卵を産む鶏だったんです」

　二枚目は得だ。悲しそうな顔をすると、誠実さらしきものが滲(にじ)みでて、本当に反省しているように見える。結城もその類(たぐい)だ。簡単に同情してたまるか。私は気を引き締め「でもそうだからと言って自分の株を売却して、逃げてしまうのは如何なものですか。責任があるのと違いますか」と言った。

「おっしゃる通りです。反省しています。でも自分の財産を確保しようとして株をJRFさんに売却したのではありません。もう自分の会社ではないような気がしましたので、そこに投資をしたいとやってこられたJRFさんに、全てお任せしようとしたんです。それで得た資金の大半は、自分がDFSにつぎ込んでいた資金を借りていた先に返済に回りました」

結城は、同意を求めるかのように岸野を見た。

「結城さんは、ＤＦＳの資金繰りが悪化してから、十億円以上もつぎ込んでおられました。それは事実です」

「それはどこのオーナー社長でもすることでしょう。当然です。だからと言って、経営を放り出して良い訳がない」

私は厳しい口調で言った。

「反省しています。その結果、樫村さんにご苦労をおかけしているわけですからね」

結城は、如何にも悲しそうな目で私を見つめた。私も甘い。その目を見ていると、許してもいいという気になって来る。

「それで今日は何を言いたいのですか。私を呼んで言い訳しようとされているのですか」

「一つ、提案があります。聞いていただけますか？」

結城は真剣なまなざしを私に向けた。

「いいですよ。どうぞ。手短にお願いします。この後、オーナーさんに会いに行かねばなりませんから」

私は、あくまで突き放したように言った。

「私の提案と言いますのは持ち株会社にしたらどうかというものです」

「持ち株会社ですか？」

「ええ、そうです」

結城の提案は、現在のDFSを持ち株会社、エリアごとの会社、食材などの供給会社、サービスコンサルティングや金融を担う会社などに分割してしまうことだ。それぞれの会社には他社の出資を受け入れるというものだ。

「持ち株会社は何をするのですか？」

「全体の統括と上場維持ですね」

「そのメリットは？」

「今のDFSのままだと債務超過に陥り、やがては倒産に至るでしょう。それならば優良な資産ごとに会社を分割し、負債も分割してそれぞれに背負わせ、他社の出資を受け入れやすくする方がいいでしょう」

結城は、やっと経営者らしい表情を取り戻し始めた。

岸野が先ほど言った言葉が蘇って来た。優良資産を売るという話だ。買う人がいると彼は言った。それは目の前の男に違いない。

「結城さんは、分割してできる会社に出資しようとお考えなのですね。先ほどの目の届く範囲で事業を行うというのと矛盾しませんか」

「私は自分のためにこの提案をするのではないのです」

「と、言いますと？」

「私と苦労を共にしたDFSの社員たちのためです。彼らは独立心が旺盛です。できれば私がいくらかでも出資して、彼らにそれらの会社を経営させてやりたい。もし可能ならば、DFS傘下から独立させてもいいと考えています。DFSは、分割した会社を売却した資金で、また新たな展開が可能になる。そうではありませんか？」

呆れてものが言えない。DFSを売却した資金で、今度はDFSのいいところだけ買い取ろうというのだ。虫が良すぎるにもほどがある。それより問題は、岸野だ。ここに連れてきたということは、岸野と結城は同じ考えなのだ。結託しているのだろう。

結城のアイデアは悪くない。私も考えていた。今のままでは再建は難しい。会社を分割して、それぞれを独立的に運営していく。もし可能なら、売却して、その資金を資金繰りや返済などに充当するのだ。

しかし、結城は本当に自分のためではないのか。DFSの株を売り抜けた資金はまだ潤沢に残っているに違いない。それでDFSの優良資産を買い取ろうという魂胆ではないか。

「DFSの社員のためだと言うなら、あなたのレストランに引きとるなり、DFSに資金提供すればいいだけではないですか。あなたは、DFSでなんども美味い汁を吸いたいだけではないですか」

私は、わざと怒らすように言った。

「樫村さんが、そう思われるのはやむを得ないと思います。しかし、私は、本気で彼らのことを考えているのです。彼らを助けてやりたい。そう願っています。このままだとＤＦＳはいずれ資金繰りに詰まり、破綻してしまいます」

結城は、乞うような目つきで私を見つめた。

「その彼らの中には、岸野さん、あなたも入っているのですか」

私は、矛先を岸野に向けた。

「私は、入っていません。社長に選択肢を提供しているだけです。結城さんは、投資家としての立場で話されていると考えれば、ビジネスとしてお聞きになれませんか？」

岸野の冷静な態度から推察すると、彼は結城と結託してはいないのか。

「結城さん、社員を助けたいなら、どうしてもっと社長として耐えなかったのですか？　今さら、その話はないでしょう。そんな御為ごかしの言い方はしないで、岸野さんの言う通り、ビジネスとして話されたらいいではないですか。帰りましょう。岸野さん」

私は、岸野に言い、結城に背を向けた。

「待ってください。私は、確かに社員を捨ててしまいました。あの時は、どうかしていたんです。樫村さん、なんとか私の思いを信じてください。もし、私の考えを実行に移される時は、必ず声をかけてください」

結城は、すがるように言った。私は振り返らず、「資金繰りに奔走しています。余計な提案などせずに金を貸してください。それが筋でしょう。あなたのお陰でみんなが苦労しているんだから」と言い放った。結城は何も答えなかった。

ビルを出た。目の前にたいめいけんがある。昭和六年創業の老舗洋食店だ。オムライスが有名だ。

「腹、減らないですか」

私は岸野に言った。

「そうですね。食べますか？」

岸野が腹を押さえた。

「オムライス、おごりますよ」

「申し訳ないです」

結城は、これからどのようにDFSに関わって来るのか分からない。もし、私が言ったことの真意が伝われば、多少の資金援助くらいしてくれるかもしれない。

それにしても、銀行も含めて、どいつもこいつも自分の利益ばかり考えている。十和子も同じ穴の狢だろうか？

それにしても俺は、なぜこんな会社の社長を引き受けたのだろうか？　貧乏くじそのものじゃないか。これも自分のためなのだろうか？　もう、よく分からん！

「岸野さんは、最後まで僕の味方ですよね」

私は、店に入りながら言った。

「はい」

岸野は明快に答えた。

第八章　七味入れ過ぎ、先見えず

1

箸を置いた。明子が作ってくれた夕食を食べる気がしない。食欲がないのだ。豆腐とゴーヤがいっぱい入ったゴーヤチャンプルー。きんめの煮つけ。牛肉と牛蒡のきんぴら。タイ風春雨サラダ。トマトの味噌汁。洋風とも和風とも何風とも言えないが、明子は、私が野菜をたくさん摂取出来るように工夫してくれている。

しかし食べられない。

「どうしたの、食欲ないわね」

「疲れているのかな」

顔を明子に向けてみる。

「確かにね。目が窪んでる。社長業が上手く行かないの？」

「死んだら楽になるかなって、ふと思ったよ」

私は、無理にトマトの味噌汁を飲んだ。酸味が刺激になって食欲を増進してくれるかもしれないと思ったからだ。

「嫌ぁね。本気じゃないでしょう？」

明子は顔をしかめた。

「本気じゃないと思うけど、いろいろな交渉事などが上手く進まないから、ふっと弱気になったのかな。朝、寝汗をかいていて驚いたよ。覚えていないけど、何か怖い夢を見たのかもしれない」

メインのＷＢＪ菱光銀行ばかりか、他の銀行も借入金の返済は迫っても、追加融資の支援は難色を示していた。このままだと早晩、資金繰りに詰まってしまう可能性もある。

「それで分かったわ。パジャマを洗濯しようとしたら、じっとりしていたもの」

明子が顔を曇らせる。

「ちょっと鬱かな」

缶ビールをコップに注ぐ。アルコールだけは受け入れるみたいだ。

「女だけじゃなく男も更年期障害があるらしいから、あなたぐらいの時に鬱になりやすいって言うわよ。自分で鬱かなって言っている間は大丈夫だと思うけど。よく眠れないなら睡眠導入剤を処方してもらったら」

明子は、近所の医者の名前を上げた。

「大丈夫だよ。そのうちいいこともあって気が晴れるさ」

「辞めたら?」

「何を?」

「社長よ。決まっているじゃない」

明子は、チャンプルーを自分の皿に盛った。

「そんなことできないよ」

私は、ビールを飲んだ。苦味が、意識を覚醒させてくれる。

「なぜ?」

「なぜってあたりまえじゃん。従業員もいるし、逃げるわけにはいかないさ」

「あなたの会社じゃないのよ。その真面目さがいけないんじゃない。あなた、意外と不器用だからなぁ。ずるがしこい政治家みたいに危ない時はさっさと逃げ出せばいいのに。前任の、なんとかいった社長は逃げたんでしょう」

「大友さんのこと? ああ、逃げたよ。あんな風に出来る人はいいよな。羨ましいよ」

「羨ましいと思うなら、そうよ、逃げるのも勇気だわ。危なくなったら逃げ出すのが人間らしい。中国の人って政府を信じていないからいつでも逃げ出せるようにしているって聞いたわよ。だから彼ら、逞(たくま)しいじゃない。日本人は、何かに縛られて動けなくなって、挙句の果てに玉砕だぁ！　って叫んでやけくその突撃。これっておかしくない？　みんなと一緒に死なないと村八分にあうとでも思っているのかしらね」

明子は明瞭だ。彼女はどんなことがあっても生き残るだろう。私がいなくなったとしても、悲しむよりさばさばとするかもしれない。弱気になっている自分から見ると、明子がなんだか別の生き物に見えて来る。

「お前は大友さんの行動を評価するのか」

「評価するとか、しないとかじゃなくて、あなたも辛けりゃ逃げ出せばいいと言っているのよ」

「卑怯(ひきょう)じゃないか」

「誰がなんと言おうといいわよ。私はあなたのこと、卑怯だって思わないもの。貧乏くじを引いただけだって思っているわよ。あなたって東大出て、エリートかと思っていたら、案外、要領、悪いんだものね」

明子が、ふっと笑みをこぼした。

「エリートじゃなくて悪かったな」

私は、ビールを缶のまま飲み干した。

「まあ、いいじゃないの。人生の結論って、どんな道を通っても決まっているんだから。エリートも、非エリートも、走っても歩いても、迷っても迷わなくても……」

明子の顔が、あの占い女に見えて来て、目をこすった。

私は、東大を卒業して、四和銀行に入行した。それは合併によりWBJ、そしてWBJ菱光銀行へと変遷した。他人から見れば、順調なエリート人生だ。それが合併によってがらりと変わった。このまま銀行の中にいてもうだつが上がらないと結論づけた。自分より能力の低い菱光銀行出身者に使われたり、遅れをとったりするのに耐えられなくなったのだ。でもそんなことを気にしなければ、依然として安定した銀行員の人生を歩み続けていただろう。そんな選択をした仲間の方が多い。飛び出した結果、今は、どうだ？ 資金繰りに追われる羽目に陥る始末だ。こんな目にあうなら明子の言う通り逃げだして、もっと条件のいいところに再就職すればいいじゃないか、と自分でも思う。しかし、それが出来ない。そうしようという誘惑はあるが、ふんぎりをつけ、その方向に歩み出すことはないだろう。それはなぜだ？ 責任感？ 勿論、それもあるだろうが、結局、性格だとしか言いようがない。逃げ遅れるタイプなのだろう。安っぽいプライドに左右されているのだろうか。

「結構、悟っているな」

私は、皮肉っぽく言った。

「私、働くことにしたの。幸太郎にもお金かかるし。以前から働きたかったから、あなたの転職がいいきっかけになったわ」

明子が唐突に言った。

「えっ、聞いてないよ」

私は、驚いた。

「聞くも何も、話す時間もなかったじゃない。毎日、遅かったし。今日はたまたま一緒に夕食ができたからいいけど」

明子は、平然としている。

「それでどこに勤めるんだ？　雇ってくれるところはあるのか？」

「ＷＢＪ菱光銀行系列のスタッフ会社に登録しておいたら、銀座通り支店の事務スタッフとして勤務することになったの。九時から五時まで。週三回」

「ＷＢＪ菱光銀行の銀座通り支店？　俺が辞めた銀行にお前が勤めるのかい？」

嫌な気分になった。

「だって私にとっては慣れた古巣だもの。もう決めたからね」

明子は、食事を続けている。

「幸太郎は大丈夫か？」

「週三回だからね。その間は学童に行っているから安心よ」

幸太郎は、放課後、近所の学童保育に世話になっている。

「しょうがないな。弱気にならず、しっかり働くから、あまり無理するなよ」

私は、情けなくなった。女性が働くことに反対なわけではない。自分が不安定な立場になったことが、明子が職を求めるきっかけになっていることにプライドが傷つけられたのだ。しかし、こんな安っぽいプライドを引きずっているから、だめなのだとも言えるだろう。今、オーナーや銀行との交渉が上手く行かないのも、元銀行員のプライドが邪魔しているのかもしれない。

「そうよ。もうどうせあなたは銀行員に戻れないんだから、弱気にならないでやることやったらいいわよ。どうせ逃げることができないんだったら、後悔しないようにやればいい。私は、私で、今まであなたを頼ってばかりいたけど、少しは自立するから」と明子は微笑み、「私は、いつでも逃げられるように準備するから」と言った。

どう考えていいのか分からない。励ましてくれているような、そうでもないような。いずれにしても銀行を辞めてから我が家にも新しい流れが始まったことは事実のようだ。

2

「社長、社長、すごい売れ行きなんです」

美由紀が声を弾ませた。手には中華弁当を持っている。

「そうか、それはよかった。思い切ったことをしたね」

　私は、その弁当を受け取り、美由紀を励ますつもりで肩を叩いた。

　北京秋天の店員たちが、自分たちで店を再建すると言いだしてから半月が経った。彼らに与えた期限は一ヵ月だけだ。その間に売り上げを伸ばさなければ、閉店すると通告してあった。

　彼らは、私に昼食時に来てくれと言って来た。私は、言われた通り十一時半という時間に北京秋天にやって来た。

　驚いた。ビルの横に弁当を積んだワゴンが出され、その前に行列が出来ている。弁当を買おうという客の列だ。

「すごいじゃないか。このお客さんの列は……」

　美由紀の隣に店長が立っていた。彼の顔も紅潮し、嬉しさに溢れている。

「社長から一ヵ月の時間をいただきましたので、何をやろうかとみんなで考えたのです。それで昼に力を入れようということになりました。なかなかこの景気では夜の需要を見込めないからです。それで弁当販売をすることにしました。今まで高級店だというプライドが邪魔してなかなか踏み切れなかったのです」

　店長が興奮気味に言った。

「弁当を作っただけじゃ目新しいこともないので、このビルだけじゃなくて周辺のビルにもセールスをしました。徹底して良い材料で美味しい弁当を配達は七百円、来店だとワンコイン、五百円に価格設定をしたんです」
私は、容器に詰められた弁当を検分した。シューマイ、海老チリ、肉団子、中華サラダにご飯が溢れるほどだ。そのご飯にも工夫があり、金華ハムを使ったチャーハンになっている。ボリュームも見かけも魅力的だ。

味は？　私は蓋を取った。添えてある箸でシューマイを食べた。美味い。冷たくなっているのに肉汁が出て来る。

「美味いね」

私は満足げに微笑んだ。

「この列は、少しでも安い方がいいと近隣のビルからも買いに来てくれているのか」

私は、列を眺めた。

「はい。毎日、セールスに行っていますから。お客様も日替わり弁当を楽しみにしてくれています」

美由紀が言った。

「社長、どうぞ店に入ってください」

店長が、エスカレーターに急いだ。私は弁当を持ったまま、美由紀と共に後を追った。

またさらに驚いた。満員だったのだ。店内は中国の飲茶店のような騒々しさだった。半月前の閑散とした状態が信じられない。

「いったいどうしたんだ？」

　私の驚いた顔を楽しそうに見つめながら、美由紀が話し始めた。

　メニューを全面的に見直したこと。飲茶メニューを主体にし、メニューの数も飛躍的に増やしたこと。特に昼のメニューは、全て一品二百円に統一したこと。今までの高級店のこだわりを捨てたわけではないが、どんな高級メニューも一律価格にしたおかげで、客には割安感がでたという。それによってもう一品の追加が増え、結果として客単価も上がるようになった。

「真面目にお弁当のセールスをした結果、北京秋天は美味しいじゃないかという声が広がったのも良かったと思います」

　美由紀は、顔をほころばせた。

「柏木君が、今の君の姿を見ると、大喜びだろうね。生き生きしていてとてもきれいだよ」

　私は冷やかした。

　美由紀は、ぽっと顔を赤らめ、「実は隆一さんも今回の改革を一緒に考えてくれたのです。北京秋天を閉めてはならないと言っていました……」

「そう、柏木君も協力したのか」

　私と一緒にリストラの最前線に立ちながら、現場の店員と一緒に再建に汗を流す、柏木という若い社員の存在を頼もしく、誇らしく思った。

「私も弁当を売らせてもらうよ」

「えっ、社長が、ですか」

「そうだよ。邪魔になるかい？」

「いえ、そんなことありません。お願いします。ねえ、店長、いいでしょう？」

美由紀は店長の顔を見た。店長は、苦笑とも困惑ともつかない複雑な顔で、私を見ていた。

「行くよ」

私は、外に出て、弁当が山積みになったワゴンの前に立った。

弁当を手渡していた店員の隣で、「ありがとうございます」「北京秋天をよろしくお願いします」と客に頭を下げながら、弁当を渡した。

銀行の窓口係に任命され、客の金を預かって、「ありがとうございます」「またどうぞよろしくお願いします」と感謝の言葉を言いながら、通帳を返却していた頃を思い出した。

あれが原点なんだ。お客様に感謝して、ありがとうございますと素直に頭を下げた、あの時の気持ちに戻らねばならない。

私は、次々とやって来る客に弁当を渡し続けた。うっすらと額に汗が滲む。気持ちが良い汗だ。

「社長、大丈夫ですか？」

美由紀が聞いた。

「何を言っているんだ。これでも昔は、できる窓口係だったんだぞ」

私は、笑いながら答えた。

「社長」

「なんだい？」

「かっこいいですよ」

美由紀が笑みを浮かべた。

「ありがとう」

私は、笑みを返した。

3

営業終了後に店長やアルバイトのスタッフが残り、自主的に店の改革の議論をする。そこに私も参加してほしいと柏木とフランチャイズ担当の水島が頼んできた。

私は、一も二もなく参加すると言った。北京秋天以外にも自主的に店を良くしようという議論がなされるようになった。

「社長が、資金繰りでご苦労されているというのをみんな知っていますから」

柏木が言った。

いつの間にか私が銀行などに翻弄されている様子が彼らに伝わり、危機感になったのだ。

「僕は社長だからね」

「なりたくてなられたのではない。私たちを守るために社長になられたのだとみんな思っています」

柏木は真面目な顔で言った。

議論の会場は新潟屋新宿店だ。新宿駅西口ロータリー近くにある。時間は、夜の十二時を過ぎている。

店内は、深夜にもかかわらず熱気が渦巻いていた。すでに柏木とフランチャイズ店担当の水島が議論に参加していた。

「熱心だね」

私は同行してくれた岸野に囁いた。岸野は、特に笑みも見せずに小さく頷いた。

「みんな、社長が来られたぞ」

柏木が立ちあがった。

「待ってました！」

「社長、こちらへ」

店長たちから声が上がった。新宿店の店長の他に新宿エリアの店長が五人集まっていた。

私は、彼らと一緒にテーブルを囲んだ。

「遅い時間にすまないな」

私は言った。

「こんな時間しか、集まれませんから。社長、提案ですが、いいですか？」

柏木が何か企んでいるような目つきで言った。

「いいよ、なんでも提案してくださいよ」

「ビールを飲みながらやりましょうということです」

柏木の言葉に、店長らが拍手で応えた。

「いいね。飲みながら議論しよう。ここでは私の前だからと遠慮するな。良いアイデアはどんどん採用するから。ここに大蔵大臣がいるから安心してくれ」

私は、岸野の顔を見た。岸野はむっつりとしていた顔を僅かにほころばせた。

ジョッキのビールが運ばれてきた。つまみはピーナッツなどの乾きものだ。完全に火を落としているので料理をするわけにはいかない。

「乾杯！」

水島がジョッキを高く持ち上げた。

私も大きな声で「乾杯」と応えた。

彼らの明るい顔を見ていると、私は勇気が湧いてきた。明子に死にたいような気持ちだと言ったことを後悔した。

私が、社長を引き受け、逃げ出さなかったことが彼らにいい影響を与えているのだ。北京秋天もそうだが、私が一生懸命やっていることが社員に伝われば、社員も一生懸命になるという単純な真理が理解できた。私が逃げれば、全ては終わりだ。私が、この問題の多いDFSの社長を引き受けたのは、彼らのこの笑顔を見るためだったのだ。今、この事態に私がここにいる意味とはなにかと問われれば、それは彼らの笑顔を見てくださいと答えるだろう。

今まで色々な仕事に携わってきた。しかしそれは銀行員として、あくまで間接的な関与だった。経営が苦しい会社の建て直しもやった。倒産寸前の会社が、現在は、隆々とした一流企業として活躍している。それらの会社の名前を新聞などで見つけた時、自分の仕事に誇りを持った。私が建て直したのだと思ったのだ。しかし、実際は、銀行員であった私の役割なんか、小指の爪の先くらいちっぽけなものだったのだ。実際の企業の再建は、ここにいるような社員一人一人が力を合わせたから可能になったのだ。社長の喜びとはなにかと問われれば、社員の未来に向かおうとする生き生きとした顔を見ることが出来ることだ。私は、今、間接的、第三者的ではなく、直接的、当事者的に再建に関わり合っている。それは初めての経験だ。

私は、ジョッキに口をつけ、ビールを飲んだ。渇いた喉に苦味が沁み入って来る。力が湧いて来る。なんだか自然に笑みがこぼれて来る。銀行や文句ばかり言うオーナーになんか負けていられるか、と考えながら私は彼らの議論に黙って耳を傾けていた。

「北京秋天では昼のメニューを全部一律の二百円にして成功したみたいだ」

「ここはダメだよ。夜の売り上げが七割をしめるから。それにうちは客単価五千円から八千円のゾーンだよ。安売りは出来ないよ」

「新宿でやっていてそのゾーンは居酒屋として高くなりすぎていないか。確かにうちは蕎麦粉も地粉を使って品質には自信があるけど、最近は千円で飲めるとか、一品二百九十円一律とか、安い居酒屋がはやっているからな」

「客足が落ちているのは事実だよ。もっとうちの蕎麦が美味いとか、特色を打ち出すようにしないと」

「最近、メニューが増えすぎて、蕎麦居酒屋のイメージを壊してるね。お前のところ豚肉のキムチ炒めも置いているだろう」

「客がないかって言うものだから、メニューに加えちゃったよ」

「蕎麦居酒屋らしいメニューを増やして、少し客単価の価格帯も引き下げたらいいんじゃないか」

「客単価四千円から六千円ぐらいにして、かつそれなりに高級感もあるメニューにするっていうのはどうかな」

私は、むずむずしてきた。議論に参加したくなったのだ。

「意見いいかな」

私は、そっと手を上げた。

「どうぞ社長」

水島が言った。ジョッキを抱えている。

「産直の魚や野菜をウリに出来ないかな。ありきたりのようだけど、産地にみんなが直接に行って朝網に上がったもの、穫(と)れたての野菜、それはどんな雑魚(ざこ)がいても、曲がったキュウリでもいいんだ。獲れたものをまとめて買えば安くなるんだ。選ぶから高くなる。それを客に見せながら調理するんだ。選んでもらってもいい。どうかな?」

私は、自分の思いつきを自信なげに言った。以前、漁業関係の会社の再建をした際、漁に出ると色々な魚が獲れますが、売れそうにないものは港に上がるまでにほとんど捨てる、と聞いたことがあったのをヒントにしたアイデアだ。

誰もが何も発言しない。妙な沈黙が支配した。

「おいおい、遠慮するなよ。私が言ったからって賛成しなくてもいいんだから」

「それいただきます。私も本部からあてがわれる材料じゃなくて自分で仕入れの現場まで足を運びたいと思っていましたから。客に提供する魚はどこで、どんな人が獲って来るのだろうかということを知るのはものすごく意味があることです」

新宿店の店長が言った。

「その材料を魚でも野菜でも客の目の前で調理したら、面白いパフォーマンスになるかもしれません」

新宿三丁目店の店長が言う。

「しかし、毎日、新潟や富山などの漁港に行けないぜ」

新宿歌舞伎町の通りにある歌舞伎町店の店長が言った。

「その辺の問題点は、私が解決策をひねりだしましょう。社長のアイデアを採用しますか」

水島が勢い込んだ。

「賛成します」

皆が声を揃えた。

「ありがとうございます」

私は、やや大げさにテーブルに頭をつけた。

楽しげな笑いが頭上を飛び交った。私は力を感じた。彼らの笑顔を消してはならない、なんとか金を集めねばならないと強く誓った。

4

「なんとか納得してもらえましたね」

私は渋川に言った。

私たちを乗せた飛行機は羽田に着陸しようとしている。札幌のフランチャイズのオーナーにフランチャイズ権の買い戻しを断念してもらったのだ。金額にして十億円もの投資をしているオーナーだったが、今後の出店への全面的協力を約束して納得してもらった。これは大きな成果だ。

私と渋川や他の営業部員は、手分けして全国のオーナーに権利の買い戻しの要求断念、もしくは買い戻し金額の削減を依頼して回っていた。渋川が中心でやってくれているが、大きなオーナーには、私が直接出向いて交渉した。お陰で鹿児島から北海道まで日帰りの出張が続いていた。成果は決してはかばかしくないが、それでも百三十億円のフランチャイズ権の買い戻しによる簿外負債はそれなりに削減できる見込みが立って来た。

「はい、良かったと思います」

「疲れたでしょう」

「社長ほどじゃありませんが、疲れました」

渋川は弱々しげに微笑んだ。

「少し見込みが出てきたから、投資家筋に資金援助も頼みやすくなりましたね」

私は言った。

「社長、こんな時に言うのはなんですが」と彼は夜の空港を窓から眺めて、「辞めさせてくださいますか」と呟くように言った。

私は驚かなかった。いつか渋川はそう言いだすだろうと思っていたからだ。

「そうか。辞めたいのですか。一緒にやれないのですか」

「疲れました」

飛行機は、滑走路に無事ランディングした。胸を押すように圧力がかかる。一番、嫌な時間だ。

「責任を感じているのか」

「ええ」

「私は、君を責めるつもりはないですよ」

岸野は、辞めるべきは渋川たち、リンケージ社の言いなりにフランチャイズ権を売りまくった役員だと言っていた。しかし、最近の渋川の働きは、岸野でさえ評価していた。

「分かっています。しかし、今の状態にした自分が残っているのは若い人によくありません。そう思います。それに……」

「それにどうしたのですか？」

「龍ヶ崎さんのことです」

大口オーナーの龍ヶ崎がどうしたというのだろうか。まだ彼との間では買い戻し問題が決着していない。交渉は渋川に任せているが、そろそろ私が頭を下げに行かなくてはならないと思っている。

「差し押さえすると言うのです」

飛行機はゆっくりと滑走路を進む。方向を示すランプが鮮やかに路面を照らしている。

「差し押さえ？　どういうことですか」

「即刻、支払ってくれなければ銀行口座を差し押さえて、投資した五億円を満たすまで現金の回収を図ると言って来ました」

渋川の顔が苦渋に満ちている。

飛行機が停まった。乗客が安全ベルトを外して、一斉に立ち上がる。私は動かなかった。渋川も立ち上がらない。

「そこまでするのか」

私も口元を歪めた。以前、オーナーが集まった会議で、龍ケ崎の提案を蹴った。彼がオーナーの要望をまとめるという提案だった。そのことですっかり龍ケ崎を怒らせてしまった。渋川に交渉させているのは、彼が私に会おうとしないことも一因だ。

乗客たちが出口に向かって動きだした。

「社長、そろそろ私たちも……」

渋川が安全ベルトを外した。

「そうだね。飛行機を降りてから話を聞きましょうか」

空港内の通路に出た。私は、早く龍ヶ崎の行動について聞きたかった。

「彼は、なんて言っているの？」

私は、動く歩道を歩きながら話した。

「龍ヶ崎さんは、面子（メンツ）をつぶされたと怒っておられまして、なんとしてでも全額、即刻回収すると。そのために差し押さえするとおっしゃいまして……」

渋川は歩くのも億劫（おっくう）なほど力を失っている。

「そんなことをされたら信用問題だ」

「ええ、それでなんとか宥めようと努力していたのですが、無理なようです」

「今、七時だね。今から龍ヶ崎さんのところに行くわけにはいかないですか」

私は立ち止まった。身体が自動的に運ばれて行く。

「今からですか」

「ああ、今からです」

渋川の身体も一緒に運ばれて行く。

「分かりました。連絡してみましょう。もし連絡がつくなら事務所に行きましょうか」

龍ヶ崎の事務所は池袋だ。一時間もあれば着くだろう。

渋川は携帯電話を取り出した。私たち二人の身体を動く歩道が運んで行く。この歩道には終わりがある。私を運んでいる運命という歩道には終わりがあるのだろうか。希望という終わりだろうか。せっかく若手が動き始めたのに、差し押さえられたら信用不安を引き起こしてしまう可能性がある。他のオーナーも同様の動きをするかもしれない。なんとしてでも龍ヶ崎に怒りを抑えてもらわねばならない。

渋川が携帯電話を耳にあてたまま渋い顔をしている。

動く歩道が終わりになった。ちょっとたたらを踏んでしまった。

渋川が携帯電話を耳から外した。首を振った。

「だめです。連絡が取れませんね。電波の届かないところにありますというメッセージだけですね」

「事務所に押しかけますか」

「この時間ですからいないと思います。無駄足になります」

「しかたがありません。今日は諦めましょう。明日、連絡を取ってください。私が伺いますから」

歩き始めた。

「明日、連絡を取ってみます。会ってくれるといいのですが……」

渋川は自信なげに言った。

「ところで渋川さんの退職願いの件ですが、気持ちは変わらないのですか」

「ええ……」

「ちょっと休んで行きますか」

「いいえ、申し訳ありませんが帰らせてください。このところ出張続きですので……。疲れました」

「辞めたい理由は疲れですか」

「社長、先が見えないんです。こんな交渉を続けていても先が見えないんです」

渋川が立ち止まって訴えかけた。私は彼を見つめた。

「私は、そうは思わないです。札幌のオーナーだってなんとか私たちを支えると言ってくださったじゃないですか。問題は多いと思います。しかし、一つずつ解決し、一歩ずつ進むしかないです。私にははっきりと先が見えているとは思えません。しかし、もう少し進むと先が見えるかもしれません。そう思います」

私は、胸が掻き毟られるような思いがしていた。彼に言っている言葉は自分自身に向けていた。先が見えないという渋川の話を否定してみたものの、実際は自信がないからだ。

「申し訳ありません。ここのところずっと考えていました。自分の責任も感じていました。辞める気持ちに変わりはありません。先が見えない会社では働けないのです」

「そうですか。分かりました。明日、龍ケ崎さんとの面談のセットだけは頼みます。私が行きますから」

私は、歩き始めた。

渋川も私の後ろについて歩き始めた。

若い人も渋川と同じように考えているのだろうか。違うと思いたい。なぜなら若い人は先を見ない。先が見えないのが当然だからだ。しかし、先が見えなくても進むことができる。それが若さだ。

渋川が辞めたら、同調して古参幹部が辞めるだろう。そうすれば柏木や水島たち、若手を思い切って幹部に登用してみよう。先が見えないなら、先など見ない若手と一緒に闇雲に進んでみようか。

私は、深刻な事態にもかかわらず、ふいに笑いがこみあげてきた。

今や、笑うしかない事態なのかもしれないと思ったのだ。

目の見えない羊飼いが多くの羊をひきつれて無限の草原を歩いている。行くあてはない。前方に深い崖がある。羊飼いはその崖に向かっている。羊もろとも落ちてしまうのか。危険が迫っていることも知らず羊飼いは、羊たちに「もう少ししたら美味い草をたらふく食べさせてやるぞ」と言いながら、楽しそうに笛を吹いて歩いている。

「社長、何か面白いことでも」

私は、抑えきれずに笑いを洩らした。

渋川が聞いた。私が笑うのに気付いたようだ。

「いやぁ、自分のダメさ加減に思わず笑ってしまったんですよ」

渋川は何も答えなかった。

5

大友から会いたいと言って来た。人を紹介するというのだ。宮内も同席するらしい。私は嫌な気分になったが、資金繰りの話を匂わされたので指定の場所に行くことにした。

龍ヶ崎とはまだ連絡が取れない。差し押さえの動きがあったという報告はないが、早く事態を収めねばならない。そのためには他のオーナーには秘密で彼に金をいくらかでも支払わなければならない事態に追い込まれるかもしれない。そんな現金はすぐ用意出来ない。

大友が指定してきたのは、京王プラザホテルのラウンジだ。会社のすぐ近くだったので良かった。そうでなければ行く気がしない。

フロントの前を抜けると指定されたラウンジがあった。ウエイターがやって来た。

「待ち合わせです」

私は言い、ラウンジ内を見渡した。広々とし、客たちはゆっくりと落ち着いた雰囲気の中で話をしている。全面ガラス張りの窓の向こうには人工の滝がしつらえてある。

大友がいた。隣に宮内もいる。あの二人は気が合うのだろうか。

「お待たせしてすみません」

私は、二人に頭を下げた。

「大丈夫です。私たちも今、来たところです。何にしますか？」

大友が妙に丁寧に聞いてくる。気持ちが悪いほどだ。宮内は、薄笑いを浮かべながら黙っている。

こっちも気味が悪い。

「コーヒーをお願いします」

私が言うと、大友が、ウエイターにコーヒーを頼んだ。彼らの前にはすでにコーヒーが置いてある。少し減っているところを見れば、もう飲んでいる。大友は、今、来たと言ったが、嘘だろう。しばらく前に来ていたのだ。

「奇妙だと思うだろう」

宮内が薄笑いを浮かべた。

「なにが？」

私は言った。

「俺と大友さんが、ここにいることさ」

「別に奇妙だと思わないが」

大友は、作ったような笑みを浮かべて私を見ている。以前よりどこか卑屈になっている。

「大友さん、うちの会社に来てもらったんだ。正確には、子会社の役員でね」

宮内の話には驚いた。大友を見た。

「そうなんですよ。こちらにお世話になることになりました」

大友が名刺を差し出した。宮内の勤務している会社の名前を冠した社名だ。役職は専務になっている。

「それは良かったですね」

「宮内さんのお陰です。銀行は世話してくれませんでしたのでね。途方にくれましたよ」

大友は、媚びた笑みを浮かべて宮内を見た。それで宮内が、大友より高飛車に出ているのか。

「大友さんが、銀行が世話をしてくれないとおっしゃるものだから、うちの子会社のポストなら空いてますよと申し上げたんだ。ぴったりの人に来てもらってよかったよ」

横柄な口調だ。

「それは何よりでしたね」

私は感情を交えずに言った。

「いやあ、本当に銀行って合併すると冷たくなりますね。自分で辞めたんだから、自分で探せって言うんですよ。斡旋するのは一回こっきりだってね。参りました。この年でハローワークに行けませんからね」

このまま延々と自分のことを話し続けそうだ。

銀行で役員一歩手前まで行ったのにもかかわらず、とことん銀行にすがりつこうとする態度があさましい。銀行もそこに辟易(へきえき)したに違いない。

「ところで今日はどんな用件なのですか」

「この間、妙なところで会ったな」

宮内が薄笑いを浮かべている。

「妙なところって？」

「岡田十和子さんと一緒のところだよ」

「ああ、そのことか。別に……」

「出来たのか？」

宮内が下卑た笑いを浮かべた。

「それに関しては完全否定だが、今日はそんな話をするために呼んだのか」

私はきつい口調で言った。腰を浮かした。

「まあ、そうむきになるな。むきになれば、本当だと思われるぞ」

「いい加減にしろ」

私は怒った。むかむかしてきた。

「まあ、樫村さん、落ち着いてください。宮内さんはご同期としてご心配されているんですよ」

「そうだぞ。とんだ女狐ってこともあるからな。銀座で居酒屋を経営している女だぜ。どんなパトロンがいるかも分からないだろう」

宮内は、頰に人差し指を当てた。十和子のパトロンにヤクザがいると言っているようなものだ。彼は、銀行員時代に十和子と知り合っている。何か私が知らないことを知っていてもおかしくない。しかし、余計な心配というものだ。

「ビジネスとして付き合うから、余計なことは心配してくれるな」

私ははっきりと言った。

「本題に入ろうか。お前、小沢幸太郎さんを覚えているか」

宮内は言った。小沢幸太郎。大手商社伊坂商事の常務。元菱光銀行で、大友の同期だ。名前が息子と同じなので印象が深い。大友らのOB会で会ったが好印象だった記憶がある。

「私の同期ですよ」

大友が口をはさんだ。

「覚えています」

私は大友に答えた。

「あの小沢さんが大友さんに連絡してきたんだ。DFSに関心があるらしい。支援したいのかどうかは分からないがね。まだ大友さんが社長だと思っていたらしい」

宮内が言った。

「それは本当か？」

私は興奮した。伊坂商事が支援してくれるなら言うことはない。

「嘘なんか言うものか」

「小沢は、私のことを心配してくれたのでしょうね。持つべきものは良い友人です」

大友が嬉しそうに言った。自分の成果を誇っているのだ。

「ぜひ紹介してくれ」

少し腹立たしいが宮内に頼んだ。

「紹介するさ。そこで条件があるんだ」

宮内は言った。

「条件？」

私は不吉な予感に顔を曇らせた。

「実は、親会社は電子部品を製造しているんだが、俺の発案で子会社で金融取引をやらせることにしたんだ。それが大友さんの会社だよ。ついては交渉の手伝いをさせてもらいたい。それで手数料を稼がせてほしい。小沢さんからも大友さんの会社に交渉を任せることが条件なんだ。それと小沢さんと交渉の間は、他とは交渉しないでほしいということだ」

宮内の目が光った。

「M&Aの窓口をやろうというのか？」

大友に任せるだって？　そんなことできるか。大友にM&Aという企業の提携や買収などの高度な交渉の経験があるとは思えない。上手く行くはずがないだろう。

それに小沢の話を聞く前に大友の会社に専任の約束をし、他との交渉をしないなどということが出来るだろうか。

十和子には、彼らより先に相談している。彼女を裏切ることはできない。

「小沢は、同期のよしみで私に声をかけてきたんですから、それでいいでしょう？」

「手数料くらいは払ってもいい。しかし、小沢さんには私から連絡させてほしい」

小沢は、あの時、何かあったら連絡するようにと言ってくれていた。

宮内は、難しい顔で、「それは止めた方がいい。極めてタッチーな話だ。小沢さんも大友さんだから相談してきたんだ。それをいきなりお前が電話したらまとまるものもまとまらない。お前、困っているんだろう。悪いことは言わない。俺に従え」と言った。

「実は、新しい会社で成果を上げれば、社長にならせてもらえるかもしれないんです。樫村さん、ぜひよろしくお願いしますよ。悪いようにはしませんから。DFSの実情はよく分かっていますしね」

大友は卑屈に笑った。

よく言うよ。実情を知る前に逃げたのは、どこのどいつだと言いたいがぐっとこらえた。

この話をまとめて社長になる？　私の苦境を救うよりも自分のメリットを優先している大

友らしい判断だ。

「よく考えてみるから」

「おいおい、考えるまでもないだろう。足元の資金繰りに火がついているんじゃないのか。そんな悠長なことを言っていていいのか」

宮内は厳しい口調で言った。

「こう見えても小沢は私の言うことを良く聞いてくれますから。この話は、私に任せれば、まとまりますよ。必ず」

大友は、以前と人が変わったかのように低姿勢だ、気持ちが悪くて脇の下が痒くなるほどだ。こんなにも状況次第で変化できる奴を信じていいのだろうか。

「この話を誰かに話すなよ。もし外に漏れたら、無くなると思え。そうなると困るのはお前だぞ」

宮内は険のある目つきで私を見た。

私は、テーブルのコーヒーをじっと見つめていた。すっかり冷めてしまっていた。

6

結論が出ぬまま、私は宮内たちと別れた。本社に戻ろうと歩いているが、足元が覚束ない気がする。迷っているからだ。気持ちがふらふらしていると、それは歩き方にも表れる。宮内を信用していいのか、それとも彼は何かを企んでいるのか。DFSを援ける会社として伊坂商事は魅力的だ。商社は、色々な分野に投資している。以前のように物を右から左に動かすだけではない。開発型、投資型とでもいうべき業務が中心になっている。居酒屋チェーンも彼らにとって魅力的な投資先に見えるのだろう。

いっそのこと十和子と伊坂商事が組んでDFSを支援してくれたら、素晴らしいのだが……。

私は、その思いつきに、一瞬、胸が膨らんだ。しかし、宮内や大友の顔を思い出すと、しゅるしゅると音を立ててしぼんだ。

携帯電話が鳴っている。誰からだろうと着信表示を見る。

「十和子だ」

噂をすれば、なんとかではないが、彼女のことを考えていると、電話がかかってきた。

「もしもし、樫村です」

「よかった。岡田です。今、どちらにいらっしゃいますか」

「今、ちょっと用事を済ませて、本社に戻るところです。新宿です」

「あら、丁度いいわ。もうすぐ六時ですわね。夕食をご一緒されません。幡ケ谷だけど、とても素敵なイタリアンレストランがあるのよ。ご存じ？」

「いいえ、行ったことはありません」

十和子の肉厚で柔らかい唇の感触が蘇って来る。あの唇が、スパゲッティをするところを想像するだけで胸が苦しくなる。

「そう、じゃあご一緒しましょう。私は今、店に向かっていますから、そちらで六時に集合ということで。お店の名前は『ディリット』よ。ディリット。イタリア語で正直、まっすぐという意味らしいわよ。私みたいでしょう？　お店が分からなかったら幡ヶ谷の駅から電話してもらえればいいわ。大丈夫かしら？」

「ディリットですね。調べます。六時に伺います。私もお会いしたかった……」

「あら、嬉しいわ。じゃあ、お店で」

電話は切れた。

私は、胸を押さえた。まだドキドキと鼓動が手を伝って聞こえる。お前、しっかりしろよ。ビジネスだぞ、ビジネス。私情を交えるな。

自分に言い聞かせるが、心臓の鼓動と同じリズムで首から頭の芯でも血がたぎっているのが分かる。

携帯電話で情報サイトを呼び出し、ディリットを入力する。すぐに画面に店が現れた。地図を見る。駅から、少し歩くが、商店街をまっすぐ歩けばよさそうだ。迷うことはない。

私は、岸野にメールをした。電話で話す気にはならなかった。自分の動揺を見透かされそうで嫌だったのだ。「人と会う。本社には戻らない。何かあれば携帯に連絡してください」という内容だ。誰と会うとは言わなかった。なんだか後ろめたい気がしたからだ。

私は、京王新線の駅に向かった。幡ヶ谷は新宿から二つ目の駅だ。先ほどとは違い足が速く動く。気持ちが先に行って足が遅れ、もつれるのではないかと心配になる。

電車に乗っている間も、ビジネス、ビジネスと言い聞かせた。そうしないととてつもない迷宮、あるいは魔宮？　に入りこんでしまいそうな気がする。

だいたい浮気も、女遊びもしたことがない。恋愛だって妻どまりだ。不器用な中年が、一度、恋に目覚めると収拾がつかなくなると人は言う。

えっ？　すると俺は恋をしているわけ？　ビジネス、ビジネス。

頭の中は妄想の台風が吹き荒れている。私の中の理性という柱を次々となぎ倒して行く。

駅に着いた。北口を出て、少し歩くと六号通り商店街の入口がある。ここを北に向かって迷わず歩けばよい。

私は歩き始めた。庶民的な商店街だ。優雅な十和子に会いに行くには似つかわしくない。

路面で野菜や果物を売っている。酒屋がある。お菓子屋、老舗風の和菓子屋、美容室、ラーメン屋、レストランなどが並んでいる。人通りは多い。この先に女子大でもあるのだろうか。若い女性が連れだって歩いているのが目立つ。もしかしたら十和子はここに店を開くのだろうか。

行き過ぎたかと思うほど、歩いた。大きな通りも渡った。すると左側に柔らかい明かりが洩れる店が見えた。看板に「DIRITTO」とある。ここだ。大きく息を吸い、そして吐いた。鼓動が少し落ち着いた。

「いらっしゃいませ」

笑顔が美しい女性が出迎えてくれる。落ち着き具合から見ると、オーナーなのかもしれない。店は、オープンキッチンのこぢんまりとした清潔な店だ。

「あのう、岡田さん……」

十和子の名前を言いながら店の奥に視線を向けた。テーブルで手を上げている女性がいる。十和子だ。

「いました、いました」

私も手を上げた。

「どうぞ。お待ちしておりました」

女性が私を十和子のテーブルに案内してくれた。

「お待たせしました」

私はぎこちない笑みを浮かべた。

「樫村さんを待つのは、何でもないわ。どうぞ、お座りになって」

私は十和子の前に座った。白いクロスがかかった清潔なテーブルだ。

「シャンパンでいいわね」

十和子が言った。

私は、とりあえずビール派なのだが、十和子に任せた。

「ここの生ハム、美味しいのよ」

十和子の目が生き生きとしている。

「生ハムね」

「あら、食べてみると分かるわよ。それとカラスミのスパゲッティが最高なの。ねえ、ママ」

十和子は、女性に微笑みかけた。

「ありがとうございます」

女性は、明るい笑顔で答えた。

アンティパストとして生ハムが出てきた。やはりオーナーなのだ。白い皿に丁寧に削がれた生ハムが盛り付けられている。そして透明な泡立つシャンパン。

「シャンパンなんて、お祝いみたいですね」

私は言った。

「お祝いよ。幹部たちを説得して、あなたの会社と提携の話を進めることに決めたわ」

シャンパングラス越しの十和子の視線が強くなった。

「そうですか」

私は、自分でも妙に力のない声で言った。

「あら、嬉しくないのかしら」

十和子が笑顔を浮かべながら小首を傾げた。

「いえ、そんなことはありません」

私もグラスを掲げた。

気持ちが弾まなかったのは、宮内の提案が頭をよぎったからか。いや、そうではない。十和子の表情が経営者のそれだったからだ。ちょっと期待外れだった。いつしか恋人のように会えるかと期待に胸を膨らませ過ぎていたのだ。期待している自分が間違っている。十和子は、生き馬の目を抜く、銀座で闘う経営者なのだ。そのことを忘れてはならない。腑抜けになっていると、尻の毛まで抜かれるぞ。ああ、十和子になら尻の毛を抜かれてもいい。だめだ。しっかりしろ。

ビジネス、ビジネス……。

私は呪文のように頭の中で同じ言葉を繰り返した。この言葉が女難を防いでくれるはずだ。公私混同するな、しっかりしろよ、樫村！　私は何度も自分に言い聞かせた。

グラスを合わせた。カチッと乾いた音がした。

それは明るい未来へのゴング？　それとも胸を掻き毟るような苦しい恋へのゴング？

私は、ひと息にシャンパンを飲みほした。

第九章　七味ひりひり涙ぼろぼろ

1

十和子のマンションからは東京湾を取り巻くビル群の夜景が、きら星のように見えた。

「きれいでしょう」

十和子は、シャンパングラスを持って側に近付いてきた。グラスの中には透明な泡が細かく立ち上っていた。

室内は、白で統一され、壁際には、まるで映画館かと見まがうほどの巨大スクリーンがある。そこには十和子が好きだというオードリー・ヘプバーンの「ローマの休日」の映像が流れていた。音は消してある。

「とても素敵な景色ですね」

私が振りかえりながら答えたとき、スクリーンでは、グレゴリー・ペックが真実の口から引き出した手を見て、オードリー・ヘプバーンが驚くシーンが流れていた。

「ちょっと着替えて来るわ」と十和子は部屋の奥に消えたが、しばらくして現れた時には、髪をアップにし、赤を基調にしたややシースルーのロングドレスに身を包んでいた。身体の線が柔らかく浮かび上がっている。まるで白い世界に、舞い降りた神話の世界の天女のようだった。あまりの美しさに息を飲んだ。

「樫村さん、おかしい。スーツ、お脱ぎになったら」

私は、スーツを着たままだった。

「いえ、まあ、このままで。まだ仕事ですから」

十和子は幡ヶ谷のイタリアンレストラン、ディリットでの食事を終えると、「詳しいことは、自宅でね。もう、パートナーなんだから」と言い、私を佃のマンションまで案内した。私は、マンションまでのタクシーの中で「ビジネス、ビジネス」と声に出さないで呪文のように唱えていた。

「仕事？　そうね。まだ具体的に話していないわね。お座りにならない？」

十和子は、シャンパンを持ったまま、ソファにゆったりと身体を預けた。ドレスの裾が割れ、すらりと伸びた淡い桜色の足が現れた。

「まあシャンパンを飲んで」

テーブルの上のグラスにシャンパンが満たされていく。

私は、十和子の前に座り、グラスを持った。

「二人のこれからのビジネスの発展に乾杯」

十和子が、グラス越しに微笑んでいる。

私もグラスを上げた。しかし、視線は自然と十和子の膝のあたり、そしてその奥へと向かっていた。私自身の欲望をコントロールするのが大仕事だ。

「具体的にはどのようなお考えをお持ちなのですか?」

「うふっ」と十和子は含み笑いを洩らし、「お固い言い方ね」

「仕事ですから」

無理に私は真面目な顔をする。

「リラックスしてよ。話がしづらくなるわ」

ゆっくりと十和子が立ちあがった。私の鼓動はいや増しに高まってくる。十和子が私に近づいてくる。はらりとドレスの裾が割れる。

「ねえ」と十和子は、私に身体を密着させ、腰を下ろした。

私は、思わず腰を浮かせた。逃げ出そうか、どうしようか。どういう態度が紳士的なのか? ああ、分からない。目が血走ってくる。

十和子がシャンパンを一口、飲んだ。

「私と私の会社の役員をそちらの役員に入れてくださらない?」

「えっ？」

「あなたの会社は上場企業だから、他社と提携したら記者発表をしなくちゃならないわね」

「ええ……」

「その時、私たちが役員でいることは信用の補完になるでしょう？」

うっとりとした目で十和子が私を見つめる。甘い息がかかってくる。

「それは、十分、信用力の強化になります。ですが……」

「分かってるわ、提携する以上は、資金でしょう。資金が要るわね」

十和子の目を見ていると、こんな野暮な話はさっさと止めて、むしゃぶりつきたくなる。目の前に豊満な胸がある。いかにも柔らかそうで、私に揉みしだいてほしいと言っているようだ。十和子もそれを求めているのだろうか。普通の男は、こういう時にどうするのだろうか。理性を失った振りをして行動するべきなのだろうか。ああ、なんて俺は度胸がないのだろう。数ミリ単位でじりじりと後ずさりしている自分が情けない。十和子の甘い香りが、私の身体を包んで行く。もう何を言われているのか分からない。

「そう、資金、資金が要るんです。今、我が社は信用……」

十和子の指が私の唇を塞ぐ。唇に白く細い指が触れる。そのまましゃぶりたい……。

「たった今なら八億円を用意出来るわ。それでお宅の会社の株を五十五％いただけないかしら。そうすれば、後は、私とあなたで上手くやって行きましょう。私の会社の役員たちは優秀よ」

ちょっと甘い香りが渋くなった。

「あら、不足なの？」

シャンパンを飲む。グラスに赤い唇が触れる。サーモンピンクの小さな舌先が見えたかと思うと、上唇についたシャンパンの滴をぺろりと舐めた。

「ええ、まあ。第三者割当増資ではないのですか？　かなり資金も厳しいものですから」

「第三者割当増資じゃ、今、お宅の株が二万五千円ぐらいでしょう。それで計算すると三万二千株。発行済み株式が七万八千株だから三十％にもならないわ。それじゃだめよね。私とあなたが組めば、株価なんてなんとでもなるわよ」

「大株主がなんと言うか」

ＪＲＦの山本など大株主が八億円で株の半分以上を十和子に渡すことを承知するだろうか。

一時期は、数十万円もした株だ。それを仮に四万株渡すとすると、一株当たり二万円で譲渡することになる。それでも無価値になるより良しと判断する株主はいるだろうか。大株主は、ＪＲＦの山本の支配下にある。実質は、名義を変えているだけだといってもいい。だから山本を納得させればどうにでもなるのだが……。

意外なほど欲深な十和子の提案を聞き、急に頭が冴えて来た。

「だってこのまま行くと債務超過で上場廃止ってことにもなりかねないわ。そうなると株は無価値よ。大株主のＪＲＦさんたちも同意されるんじゃない？」

それにしてもＪＲＦの名前や債務超過などというこの場に相応(ふさわ)しくない言葉が出て来るところを見れば、ＤＦＳのことを想像以上に調査している。

「債務超過って？」

「あら、余計なことを言ったかしら？」

十和子は、ペロッと小さく舌を出した。

「そんな情報はどこから出たのかなと……」

宮内の顔を思い浮かべたが、まさかと否定した。

「そう」と十和子は視線を外して「でも事実なんでしょう？　私は、それを知ったからといっても大丈夫よ。悪い会社を良くするのって楽しいじゃない。それに樫村さんが手に入るんだもの」とシャンパングラスをテーブルに置いた。

十和子の目が、私を捉えた。私は身体が硬くなった。当然、身の下も硬くなった。周りから音が消えた。十和子の顔が近づき、息が吹きかかってくる。

「上手くやりましょうよ、ねえ、一緒に……」

耳元に囁きが聞こえる。十和子の指先が、私の耳の穴を優しくまさぐる。そこが私の性感帯だということを十分に承知しているかのようだ。もう、スーツも理性もなにもかもなぐり捨ててしまおう。

がははっ。

突然、耳の奥に雑音のような笑い声が響いた。不愉快極まりない。誰の笑い声かは分かっている。あの占い老女だ。

「この野郎……」

私は、聞こえないほど小さな声で呟いた。

十和子の身体がさっと離れた。十和子が怪訝そうな、困惑したような顔で私を見つめている。

「いや、なんでもない。というか、なんでもないんです」

私は慌てて否定した。何を否定しているのか分からないが、十和子の表情に対して、何かを言わねばならないと焦ったのだ。

「私の提案をよく考えておいてね」

十和子はすっと立ち上がった。

「違うんです。あなたのことじゃないんです」

私はさらに焦った。

「色仕掛けで、何かやろうとしているように誤解しているみたいだけど、そうじゃないわ。純粋に投資なのよ。もし、あなたと私がそういう関係になったら、それはおまけってこと。

ついでのことよ。勘違い、というよりうぬぼれないでね」

十和子の顔が真面目だ。怒っている。

「だから、なにもそんなことは思っていません」

私はさらに焦った。

「出来るだけ早く、いい返事を待っているわね」

十和子の笑みが強張っている。

私は、ソファから立ち上がり、「努力します」と言った。こんちきしょう。今度は、無言で呟いた。老女にか、それとも十和子と関係を結べなかった自分のふがいなさを叱咤(しった)しているのか分からない。女難を避けられた？

マンションのドアの前に立った。後ろに十和子がいる。今は、十和子の甘い香りが後を引いて仕方がない。

2

十和子のマンションの前からタクシーに乗った。なかなか冷静になれなかった。頭はほこほこと茹(ゆ)だっているような感じがし、膨張した身の下もなかなか収まりが悪い。かっこ悪い。こんな時は、初心に返るのが肝心と「ビジネス、ビジネス」と唱え続けた。

「景気、良くなりませんねぇ」

運転手がぶつぶつと言った。私が何も答えないものだから、すぐに黙ってしまった。

ようやく家に着いた。

「樫村さん、樫村さんですよね」

家に入ろうとすると、後ろから誰かに呼びとめられた。男の声だ。私は、ドキリとした。

振り返ると、街灯の明かりの下でスーツ姿の男が立っていた。私は、緊張で身構えた。

「どちら様ですか？」

私は、蛍光灯の明かりで、青く浮かび上がったように見える男を見つめた。若い感じがする。

「すみません。こんな時間にお訪ねしまして。先ほど、奥様から、帰りは遅いとお伺いしましたので、外でお待ちしていました」

明子に会った？　この男、明子になにかしたのではないだろうな。不安な思いが、足元から全身に広がっていく。

「どちら様で……」

「ああ、申し遅れました。私、朝毎（ちょうまい）新聞の木佐貫（きさぬき）と申します」

男は、近づいてきて名刺を渡そうとした。男の顔がはっきりと見えた。眉の濃い、意志の強そうな顔だ。名刺を受け取り、覗（のぞ）きこむと、「朝毎新聞編集局経済部　木佐貫浩（ひろし）」と読めた。

「新聞記者さんがなにか?」

「DFSさんのことを伺いたくて」

「特にお話しすることはありませんが」

「それはないでしょう」と木佐貫は薄く笑い、「隠すのはよくないですよ」と言った。声が大きい。

「何を隠すのですか?」

私は小声で言った。自宅の周囲には住宅が密集している。目の前の道路は三メートル幅しかない。大きな声で話すと、向かいの家や隣の家から苦情を言われるに決まっている。私は、自分が小声で話すことで、周囲への気遣いが木佐貫に伝わることを期待していた。

「債務超過でしょう?」

木佐貫は言った。

「しっ」

私は、唇に指をあてた。

「これは失礼しました。小さな声で話しますが、DFSは大幅な債務超過に陥っているということは事実ですね」

「いえ、そんなことはありません」

「嘘はいけませんね。嘘は最も嫌われます。正直におっしゃれば、魚心あれば水心ですからね」

木佐貫の言うことは、正しい。ＤＦＳは、フランチャイズ権などの含み損を全て表に出せば、債務超過になる可能性が高い。しかし、それを回避するべく必死になっているのが実情だ。ただアホみたいに債務超過ですと認めるわけにはいかない。それを認めた瞬間に、私は上場企業の経営者として適時適切に投資家に向けて情報開示しなければならない。それは義務だ。そしてそれを開示する際に、どうしてそれを回避するか、将来展望はどうするかも同時に開示しなければ、投資家を動揺させるだけだ。そんなアホなことはできない。

「あくまで債務超過でないと言い張るのですか？　前社長の大友氏が突然辞任されたのもそれが理由じゃなかったのですか。あなたが責任をとらせたのだと言う人もいますが」

「誰ですか？」

私は耳を疑った。

「あなたが、大友氏に債務超過の責任を追及して、大友氏は、潔く責任をとって辞任した、とまあ、こんな話ですが」

したり顔で言う。

「そんなこと、誰が言っているのですか」

私は、呆れた。大友が潔い？　あんな逃げ足の早い奴はいない。あれが潔いなら、世の中の人は誰でも潔いことになるだろう。

「それは取材源の秘密です。いずれにしても債務超過を秘密にされているのは、社長として不適切でしょう。投資家や多くの人を偽っているわけですからね。どうなさるおつもりですか」

声が高くなってきた。傍若無人なところがあるようだ。

「帰ってください。お話しすることはありません」

私は自宅に入ろうとした。

「あくまで否定されるのですね。私は、そういう態度は許せませんね。書きますよ」

また声が高い。隣家の窓ガラスを誰かが叩く音がする。隣家には、介護を必要とする老女とその家族が住んでいる。窓ガラスを叩いたのは、そのうちの誰かだろう。うるさいという意思表示だ。

「静かにしてくれませんか」

私は、心臓が止まるほどの恐れを抱いていた。周囲に対する気遣いもそうだが、今、債務超過と書かれると大変なことになる。フランチャイズのオーナーたちもようやく交渉に応じてくれるところが多くなってきた。勿論、龍ケ崎のように強硬なところもあるが、それは徐々に少数になってきた。また社員のやる気も出てきた。前向きな点を探すと、それなりに見つかるではないか。そんな時に債務超過などと新聞に書かれたら、あっと言う間に債権者が押し寄せて来るだろう。とにかく増資などの態勢が整ってからでないと、マイナス記事は書かせられない。

「分かっています。でも樫村さんがちゃんと説明しないからですよ」

「何を説明するんですか」

「債務超過かどうかですよ。その責任は、あなたにあるでしょう」

「私に？」

思わず自分を指差す。

「社長だからですよ。社長に債務超過の責任はありますよね。これ以上、投資家を騙し続けるのは犯罪です」

「騙す？　誰が？」

「樫村さん、あなたが、ですよ」

「私が誰を騙しているんですか。一生懸命やっていますよ。必死ですよ」

私は興奮し始めた。

「だったら債務超過をどうするんですか？　どこかと組むんですか？　それとも倒産するんですか？」

嵩にかかってくる。

「今、いろいろと交渉……」

私は、ぐっと言葉を飲み込んだ。興奮して、債務超過を解消するべく努力をしているなどと言おうものなら、木佐貫の思う壺だ。

「交渉しているんですね」

「帰ってください。今夜は疲れています」

私は踵を返した。誰から聞いたか忘れたが、記者は責任のある者から言質をとらない限り、記事は書けないものだ、と。

「また、来ます。それまでに答えをお願いします。時間はありませんよ」

木佐貫は、私の背中に言葉を投げつけた。それは私の背中にどんと当たった。よろけそうになった。なんとか踏ん張って、玄関ドアを開けたが、時間がないのは、記者さん、あなたも私も一緒だ、と言いたくなった。

明子が心配そうな顔で立っていた。少し青ざめている。

「起きていたのか？　大丈夫か？」

「あなたこそ、今、そこに新聞記者さんが居たでしょう？　突然、訪ねてきたのよ。びっくりしたわ。いったい何があったの？」

「心配しなくていいよ」

私は、靴を脱ぎ、リビングに上がった。

「そんなこと言っても、また来るわよ。嫌だわ、ご近所に変な噂をたてられるに違いないわ」

「うるさいな」

私は苛立(いらだ)っていた。十和子のこともあった。提携話のこともあるが、それよりも十和子の色香に迷っていることが、明子への負い目になっているようだ。それが、余計に明子を目障りなものにしていた。

「うるさいとはなによ。勝手に銀行を辞めて、トラブルを家庭に持ち込んで、こっちこそいい加減にしてよと言いたいわ」

明子の剣幕が収まらない。

「謝るから、ちょっと構わないでくれるかな。風呂に入るよ」

「勝手に入って。私、明日は仕事だから、寝るわね」

明子が寝室に向かう。肩が上がり、怒っているのがありありだ。

「仕事って?」

「銀座通り支店のパートよ。言ったでしょう。明日が初日なの」

寝室のドアが、音を立ててしまった。

私は、湯船に身体を沈めた。

誰かが債務超過の情報を流しているとしか思えない。大友？　宮内？　誰が得をするのか？　まさか十和子？

前向きなことを考えれば、前向きな事実が見える。後ろ向きなことを考えれば、後ろ向きな事実が見える。経営者なら前向きな事実を見ようじゃないか。私の後ろに多くの社員の生活がかかっているんだ。

私は、頭を湯に沈めた。見上げると、ぶくぶくと泡が上がっていく。このまままいつまでも沈んでいたい。

3

目の前にいるＪＲＦの山本は、ぶすっとして、不機嫌さを前面に押し出していた。

私の報告が気に入らなかったのだ。以前、大きな含み損があると報告した時は、怒りに怒って「ごまかせよ」と言った。それは「上手くやれ」という指示のような指示でないようなものと受け止めた。山本は、私が社長になれば支援すると言った。それで私は社長になった。

「君を社長にしたのに期待した成果はあまり上がっていませんね」

山本は突き放した言い方をした。

「そんなことはありません。業績は上向きになり、成果は上がっています。またフランチャイズ権の含み損では、なんとか全部損失ではなく半分くらいになりそうです。しかし中には差し押さえなどと強硬なことを言ってくる先もあり、はやくこの問題にケリをつけ、債務超過を回避しませんと、問題が大きくなります。記者が嗅ぎまわっています」

「記者？　どういうこと？」

「朝毎新聞の経済部です」と私は、木佐貫の名刺をテーブルに置いた。

「この男が、ＤＦＳは債務超過だと書くと騒いでいるのか」

「はい」

「書く気はないだろう？」

「本気でした。情報源はどこか分かりませんが、自信をもっていました」

私は淡々と答えた。興奮しても仕方がない。やるべきことはやっていると思っている。

「もし書かれたら？」

山本は眉間に皺を寄せた。

「ＤＦＳは終わりでしょう。株取引は中止され、株価は暴落。二束三文。ただ同然」

「おい、止めろよ。面白がっているのか」

山本は、木佐貫の名刺を投げた。私は、床に落ちた名刺を拾い上げた。

「面白がってなんかいません。山本さん、あなた、私が社長を引き受ける際、支援するとおっしゃいましたね」

私は、迫った。

「えっ、それは……」

山本は、急にもごもごとした。

「おっしゃいました。絶対におっしゃいました。だから社長を受けたんです」

私は身を乗り出した。ここが攻め時だ。私が嫌なら首にすればいい。実質的に五十％以上の株を保有しているんだから。

「言ったよ。言った。だからどうしたんだ」

山本は、ソファにふんぞり返った。

「今こそ支援してください」

私は、頭を下げた。

「具体的には、どうする？」

「木佐貫記者が債務超過と書こうとするなら、それに対する策を講じて、こちらから東証に説明し、記者発表するのが筋です。そうすれば市場は評価してくれるかもしれません。少なくとも株の暴落は避けられます」

私は、ぐいっと目を見開いて山本を見つめた。

「続けろよ」

山本は言った。

「実は一社、資本提携を希望しているところがあります」

「どこ？」

「十和子フードです。ご存じですか？」

山本は、少し考えていたが、「ひょっとしてあの銀座の黒豚しゃぶしゃぶか？」と聞いた。

「ええ、そうです。さつま西郷です」

山本が知っていれば、話が進めやすい。

「やり手経営者だと聞いているけど……」

やり手？　確かにその通りだ。十和子を思いだしただけで、不謹慎だが、身の下がうずいてくる。私の真面目さが、うっとうしい。

「美人です」

私は、にやりとした。

「美人なの？　どれくらい？」

「なんて言ったらいいか……。下品な言い方かもしれませんが、むしゃぶりつきたいくらいです」

さらににやりとした。

「ほう、そんなに」

山本は、満更でもないと言うように品悪く、口元を緩めた。

「岡田十和子と言いますが、彼女の提案は、経営権を欲しいということです。八億円ならすぐに出せる。これで株の五十五％を要求しています」

十和子は、私にパートナーとして残るように言っているが、そのことは言わなかった。

山本は、不愉快そうに顔を歪めた。

「あのさ、たったの八億円でDFSを買い取ろうというわけかい？　それであなたはどう思っているの？」

「勿論、返事はしていません。彼女は株価を二万円程度で買おうとしています。大株主と相対（あいたい）で話を進めようとしているのです。意外としたたかで、DFSが債務超過だという情報を得ています。もしそれが明らかになれば、株価は暴落しますから、早い間に株を手放したらということでしょう。後からの投資を考えて、従業員も、不採算店舗も一切合切引き受けてくれますから、こんな金額になったのでしょうね」

「安い、安すぎる」

「でも提携する際に、デューデリをしますが、もし債務超過だと正式に算定されたら、もっと安く買いたたかれるかもしれません」

「足元を見ているんだな。女狐（めぎつね）だな、その十和子っていうのは」

「ええ、まさに女狐ですね。良い毛皮ですよ」

私は、山本を弄（もてあそ）ぶように含み笑いをした。

「まさか、やったのか？」

目を剝いた。怒ってはいない。焦らされている顔だ。

「まさか……、そんな公私混同はしません。私は、条件は見直しをしますが、十和子フードと資本、人材面で協力し合うというのは、インパクトがあり、前向きの評価を得られると思います」

「一度、会わせてほしいな。その女狐に」

山本は真面目な顔で言った。

「機会を調整します」

「他には、無いのか」

「今のところ、十和子フードだけです」

急に携帯電話が鳴った。

「ちょっと失礼します」と私は携帯電話をとった。画面には岸野の名前が表示されている。

「はい、樫村です」

「ああ、社長。緊急です。お戻りいただけますか」

声が焦っている。岸野にしては珍しい。

「どうしました？」

私は高鳴る不安を抑えて聞いた。

「龍ケ崎さんが、差し押さえをかけてきました。早く解除をお願いしませんと、支払いができなくなります」

「なんだって。すぐ帰ります」

私は携帯電話を切った。

「どうした？」

「差し押さえをかけてきました。龍門興業と言いますが、五億円のフランチャイズ権を返せと言っています。差し押さえの事実が広がれば、お終いです」

「どうすりゃいいんだ」

山本が焦って聞いた。

「値切ります。少なくとも四億円か三億円に。用意してください」

私は、山本を睨んだ。

「うーん」

山本は、唇を固く結んで、腕を組んだ。

「とにかく時間との勝負になってきました。お願いします。今から龍門興業と交渉しますが、武器弾薬無しでは交渉はできません」

「分かった。金は用意する。とにかくＤＦＳの危機を乗り切ってくれ。それと女狐に会わせてくれ」

山本は、難しい顔をしたまま唸るように言った。

「分かりました」

女難が山本に移ってほしい。私は、席を立った。あのむくつけき龍ケ崎と対峙（たいじ）すると思うと、憂鬱さがこみあげてきた。

4

ＤＦＳの社内はかなり動揺していた。龍ケ崎が、ＷＢＪ菱光銀行にあるＤＦＳの口座を差し押さえたからだ。

「口座は、本店と銀座通り支店が共に差し押さえられました」

柏木が慌てている。

「本店と銀座通り？　本店は分かるけど、銀座通りもか」

私は聞いた。その支店の名前に引っかかった。

「融資などの本店口座に加え、日々の出入りの銀座通り支店の口座まで押さえられたのは痛手です」

岸野が答えた。

「銀座通り……」

妻の明子がパートで勤務し始めた支店じゃないか。嫌な気持ちになった。

「すぐに龍ヶ崎さんに面会の時間をとってくれ」

「こちらへ来られるようです」

柏木が言った。

「えっ、なんだって」

「こちらに来られるという連絡がありました。もうすぐ到着されると思います」

柏木が言うと間もなく、受付から龍ヶ崎が来社した旨の連絡が入った。

私は、すぐに応接室に向かった。ドアを開けると、ソファにふんぞり返るようにして龍ヶ崎が座っていた。その迫力のある雰囲気にのまれてしまいそうだ。

「どうも、わざわざすみません」

どうしても卑屈な笑みを浮かべてしまう。

「どうですか。元気でしたか」

猪首（いくび）を捩（ね）じるようにして私の方を向き、黄色い歯を見せた。

「ええ、どうも、なかなか」

以前、龍ヶ崎の援助を拒否した時のような強気は出てこない。

「社長には、面倒をかけますな」

「いえいえ、こちらこそ。ご心配ばかりおかけしまして」

私は、腰を低くして龍ヶ崎の前に座った。

「なかなか金を返していただけないもんでね。差し押さえさせてもらいましたわ」

「個別にフランチャイズのオーナー様とは交渉を進めておりまして。大分、ご理解をいただいておりますが」

私は、むりやり笑みを作った。なんだか自然に揉み手になっている。

「そりゃ、よかった。うちにはなかなか頼みにこられんもので、どうなさったかなと思っていましたが、上手く行っていてなによりです」

「渋川に任せっきりで……」

しまった。渋川は先日、退職したのだった。

「渋川さんも辞めてしまったではないですか。社長も厳しいですな。私んとこの交渉が上手く行かなかった責任をとらせなさったんですな」

龍ケ崎の目が厳しく光った。

「いえ、そんなことはありません。慰留したんですが、どうしても他にやりたいことがあると言って……。残念でした」

「まあ、そんなことはどうでもよろしい。今回の差し押さえは、うちの五億円が満たされるまでということです。それが満たされたら、すぐに解除しますから」

また黄色い歯を見せた。余裕の笑みなのか、私がおろおろするのが楽しいのか、分からない。

「失礼いたします。社長、ちょっとよろしいでしょうか」

岸野が、応接室に入ってきた。慌てている様子だ。

「なにか？」

私は聞いた。

岸野は、私に近づき、耳元で「ＷＢＪ菱光の杉山課長と斎藤さんが、差し押さえの件ですぐに説明に来いとおっしゃっています」

「今から本店に」

私は龍ヶ崎に聞こえないかどうかを気にしながら言った。

「いえ、銀座通り支店に来ているということでそちらで待っているということです。銀座通り支店が最も入出金が多い口座ですので、差し押さえに対しては貸金の相殺で対抗すると……」

「相殺！」

私は悲鳴に近い声を出し、思わず手で口を押さえた。

銀行の口座に差し押さえがかかったら、銀行は差し押さえに対抗して、貸出金を預金で強制的に回収してしまう。それを相殺という。そんなことをされたらＤＦＳは完全にアウトだ。

「たてこんでいるみたいですな。帰りましょうか」

龍ヶ崎が腰を上げようとする。

「ちょちょちょっと、待ってください」

私は、立ちあがって龍ヶ崎の傍に行った。今、龍ヶ崎に帰られたら何もかもお終いだ。すぐに差し押さえを解除してもらわねばならない。全ては龍ヶ崎にかかっている。

龍ヶ崎は、薄笑いを浮かべている。思った通りの展開なのだろう。金融屋の龍ヶ崎が銀行の行動を予測していないわけはない。

私は、一瞬、龍ヶ崎の目を見つめ、その場に両手をついて土下座をした。

「お願いです。差し押さえを今すぐ解除してください」

私の姿を見て、岸野までが、土下座をした。

「社長、勘弁してください。土下座で商売ができるんなら、私ら、何度でも土下座しまっせ」

龍ヶ崎が笑った。

「分かっております。すぐにお支払いします」

私は龍ヶ崎を見上げて言った。

龍ヶ崎が、その大きな顔を私の前に押し出して来て「五億円、全額、すぐに?」と、信じられないという顔で聞いた。

「いえ、それは、少しご相談させてください」

「なんや、やっぱりな。帰ります」

龍ヶ崎は立ちあがった。

私は、龍ヶ崎の足を摑んだ。なんだか歌舞伎の舞台みたいになってきた。

「やめんかい！」

龍ヶ崎が足を上げ、私の腕を振り払おうとする。

「今、龍ヶ崎さんに帰られたら、我が社はお終いです。三億円は即金で支払います。後は、相談させてください。それに以前は大変失礼をいたしましたが、龍ヶ崎さんがご懇意にされているフランチャイズのオーナーさんの返金要請の取りまとめをお願いします。勿論、ちゃんと手数料もお支払いします。お願いです。助けてください。潰さないでください」

私は、必死で龍ヶ崎の足に食らいつき、泣きださんばかりになった。

龍ヶ崎は、上げた足を下ろした。

「ようやく分かりましたか。一人じゃなんにも出来んでしょう」

私は龍ヶ崎の足から手を放した。龍ヶ崎が、再び、ソファに座った。

「私の力を侮ったらいけません。オーナーの取りまとめをさせてもらいますよ。合意を取り付けたら、きっちりと手数料をもらいますよ。後で取りきめましょう。よろしいですな」

「はい」

私は答えた。私と岸野はまだ座ったままだ。

「三億円は、即金ですな。後は、どうするか、どのくらいにするか交渉事にしましょう。私もこれで社長と仲が良くなれて嬉しいですよ」

龍ヶ崎が大きな声で笑い、携帯電話を摑んだ。どこかへ電話をするらしい。

「ああ、済んだ。差し押さえ、解除してくれるか。ああ、今すぐ。今すぐだ」

龍ヶ崎は、携帯電話を仕舞って「これでよろしいな」と言った。

「ありがとうございます」

私は、大きな声で言い、床につくほど頭を下げた。

「すぐに銀行に行ったらどうですか」

龍ヶ崎は言った。事態を把握している冷静な顔だ。

「は、はい。ありがとうございます。申し訳ありません。後は岸野部長、お願いします」

私は、応接室を飛び出した。WBJ菱光銀行の銀座通り支店に行かねばならない。一難去ってまた一難。いったい何をやっているんだろうか。

5

道路に出て、タクシーを捉まえ、運転手に「銀座四丁目まで」と告げる。銀座通り支店は、銀座四丁目の交差点のすぐ近くだ。

　座席に身体を預けて目を閉じた。龍ヶ崎は、どれくらい要求してくるだろうか。五億円全額だろうか。いくら返還を約束していたとはいえ、フランチャイズ権を単純な金融取引に使うなどというのは違法に近いだろう。少しは、割り引いてくれないだろうか。それにまた他のオーナーとの交渉で、まとめあげたら膨大な金額を要求するのではないだろうか。ああ、考えたらちっとも一難去ってという状態ではない。火が燃え上がっているのをちょっと消しただけだ。

　うとうととしてしまった。目が覚めると銀座だった。タクシーを降り、支店に行く。自然と足が速くなる。

「支店長に会いたいんですが。ＤＦＳの樫村です」

　案内の女性に言う。

「どうぞ、こちらです」

　女性の案内で階段を上がり、二階営業室フロアに向かう。その突き当たりにドアが見える。

「あちらが支店長室でございます」

「ありがとうございます」

　私は、礼もそこそこにドアを開け、支店長室に飛び込んだ。

「遅くなりました」

私は、深く頭を下げた。

「おう、待ってたぜ」

ため口が聞こえた。えっ？　私は、ゆっくりと顔を上げた。杉山、斎藤、支店長らしき男、そしてなんと宮内と大友の嫌味な笑い顔が目に入った。

「なんで、宮内が……」

私は、驚いた。

「まあ、座ってください」

支店長らしき男が言った。私は言われるままにその男の前に座った。衝撃で名刺を出すことさえ忘れていた。私の前には、杉山、斎藤、宮内、大友、そしてその男が座っている。まるで取り調べだ。

支店長らしき男が名刺を出した。銀座通り支店長、鈴波孝也（すずなみたかや）とあった。

「お世話になります」

私も名刺を出した。

「ねえ、差し押さえなんてどうしたんですか」

斎藤が、目を吊り上げる。

「ああ、その問題は、解決しました。もうすぐ解除の通知が来るはずです。お騒がせしました」

私は、ひたすら頭を下げた。

「いったいどうしたんですか？　あの会社に金を借りているんですか？　あんな会社、街金じゃないんですか」

斎藤は容赦ない。

「金を借りているんじゃなくて、あの会社はフランチャイズのオーナーさんです。そことのトラブルがありまして」

あなた全部知っているじゃないですか、という目で私は、鈴波の隣に座る大友を見た。

「斎藤さん、この会社は変な会社じゃありませんから」

大友が言った。

「そうですか？　それならいいですがね。龍門興業って如何にもその筋って感じですよね」

斎藤が、杉山と顔を見合わせた。

「じゃあ、差し押さえは解除されるのですね」

鈴波が穏やかに聞いた。

「こんなトラブルは二度と起こしては困りますよ。融資を即刻、引き揚げるところでしたからね」

杉山が厳しい口調で言った。

「先ほど、龍門興業とのトラブルが解決しましたから、もう大丈夫です。本当にお騒がせしました」

私はテーブルに手をつき、頭を下げた。

その時、テーブルにコーヒーが運ばれてきた。女性の指が見え、その指が、私の前にソーサーに載せたカップを置いた。その指には、見覚えがある気がした。人差し指の第一関節のところに小さな黒子(ほくろ)がある。私は、恐る恐る顔を上げた。

「あっ」

私と、コーヒーを運んできた女性が同時に声を上げた。

「明子！」

「あなた」

女性は、明子だった。銀座通り支店にパートとして働くと言っていたが、まさかこんな場所に現れるとは。ああ、なんたる恥さらしだ。大の男が、テーブルに頭をついて謝罪している場面を、我が妻に見られてしまうとは！

「あれ？どこかで見た顔だと思ったら、樫村の奥さんじゃないですか」

宮内が親しげに言った。

「ああら、こんな場所で、どうしましょう？　宮内さんじゃありませんか」

「奥さん、その制服、良く似合いますよ」

宮内は笑いながら言った。

明子は、ＷＢＪ菱光銀行のグレー地にストライプが入ったツーピースの制服を着ていた。体形的にはさほど太ってはいないのだが、膝がしらが顕わになっている短めのスカートをはいている姿は、夫の目から見てもなんともいやらしい。

「樫村さんの奥様ですか？」

鈴波が驚き、顔を歪めた。笑ったような顔に見えた。

「いえ、まあ、お世話になります」

私は情けない顔をした。

「夫がお世話になっております」

明子が頭を下げた。

「早く、コーヒーを置いて出て行けよ」

私は小声で言った。

「分かっているわよ」

明子が睨んだ。

「まあ、大変ですね。うちの女房も都内の支店でパートしていますよ。窓口ですけどね」

杉山が言った。

「そうですか。杉山課長のところもですか」

私は、急に杉山を身近に感じた。

「私のところもですよ」

宮内が言った。

「うちも長くやっていたな」

大友まで言いだした。

「へぇ、どこも奥さんが働いているんですね」

斎藤が意外だという感じで言った。

「君は、まだ独身だからね。でも銀行員もだんだん並みの待遇になってきたから、女房の働きも馬鹿に出来ないんだよ」

杉山がしんみりと言った。

「待遇云々よりも、自分のお小遣いくらい稼ぎたいじゃないですか。それでお世話になっているんですよ」

明子が、ちょっとむきになった。

「おい、余計なことを言わずに終わったら、あっちに行けよ」

私は、こんなところで明子が杉山たちと論争するのを聞きたくない。

「はいはい、もう行きます。パパ、頑張ってね」

明子はにっこり笑って、私の肩を叩いた。

「おい、止せよ」

私は、慌てた。

「ははは、頑張れよか。確かにね、樫村、頑張れだな。ねえ、大友さん」

「ええ、そろそろ本題に入りましょうか」

大友は、待ちきれないように宮内に目配せをした。

本題？　それってなんだ？　差し押さえの件以外になにかあるのか？

私は大友の顔を見つめた。

6

「会社を分割して売却しろと言うのですか？」

私は、斎藤に言った。

「杉山課長とも相談したのですが、DFSさんは、このままでは立ち行かない。なにせ差し押さえまでされる始末ですからね。それでいろいろ考えておりましたら、宮内さんと前社長の大友さんからご提案があり、会社を業態ごとに分割して、興味あるところに売却し、融資の出来る限りの回収をしようということになったのです」

斎藤は、表情も変えずに言う。この会社分割は、結城からも聞いたが、彼の場合は、まだDFSに愛情を感じる提案だった。しかし、斎藤の言葉には愛情も優しさも微塵もない。あるのは回収という銀行の論理だけだ。

「今、オーナーに了解を求めたり、社員一同力を合わせて業績の回復に努めております」

私は言った。

「そんな悠長なことをしても仕方がないでしょう。良質の資産が腐らないうちに売却して、それぞれが再生の道を歩く方がいい。その方が私たち銀行としても融資回収が進められるし、分割後の会社には融資だってできるかもしれない」

斎藤は、私の話など聞く耳を持たない。

「樫村」と宮内が身体を乗りだし、「先日、大友さんの会社の話をしただろう。そこが分割した会社、たとえば東京エリア、それ以外のエリア、物流、管理などの会社には融資が出来るんだよ。それに有力なスポンサーも見つけられるから。なあ、もう苦労しなくていいさ」

と言った。

「スポンサーとは、話をつけることが出来ます。自信があります。ねえ、樫村さん、オーケーしてくださいよ」

大友のにやにやとした笑いは、自分の実績を上げたい一心なのだ。

「全部、分割したら、後はどうなるんだ」

私は、つっかかるように宮内に聞いた。

「後は、放っておけよ。残った会社は適当に清算すればいいじゃないか」

「そんな、そんなこと出来るかよ」

いつしか私の口調は乱暴になった。

勝手すぎる。私の努力はどうしてくれるんだ。社員と一緒に流した汗は、どうするんだ。

「樫村さん」と杉山が睨みながら「会社を分割して、それぞれ売って資金繰りに回したり、うちの融資の返済に回していただかないと、もうどうしようもないでしょう」と眉をひそめた。

「あなた方が一切、応援してくれないから、どうしようもないんでしょう」

私は反論した。

「応援できるようにしてくれないからですよ」

斎藤が平然と言う。

「大友さん、あなただって途中で社長を放り投げた。それを今さらなんですか。のこのこ顔を出して、恥ずかしくないんですか」

私の言葉に大友は、険しい顔になった。

「樫村、言い過ぎだぞ。大友さんは、辞めた後も、お前のことが心配でこんな提案をされたんだ。それでスポンサーとも話をつけようとされている。ありがたいと思わないのか」

宮内がたしなめた。

「私は、オーナーにも再建を約束したし、社員にも約束している。それを反故にするわけにはいかない」

私は語気を強めた。

「お前も企業再建をやっていたんだろう。この会社分割で資産を売るのが、なぜそんなに悪いんだ。オーナーだって自分が権利を持っている業態が、新しいスポンサーの下でよくなればそれでいいじゃないか。大満足だろう」

宮内は反論した。

確かに宮内の言う通りなのだ。このままDFS全体が経営悪化という泥沼に沈みこんでしまうより、例えば蕎麦(そば)居酒屋の新潟屋だけでも生き残る方法を考えてやる方が、本当の経営者かもしれない。しかし私はそこまで割り切れない。

「実はスポンサーは伊坂商事だと伺いました。これは私どもにとっても大変なメリットです。こうなるとDFSの分割、売却は指示です。命令です」

斎藤が言い放った。

私は、かっと目を見開き、「それ、どういう言い草だ」と言った。

斎藤は、反論を予想していなかったらしく、一瞬、たじろいだ。

「まあ、まあ、樫村さん、斎藤君はああ言いましたが、お願いです。やや強いお願いです。お宅の融資を回収することが、今期の重要課題なんですよ」

杉山がとりなす。

「樫村さん」と大友が無理のある穏やかな口調で「いいじゃないの。こんなに回収を急いでいるのをチャンスにして、一気に会社の資産を売って楽になりましょうよ」と言った。

「伊坂商事も返事を待っているんだ」

宮内が畳みかけた。

「小沢さんに会いたいが……」

私は、伊坂商事の小沢幸太郎に真意を聞きたいと思った。

「それはダメだ。秘密保持に反するんだ」

宮内が言った。

「樫村さん、僕はストレートに言います。これをやってもらわなければ、すぐに融資を回収します。だから指示、命令と言いました」

斎藤が、また性懲りもなくキツイ言葉を繰り返した。

「今、私の方でも重要なスポンサーと具体的な話を進めている。そちらとの競合になるだろう」

私は、斎藤をぐっと睨み返した。

斎藤がうろたえ、杉山や宮内らに視線を泳がした。

「その会社は、我が社を包括的に支援してくれそうだ」

どんなものだ。お前たちの言いなりになるものか。私はそんな思いだった。

「樫村」と宮内が言った。

「なんだ」

私は、怒ったように言った。

「それは十和子フードだろう？」

宮内は薄く笑いながら、言った。私はぐっと言葉を飲み込んだ。

「図星だよな。お前が、岡田十和子に骨抜きになっているのはわかるさ。あの時、お前たちはなにやらこそこそ話をしていたからな。相当、具体的になったんだな」

「そうだ。具体的になった」

私は、逃げも隠れもしない。十和子に骨抜きになりそうだったが、寸前で踏みとどまった。恥ずかしいところはない。

「お前、騙されんな。あの女狐の背後を知っているのか？」

宮内は、大友とにんまりと笑みを交わした。

「どういうことだ」

私は、やや気色ばんだ。自分たちの目的を果たすために他人を誹謗することは許されない。この宮内は本当に下品な奴だ。

「知らないなら教えてやろう。あの女狐を背後で操っているのは、結城伸治だぞ」

宮内は、声を大きくして言った。私は、耳の穴に栓がされたように周囲の音が聞こえなくなった。

十和子の背後に結城がいる？　まさかあり得ない。嘘だ。

「随分、驚いてるな。俺は、なんでも調べるのが趣味なんだぜ」

宮内はふてぶてしく笑った。

私は立ちあがった。

「帰ります」

思わず涙が出そうになった。何をやっているんだ。誰を信用すればいいんだ。

「まだ、終わっていませんよ」

斎藤が叫んだ。

「うるさい。小僧！　黙れ」

私は怒鳴り、支店長室からフロアに通じるドアを開けた。

立ち止まった。そこに心配そうに立っている制服姿の明子がいたのだ。聞き耳でも立てていたのだろうか。私は、充血して赤くなった目で明子を見つめ、「他で働け」と言い放った。

第十章　七味は、人生のスパイスか

1

私がいったい何をしたというのだろう。私は、不満を言うこともなく再建に奔走している。文字通り東奔西走だ。誠意をもって頑張っている。世間だって、もしいるとしたら神様だって、そのことは十分承知のはずだ。それなのに上手く行かない。どうしてだ。世の中に誠意が通じなければ、真面目に働く人間なんかいなくなる。しかし、誠意は、資本という金の前に無力なのだ。

誠意だなんて元銀行員なのに、本当にアマチャンなのね。馬鹿みたいに夢見る夢男君なのね。私の乳房に触れもしないなんて、まるで与謝野晶子（よさのあきこ）の歌、やは肌のあつき血汐（ちしお）にふれも見で……じゃない？

十和子の嘲笑が聞こえて来る。

銀行は、金を返せと言うだけ。誰もが会社を売れ、売れと言う。社員は、このDFSを愛する人たちの思いは、なによりも私の苦労は、いったいどうしてくれる！

「婆さん、どこにいるんだ？　占い師なら、いつも同じところにいろよ！　縄張りってもんがあるだろう」

私は、新宿駅から出て、雑踏の中をうろつきまわっていた。あの占い老女を探しているのだ。初めて会った新宿のビルの暗がり……。その一つ一つに目を凝らして探している。会いたい時に会えず、会いたくもない時に会ってしまうあの不思議な占い老女。今夜ほど、会いたいと思ったことはない。

「いた！」

前とは違う場所だが、ビルの間にひっそりと店をはっている。周りは華やかに人が行き交っているが、そこだけは妙に陰気な空気が漂っている。

普通、占い師の前には、人生や恋に悩んだ若い女性がぽつねんと座り、ああでもない、こうでもないというやり取りが繰り返されているのだが、客はいない。

誰にもあの老女の姿が見えないみたいだな……。

私は、人の流れを掻き分け、老女の元へと一目散に駆けた。

「久しぶりです」

私は言った。

老女は、ゆっくりと顔を上げ、「今日は客がいないから、早めに店仕舞いをしようかと思っていたんだが、お馴染(なじ)みさんじゃないか」と笑みを浮かべた。

「はい、これ見料」

私は、五千円を出した。千円のおつりがあるはずだ。

「値上げしたんだ。これだけ」と老女は、右手の指を広げ、左手の指を一本立てた。

「一気に六千円⁉ 高いな。でも仕方がない。私が、見てほしいと頼んでいるんだから」

私は、追加の千円を出した。

「何に困っているんじゃね」

「お婆さんの言う通り七味とうがらしで真っ赤になっているんだ。これからどうなるんだろう?」

「お婆さんは嫌だね」と老女は顔をしかめたが、「まあいいか」と呟きながら、差し出した私の右手に見入った。さらには、おもむろに天眼鏡を持ち上げると、私の顔を覗きこんだ。私の方からは、老女の目だけが大きく見える。

「何か、いいことがあるかな」

「うーん」

老女は、首を傾げ、「まだこれからじゃな。本当の辛味が来るのは」と言った。

「ええっ、まだまだこれから悪いことが起きるのかい」

私はうんざりした。

「悪いことか、そうでないかは何とも言えんが、人生の困難は、続くようじゃな。これがあんたを魅力的にするか、しないかはあんた次第じゃ。なんと言っても七味は、人生のスパイスじゃから」

老女は、歯の抜けた口を開け、空気が抜けたような笑いを洩らした。

「詳しいことは話せないけど、私は、誠意を持って誠実に仕事をしている。それなのに上手く行かない。どうしてだろうか？　無能なのかな？」

私は途方に暮れた顔をした。

「昔、昔、中国に魯（ろ）という国があった。そこに尾生（びせい）という若者がいたんじゃ。尾生は、ある女性と橋の下で逢引（あいびき）の約束をした。しかし、待てども待てども女性はやって来ない。そのうち雨が降り出した。それでも尾生は女性を待ち続けた。約束を守ったわけじゃ。ところが雨のために急に川の水嵩（みずかさ）が増した。とうとう尾生は溺（おぼ）れ死んでしまったんじゃ」

「馬鹿じゃないか。その尾生という若者は……」

「ところが中国では、この尾生は、信義を守った誠実な人間として何千年も語り継がれておるんじゃよ。尾生を愚かと見るか、誠意溢れる人間と見るかは、それぞれじゃ。しかし言えることは、誠意が実利、この場合は恋の成就（じょうじゅ）だが、それに通じるとは限らないということじゃな」

老女は、神妙な顔で言い、天眼鏡をテーブルに置いた。

老女が言うことは、痛いほど心に沁みた。私が、誠意を持って仕事をしているのにそれが通じないと言ったことに対して、そういうことの方が普通だ、くよくよするなと、中国の故事を例にして話してくれたのだ。

「でも」と私は老女の方に身を乗り出し、「相手の女性は尾生の死を悲しんだのだろうか」と聞いた。

老女は、ふっと薄く笑みを洩らし「さあ、どうじゃろな」と言った。

「悲しんだからこそ、その話は何千年も美談として伝わったんじゃないのかな。いまわの時、尾生が哀しい声で女性の名を呼んだ。彼女は、行きたくても行けない事情があったんだ。例えば母親が病気になったとかね。それを尾生に伝えたいと思ったけれども、そんな昔のことだから手段がない。そのうち時間が過ぎ、雨が降ってきた。尾生が待っているはずがない。ところが雨が上がって、約束した橋に行ってみると、皆が大騒ぎしている。尾生が溺れ死んだのだと知った彼女は、大声で泣き崩れ、その場に集まった人たちに尾生の誠実さ、信義に厚いところ、約束に固いところを訴えたんだ。それで彼女も尾生を飲みこんだ川に身を投げた……」

私は、一気に話した。

老女は、フォッ、フォッと空気が抜けた笑いを洩らした。

「どう?」

「面白い。そうかもしれんな。彼女が、尾生の信義に厚いところを今に伝えたのかもしれんな。そうするとあんたの誠意ある仕事ぶりも誰かが、後の世の語り草にしてくれるじゃろ。それを期待に頑張るんじゃやな」

「このままでいいってことかな」

「そうじゃ。誠意は必ず通じている。何が成功で、何が失敗かは誰にも分からん。あんたは誠意を尽くすことじゃ」

「少しすっきりした。頑張ってみます」

私は、椅子から立ち上がった。

「ああ、そうそう、女難はなんとか切り抜けたようじゃな」

老女は、また笑った。

「お陰でね。ありがとう」

私は、老女に微笑むと、新宿駅に向かった。

2

「驚きました。まさか社長がこんな指示をされるとは思っていませんでした」

岸野が、私の席にやってきた。手には、分厚い書類を抱えている。彼の隣には、柏木が真剣な目つきで私を睨むようにして立っている。

「出来たのですか」

「はい」

私は、周囲を見渡した。オープンな場所で話すわけにはいかない。

「会議室に行きましょうか」

私は、席を立った。

ふいに柏木に振り向いて、「なんだか怖い顔をしているね」と言って、微笑んだ。

岸野も柏木を見て、「そうですね。この書類を作るのに彼が相当頑張ってくれましたから、疲れているんじゃないですか」と言った。

柏木は、「はい」とだけ言って、黙っている。

私たちは会議室に入った。私の前に岸野が書類を置いた。

表紙には「会社分割案」と記載されている。

私は、WBJ菱光銀行や宮内から言われたDFSの会社分割の案を作成するように岸野に指示したのだ。その期限が今日だった。

「いい案が出来ましたか?」

「さあ、どうでしょうか? でも精一杯作成しましたから。柏木君から説明してもらいます」

岸野が、柏木に「説明してください」と言った。

「はい」

柏木は、緊張した顔で、書類を自分の前に引き寄せた。

「まず、表紙をめくってください」

私は言われた通り、表紙をめくった。そこに図が現れた。

「その図に従って説明します。まず当社、ＤＦＳは純粋持ち株会社と、連結子会社に分割します。連結子会社は、株式会社東京ＤＦＳ、株式会社札幌ＤＦＳ、株式会社マネージメント、株式会社ブランドプラス、株式会社ＤＦＳキャピタルの五社になります。それぞれの会社は共同してＤＦＳのフランチャイズ店、直営店の経営を担っていきます……」

柏木は、淀（よど）みなく説明を進めて行く。先ほどまで緊張していた顔には、幾分か余裕が表れるようになった。あんなに硬い表情をしていたのは、上手く説明しなくてはならないという緊張からだったのだろう。

図では、最上部に一般客が表示され、それに連結子会社とフランチャイズ加盟企業が協力してサービスを提供し、それらを純粋持ち株会社のＤＦＳが支える姿が描かれている。

「札幌には当社の直営店舗が多いですから、独立させました。株式会社マネージメントは、その運営やフランチャイズ加盟店の管理を担います。その他の地区の直営店は東京ＤＦＳが担います。東京DFSやフランチャイズ加盟店の支援は、株式会社ブランドプラスが担います。株式会社DFSキャピタルは、全体の経理指導や資金調達を行います……」

柏木は、説明を続ける。

私は、じっと耳を傾けていた。この会社分割を宮内から言われたことが癪だが、全く頭になかったわけではない。そしてまたこれしかないのかとも思い始めていた。

「社長」

一通り説明が終わった柏木が言った。真剣な顔つきだ。

「なんでしょうか？」

「諦めたんですか」

怒っている。

「何を？」

私は小首を傾げた。

「再建です」

ますます怖い顔になる。

「どうして、そんな風に思うんだい？」

「会社分割して、それぞれの会社に債務もつけて、これを売り払ったら、何も残りませんよ。このDFSはバラバラになってしまいます。そういうことですよね。それで再建と言えるのかと思ったのです。今、それぞれの店で頑張っているみんなはどうなるんですか？」

「柏木君がとても怖い顔をしているのでどうしたのかなと思っていたら、そういうことを考えていたのか？」

私は、少し微笑んだ。彼の真面目さが嬉しい。

「どう思う？」

私は岸野に聞いた。

「さあ、どうでしょうか？」

岸野はとぼけた返事をした。

「どうでしょうかは酷いね。僕は真剣にＤＦＳの再建を考えているよ」

私は苦笑した。

「それはみんなよく知っています。社長がどんな決断をされても、それはＤＦＳのためだと思います。なあ、柏木君、そうだろう。社長を信じてやって行こうじゃないか」

岸野が言った。彼には珍しく浪花節だ。私は、ほろりとしてしまった。

「分かりました」

柏木は言った。

「頑張っている従業員の皆さんを見捨てるようなことはしない。それだけは信じてください」

私は言った。

柏木の顔がほころんだ。

「後は、岸野部長と話すから、柏木君は席を外してくれないか」

柏木は、席を立つと「よろしくお願いします」と一礼をして会議室を出て行った。

柏木の足音が聞こえなくなったのを見計らって、「岸野さん、十和子フードって知っているか?」と聞いた。

「存じ上げません」

岸野は表情を変えずに答えた。

「実はね、十和子フードは、銀座などで豚しゃぶ屋を経営しているんだが、女社長に私は何度か会った。目的はDFSの支援を依頼すること。彼女は、なかなかの敏腕経営者でね、DFSを支援したいと言うんだよ」

「本当ですか」

岸野の目が輝いた。

「本当だ。でも厳しい条件でね。八億円でDFSの株を五十五%買いたいという話だ。その代わり、そっくり今のまま支援してくれると言っている。JRFの山本さんには話した

……」

「負債も何もかも引き受けるんですか?」

岸野は眉根を寄せた。DFSの負債を全て引き受けるのは、十和子フードにとってメリットが少ないのに、なぜそんな申し出をするのかと考えているのだろうか。

「そう言ってくれている。私もそのままでいいそうだ」

「社長も？」

「ああ、ぜひ来てくれと言われている」

私は出来るだけ感情を交えずに言った。

「いい話、過ぎますね？」

岸野は言った。

「投資額では借金は返済できないが、経営を肩代わりしてくれるんだからね。あなたもそう思いますか？」

私は、僅かに顔を歪めた。

「それだけDFSに魅力があるということであればいいですが」

岸野は、私の意図を探るような目をした。

「宮内を知っているだろう？」

「銀座通り支店の支店長をされていましたから存じあげています。社長の同期の方ですね」

「その彼が、変なことを言うんだ。十和子フードの背後には、結城氏がいるとね」

私は、岸野の目を見つめた。

「結城さん？」

「そうです。結城さんが背後にいると言うんだよ。考えられるかい？」

私は、首を傾げた。

「分かりません」と岸野は、何か、考えるような顔つきになり、「宮内様の仰ることを信じておられるのですか？」と聞いた。

岸野の問いに、私は「どうかな」と答え、表情を曇らせた。

「ご同期でしょう？」

「でもね、彼は、妙に私に敵愾心を燃やしているんだ。それにあの大友さんと手を組んでいるからね」

「結城さんに確認されたら如何ですか？　あるいは十和子フードに……」

岸野は、淡々と言った。

「結城さんに？　なんて言うの？　十和子フードの背後で糸を引いているんですかって聞くの？　十和子フードの社長に背後に結城さんがいるのですかって？」

「ええ、そうです。社長のよろしいところは、率直なところです。飾り立てられないところです。もし関係ないなら、それまでのことです」

「彼らは私を丸めこんで会社分割をして、上手く売り抜けようとしているのかなぁ。宮内たちと同じように」

私は、暗い気持ちになった。

「少し違うかもしれません。宮内様たちは、自分のため。またはＷＢＪ菱光銀行の負債を少しでも減らそうとしているだけです。ＷＢＪ菱光銀行の融資回収の別動隊に過ぎません。しかし結城さんは、ＤＦＳにまだ愛情を持っておられます」

岸野は、相変わらず表情を変えない。

私は微笑み、「結城さんて偉いね」と言った。

岸野の表情が僅かに変化した。

「だってあなたは未だに結城さんを信じているものね」

「私は、事実を申し上げているだけです。ところで社長はなんのためにＤＦＳを再建しようとされているのですか」

岸野が聞いた。

「私？」

「ええ。先ほど、柏木君に従業員のことは見捨てないと仰っていましたが」

「最初は、私をここに送り込んできたＪＲＦのために再建しようと思っていた。投資家のために働くのは当然だとね。しかし、今はね、本音を言うと従業員のために再建したいんだ。そう強く願うようになった。彼らの頑張っている姿を見ると、なんとか彼らに報いたいんだ」

私は、強く言った。

「ありがとうございます。それを聞いて嬉しく思います。失礼かと思いますが、それは結城さんと同じです」

岸野は微笑んだ。

「結城さんとね……」と私は呟き、「ああ、それからこれもアドバイスを欲しい」と岸野に言った。

「何でしょうか？」

「大友さんや宮内は、伊坂商事の小沢さんという菱光銀行出身の役員と相談して、私に会社分割を迫っているんだ。私は幸いにも小沢さんと面識があります。彼らは小沢さんに接触するなと言うんだが、どうだろうか？」

岸野は、私の問いに笑みを浮かべて、「社長はやっぱり銀行の方ですね」と言った。

「なぜ？」

「銀行の方の言うことを真面目に受け取っておられるからです」

「そりゃ受け取るだろう？　誰でも」

私は、困惑した表情を岸野に向けた。

「私なら、秘密保持契約も結んでいないのですから、小沢様という役員の方に直接会いに行きますね。もし、小沢様のＤＦＳへの関心が本当なら、宮内様らより有利な、さらに言えば十和子フードより有利な条件が提示されるかもしれません。そんな機会があるのを、宮内様との信義かなにかで、みすみすふいにされることはないだろうと思います」

岸野の視線が強くなった。

秘密保持契約とは、M&Aなどを行う際、コンサルタント会社との間に締結する契約だ。お互いが交渉内容を第三者に洩らさないようにすることを約束するものだ。

私は、何度か頷いた。岸野の言う通りだ。宮内たちとは正式にコンサルティングの契約を締結したわけではない。だからこの話を第三者に秘密にしなくてはいけないという義務はない。

宮内に、小沢氏と直接、接触すれば話が壊れると言われたために遠慮していただけだ。このDFSの再建に有利なことなら、何をやってもいいはずだ。

「ありがとう。これからも頼みますよ」

私は、岸野に軽く頭を下げた。

岸野の無表情さが、崩れた。案外、笑顔がいい。力が湧いてくる気がする。

3

久しぶりの自宅での夕食だが、明子はパートで疲れているということで、スープとサラダとたらこスパゲッティになった。息子の幸太郎は、スパゲッティが大好物で、フォークを止めることなく食べている。どこの家の子どももスパゲッティやハンバーグ、カレーが大好きだ。母親の味、いわゆるおふくろの味の代表と言えば、肉じゃがだが、いったいどれくらいの子どもが母親手作りの肉じゃがを食べたことがあるだろうか。幸い、明子は、料理上手で煮物も頻繁に作るが、それは私のためであって幸太郎のためではない。幸太郎は、あまり煮物を食べたがらない。

そう言えば、私だって、子どもの頃は、煮物が好きではなかった。きっと幸太郎も同じだろう。大人になって思い出す母親の手料理は、きっとスパゲッティなどに違いない。料理を提供する仕事をしていると、人が何かを食べる度に、何かを考えてしまう。

私は、二缶目の缶ビールをグラスに空けた。実は、スパゲッティを食べながらビールを飲むのは、私の好みだ。特に、真夏の暑い昼に、タバスコをバンバンかけたスパゲッティを食べ、辛さにヒーヒーと舌と口を痺れさせながら、飲むビールは最高だ。

「この間は、ずいぶんぺこぺこしていたわね」

明子の口にスパゲッティのたらこが付着している。

「たらこがついてるぞ」

「あら、ごめん」

明子が、ぺろりと舌でたらこを舐めとった。

「仕方ないさ。融資を受けているんだからな。それより転勤出来そうか？」

あの日、コーヒーを運んできた明子が、宮内と親しく話すのを見て、不愉快になった。

「支店長は、気にしていたみたいね。でもあの支店で融資を受けているわけじゃないでしょう？　それにあなたの仕事で私がこそこそしなくちゃいけないなんておかしいじゃない？」

明子は、大皿から自分の皿にスパゲッティを盛った。

「そうだね。おかしいね。パパのせいでママがこそこそするのは変だね」

幸太郎がスパゲッティを頬張ったまま、生意気な口を利いた。

「大人の話に口を出すなよ。それよりサラダも食べなさい」

私は注意した。幸太郎は、「はい」と言って、野菜サラダにフォークを刺した。

「そりゃ、そうだけど、お前、居辛くないのか」

私は心配顔で言った。

「全然」

明子は、言い放った。

「強いな」

「強くもなるわよ。不安定な仕事の亭主を持つとね。それより、あなたダメよ」

明子の視線が私を捉えた。

「何がダメなんだ？」

私は、スパゲッティをフォークで巻いて口に入れると、それをビールで流しこんだ。

「あの時、怒っていたでしょう。外にも聞こえたわよ。小僧！ って。あんなに感情を顕わにしたらダメでしょう。社長なんだから」

「お前には、俺の気持ちは分からないさ」

私は、明子の助言を無視しようとした。あの時は、なぜか追い詰められた気がして、WBJ菱光銀行の斎藤の生意気な口調に腹が立ったのだ。怒りを抑えきれなかった。

私が勝手に帰ってしまった後、彼らはどうせ私の悪口で盛り上がったに違いない。

「分からないわよ。でも会社のことを考えると、銀行と上手くやるのは社長の大事な仕事でしょう？ 他の人には出来ないいんだから」

「うん、まあな」

「あそこで怒ったら、ますます融資を引き揚げられちゃうんじゃないの？ そうなったらお終いなんでしょう？」

「お終いなんてことはないさ。なんとかするよ」

「宮内さんに謝って、関係を修復した方がいいんじゃないかって思ったの。それだけ。余計なことを言ってごめんなさい」

明子はぺこりと頭を下げた。

「いや、心配かけて、済まない。勝手に銀行を辞めて、勝手にこんな面倒な会社の社長なんか引き受けた俺が悪い。お前には、迷惑ばかりかけているな」

私は、ため息交じりに言った。

「パパは、ママに迷惑をかけているんだ。僕みたいに、ダメって注意してもらわないといけないね」

お腹一杯になったという満足顔で幸太郎が、また生意気を言う。

「そうだな。幸太郎の言う通りかもしれないな。もっとママの言うことを聞いていればよかったかもな」

「パパは、ママの言うことを聞くかな？」

明子が、幸太郎の頭を撫でた。

「人生ってのは、七味とうがらしなんだそうだよ」

私は呟くように言った。

「なに、それ？」

幸太郎が聞いた。

「うらみ、つらみ、ねたみ、そねみ、やっかみ、ひがみ、いやみの七つの味が人生にはあってね、それがいっぱい振りかかれば、人生の味わいが増すっていう意味だ」

「ふーん」

幸太郎は、あまり興味をそそられなかったようだ。

「嫌よね。なんだか辛くて涙が出そうね。人生を深くするスパイスならいいけど。幸太郎にはまだ早いわね」

明子が微笑む。

「そうなんだ。単純に辛味が増すだけじゃダメなんだ。旨(うま)みが増さないとね。それには誠意を尽くすことが重要なんだ」

ちらりと老女が言ったことを思い出した。

「誠意ね……。それならあなたには資格があるわよ。あなたの良さは、誠実ってことくらいだから」

明子の表情が、真面目になった。

「ありがとう。それだけは失わないように頑張ってみるよ」

私も真面目に言った。

明子は、宮内との関係修復をアドバイスした。それを聞きいれればいいのだろうが、もし、私が小沢に直接、面談を求めると、結果は明子のアドバイスとは反対になるだろう。宮内が、私の動きを知ったら、どれだけ私を責めるだろうか。そして本当に宮内の言う通り、小沢の話が途切れてしまうリスクもある。そうなれば、「小僧」と私にののしられた斎藤が黙ってはいない。きっと強引な融資回収をしかけてくるに違いない。

さて、どうするか？

私は、ビールを一気に飲み干した。苦い味が、喉を駆け降りて行く。爽快さよりも人生の苦味を感じてしまった。

甘味、酸味、鹹味（塩味）、苦味、辛味の五味が味の基本だという。これらもなんとなく人生の味に思えて来る。七味とうがらしは、それらの味を調え、旨味という統合した味わいを醸し出すものであってほしいものだ。

4

東京駅から丸の内側にそびえる多くの高層ビル群を眺めている。以前は、この場所を水を得た魚のように闊歩していた。ところが今は、気持ちだけは高ぶるが、どうも一歩が踏み出せない。気おくれしているというのが正直なところだ。

丸の内ビル、新丸の内ビルなどが林立する丸の内エリアに、伊坂商事の本社ビルがある。ここは伊坂村と言われ、財閥グループである伊坂グループが一帯のビルを保有している。その中で伊坂商事が入居するビルは、それほど高くはないが、クラシックな建築で、如何にも財閥グループの中核企業の本社という趣だ。

銀行に勤務をしていた時には、何度もここを訪れたことがある。まるでここの社員のようにエレベーターで関係部署に行ったものだ。

しかし、今回は勝手が違う。アポイントメントは取ったものの、伊坂商事の小沢常務とどう向き合ったらいいのか、本当のところは腹を括っているわけではない。

私は、受付に行き、小沢常務との面談の約束を告げた。そして応接室に案内された。

応接室は広く、私の家のリビングの二倍は優にあった。テーブルを囲んで来客用の黒革のソファがずらりと並んでいる。右手は大きく窓が開き、新丸の内ビルが眺められる。壁には、誰が描いたかは知らないが、ヨーロッパのどこかの国と思われる田園風景に、雲間から明るい光が差し込んでいる絵が飾られている。その柔らかい光は田園の隅々まで行き渡り、人々を癒しているかのようだ。

「いい景色だな」

私は、絵の前に立ち、呟いた。

ドアが開いた。

「済みません。お待たせしてしまいましたね」

小沢が、勢いよく入ってきた。精力的な印象だ。

私は、慌てて絵の前を離れた。

「その絵は、イギリスの風景ですね。ターナーに影響を受けた画家だと言われています。柔らかい光が、空気まで描いている気がしますね。雨が上がり、光が差し込み、農民のほっとした息遣いまで聞こえるようでしょう」

小沢は言った。

「ええ、こんな景色を見ると、神の存在を信じたくなりますね」

「ほう、神の存在ですか。確かにね。当時の人たちは、こうした自然の移り変わりに神の存在を感じていたのでしょうね」

小沢が、私にソファを勧めた。私は、名刺を差し出した。

「以前、お会いした時、いただいていますよ」

小沢は言った。

「覚えていただいているか不安だったものですから。それに私、大友さんの後を受けて社長になりましたので」

私は、もう一度、名刺を差し出した。

「ああ、そうだったのですね。それは失礼いたしました」と小沢は名刺を受け取り、「初めてお会いしたのは新宿の中華料理店でしたね。あの時のことは覚えていますよ。大友との関係に苦労されていましたからね」と笑った。

向かい合って座った時、コーヒーが運ばれてきた。

「突然、お訪ねして申し訳ございません。今日は、社長としてこちらに参りました。あの時、何かあったら相談してくださいという小沢様のお言葉をずっと心に留めていたものですから」

私は、腰から身体を折り、小沢に頭を下げた。

「えらく深刻ですね」

小沢は苦笑した。

「はい」

「まあ、そんなに硬くならないでください」

「実は、私、常務に非常に親近感を抱いておりまして……」

私は、身体を起こした。

「ほう、それはなぜですか？」

小沢は、小首を傾げた。

「ふざけていると笑われるかもしれませんが、実は、常務は私の息子と同じ名前なのです」

「ほう」

小沢は微笑んだ。

「息子も幸太郎と言います。小学四年生で生意気盛りです」

小沢は、はっはっはっと声に出して笑った。

「それでは息子さんにもそんなに深刻な顔で話されているのですか？」

「いいえ。いつも叱っております。無視されますが……」

私は、頭を掻いた。

「私は、樫村さんより年上ですから、息子さんのようにとは言いませんが、少なくとも無視はしませんので忌憚なくなんなりとお話しください」

小沢は、堂々とした雰囲気で言った。元銀行員だったというが、そうした人間にありがちな、せこせこしたところや気難しいところはない。商社というダイナミックな職場が、彼に合っているのだろう。だから財務ではなく営業や新規業務開発を担当しているのだ。

「単刀直入に申し上げます。私たちの会社、ＤＦＳの経営に参加することに強い関心をお持ちだと伺っております」

私は、小沢の目を見た。

「誰からお聞きになりましたか？」

「大友さんからです」

小沢が眉をひそめた。

「大友さんは、私の同期の宮内が勤務する会社の関連で、ファイナンスやＭ＆Ａを行う会社に再就職されました。大友さんによると、小沢様の伊坂商事がＤＦＳの経営に非常に関心を持っているということでした。そこでＭ＆Ａを大友さんの会社に仲介させてほしい。それは大友さんの実績になり、社長になることも夢ではないとのことでした。返事を躊躇しておりましたら、先日、メイン銀行のＷＢＪ菱光銀行に呼ばれまして、会社分割をし、それらの会社を伊坂商事に売却し、その代金で融資を返済するようにと言われました」

私は、事実を淡々と話した。

小沢は、時に、眉をひそめるようにして、話を聞いていた。

「私は、大友さんの後を引き受けて、DFSの再建に奔走しています。誠実に職務を行っております。実は、創業社長の無理な拡大策がたたりまして大きな債務超過に陥っております。ですから会社分割し、それぞれの会社が生き残るようにするのも方策であるとは考えております。しかしそれを結果として銀行への融資の返済にだけ利用されますと、従業員やDFSを愛してくださるお客様に申し訳ないと思い、こうして小沢様に直接、ご意向をお伺いしようと思った次第です」

私は、軽く頭を下げて、話を終えた。

小沢は、目を閉じ、黙っていた。そしておもむろに口を開き、「大友は、私に会うなと言ったのではないですか」と言い、顔を曇らせた。

私は、はっとした。そして無言で頷いた。

「そうでしょうな。彼は、私にライバル心をむき出しにするんですよ」

小沢は、悲しそうに口元を歪めた。私に対する宮内の態度に似ていると思った。

「彼は、私が順調でいるのが、羨ましいといいますか、たまらなく悔しいらしい。今度、ファイナンス会社に転職したと聞いていました。するとあちこちからあなたと同じような話が舞い込んでくる。どうも私を信用の裏付けに使っているようなのですな。伊坂商事が、関心を持っているから、自分たちの話を聞け、という具合です。困ったものです」

小沢は、ソファの肘かけに肘をつき、手の甲に顎を載せた。

「そうだったのですか」

私は、呟き、力が抜けた。

小沢は何も知らなかった。大友と宮内が、勝手に仕組んでいた話だったのだ。ひょっとしたらそうではないかと思わないでもなかった。宮内がことさらに小沢と接触をするなと言っていたからだ。

ということは伊坂商事は、DFSに関心がないということになる。それががっくりした理由だ。

「彼は焦っているのでしょう。ですから利用できるものはなんでも利用しようと思っているのでしょう。実害がない限り、放っておこうと思っていましたが、あまり変な話が舞い込んでくるようだと、彼に注意いたします」

「申し訳ありません」

小沢は、驚いたように「いえ、あなたの話が変な話だというのではありませんよ」と否定した。

「実は、私も大友さんの話は、どうもこれかな？」と私は眉に唾をつけた指を当て、「でも伊坂商事さんがDFSの経営に関心があればいいと、一縷の希望を抱いていましたが……」

と言った。

小沢は、私をじっと見つめている、無言のままだ。

私は、立ちあがり、「失礼します。お時間を割いていただいたことを感謝いたします」と一礼した。

「待ちなさい」

小沢が厳しい目で見つめた。

「はい」

私は、直立したまま答えた。

「会社の状況をじっくり聞こうじゃありませんか。私は、あなたに『なにかあればなんでも相談に来てください』と言いました。それは嘘ではありません。あなたの相談をまだ聞いてはいないじゃないですか」

小沢は、ゆっくりとした口調で話した。

私は、静かに膝を折り、ソファに座り直した。嬉しさが込み上げて来る。結果は、どうなるか分からない。しかし、話を聞いてくれるだけで、少しは前進するかもしれない。

「ありがとうございます。嬉しいです」

「私は、あなたの誠実さを評価しています。大友はきっと無責任に社長の座をあなたに投げ渡したに違いない。彼に会社の再建など出来るはずがないからね。それをあなたは嫌な顔ひとつせず引き受け、再建に努力されている。同じビジネスの現場にいる者として、幾分か心を打たれます。それでお話を聞き、ビジネスになるなら、検討も辞しません」

小沢が微笑んだ。

私は、鼻の奥がジンとした。小沢の優しさに感動したのだ。涙がこぼれそうな気がした。

「さあ、あなたの考えを聞かせてください」

小沢が、勢いよく促した。

5

山本が、書類を前に難しい顔をしている。いかにも不味(まず)いものを口にしたという顔だ。

「期待外れやな」

顔を私に向け、山本は言った。

「何がですか?」

私は、こめかみを緊張させた。

「この案だと」と山本は、会社分割の提案書類をテーブルに放り投げ、「俺が損する」と言った。

「株主は、それ相応の責任を負う必要があります」

私は冷静に言った。

「そんなことは百も承知だ。しかし、このＤＦＳに投資した際は、ボロ会社だとは知らなかった」

「そんなことはないでしょう。それなりに経営が苦しいことは承知されていたはずだ」

山本は、意のままにならなければ、私を辞めさせるつもりなのだ。そして自分の意向通りに動く人間を社長に据えるつもりなのだろう。

山本は、顔を歪め、「そりゃ、全く知らなかったとは言わん。しかし、ここまでとは思わなかった。俺は、あんたが適当にごまかしてくれるものと期待していた。ところが全く意に反して、どんどん透明にしていく。これではＤＦＳの評価が下がるばかりだ」

山本は、ドンと机を叩いた。

「そんなことはありません。私も会社分割についてはどうかと思っていた時もありました。しかし、有力な子会社を作り、それを売却することによって得た資金でＤＦＳは、また新しい飲食事業を始めればいいのです」

「そんな上手いこと行くか。全部、売り飛ばされて、銀行の返済に回され、残るのは、何にもないポンカスのＤＦＳだけや。それは利益も上げられず、将来も上げられる見込みはない。そうなると赤字が続き、債務超過が解消される見込みがないちゅうて、上場廃止や。俺の持っている株はパーや。いったいいくら投資したと思っているんだ。それにこの間だって、龍ヶ崎なんとかに三億円も用立てたんだぞ」

山本は、また机を叩いた。先ほどより強く叩いた。

山本は五十億円もＤＦＳに投資したと言っていた。それに龍ヶ崎の差し押さえを解除するために緊急の資金、三億円を用立てた。

「社長は投資家じゃないですか。成功も失敗もあります。投資家は、他の投資家の信頼を失ってはいけないでしょう。朝毎の記者も嗅ぎつけています。私たちの経営の状態と、会社分割、あるいは他の策を含めた再建策を記者発表すべきです。そうでないと適時開示の義務違反に問われることになります」

私の意見に、山本は顔を歪めた。

「そんなこと分かっている。俺だっていろいろなところから資金を集めて、ＤＦＳに投資した。それがポンカスになったら、俺は資金提供者に殺されるかもしれない。そうは言うものの上場企業である以上、会社分割という重要なことをするんなら、記者発表もやらないといけないのは分かっている。しかし、もっと違う方法で再建することはできないのか？　もう少し具体的な再建策が決まってからでもええやろ。とにかくあの十和子フードの社長に会わせてくれ」

山本は言った。

山本は、大幅損失覚悟で、十和子の提案を飲むつもりなのだろうか。八億円という提案に、安すぎると怒っていたが、この際、自分の支配株をさっさと手放すつもりかもしれない。

もう一つ、十和子はいい女だと言った私の話に興味を抱いているのは、よく分かる。どんな女なのか見てみたいのだ。

「分かりました。十和子フードの社長とお引き合わせいたしましょう。社長は、十和子フードとの提携に前向きだと捉えていいですね」

私は、念を押した。

「うん、話次第や。もう少し高く買ってほしいとは思う。あんたを社長に送り込んだが、見込み違いやったなぁ」

山本は、ひとりごちた。

「何が見込み違いですか。そんなことを言われるなら私、辞めますよ」

私は憤った。

「そんなつもりやない。まあ、口が滑っただけや。もっと適当にやって、どこかに高値で売り抜けてくれればよかったんや。そう思っただけ」

山本は愚痴った。

「そんなことはできません。正攻法で行かなくてはなりません。私の責任は重大ですからね」

あまり山本ががたがた言ったら、本当に辞めてやるという気持ちだった。私が辞めたら、誰がこんな資金繰りだけに追われる会社の社長を引き受けるものか。

「口が滑っただけだと言ってるやろ！」

山本は、癇癪（かんしゃく）を起こした。

私は、そんな山本の態度にお構いなく「ところで十和子フード社長とお会いになるということであれば、社長がお持ちの株を売却されると、十和子フードがＤＦＳの支配権を得ることになります。それでよろしいとお考えなのですね」と詰めた。

山本は、私の勢いに押されるように身体を引いた。

「まあ、そんなに結論を急（せ）くなよ」

山本は眉間に皺を寄せた。

「確かに社長が懸念されますように、会社分割して、子会社を売却し、後に残ったＤＦＳが何で収益を上げて行くかが構築できなければ、会社は休眠状態になるでしょうね。そうすると、大株主である社長は大きく損をされます。そうなるくらいなら十和子フードに株を売却し、経営再建を彼らに託す方がベターかもしれません」

私は、勢いを弱めない。

「うーん」

山本は、唸った。

私は、山本に再建案を説明する前に十和子に会っていた。岸野に言われたように、率直に疑問を明らかにするためだ。その疑問とは、十和子が、結城の指示で動いているのかどうか、ということだ。もし、そうなら私には考えがあった。十和子に連絡すると、銀座の店に来てほしいということで、私は銀座の店に向かった。十和子は、いつものように着物姿で、事務所代わりに使っている小部屋に居た。店の売り上げなどの書類を見ている。

私は、少々、気づまりな感じで十和子の前に座った。

というのも先日、十和子のマンションに招き入れられた際、まさに据え膳状態だったものを、あの老女の幻影が現れてきたため、食わないまま逃げるように遁走してしまったからだ。ああいう場合、女性に恥をかかせたことになるのだろうか。あの時、十和子は、間違いなく怒っていたように思える。ああいう場合は、後は野となれ、山となれとばかりにさっさとズボンのベルトを外すのが、大人の男の対応なのかもしれない。

「この間は、どうも失礼しました」

私は、頭を掻きつつ、十和子の前に座った。

十和子は、ちょっと首を傾げて、「なんのことかしら?」と言った。微笑みを浮かべているが、心なしか表情が硬い。

「ええ、まあ、お気になさっていないなら、それで結構です」

「今日は、なんのご用事かしら？　先日の私の提案に対する答えを持って来てくださったの？」

十和子は、見ていた書類を脇に置いた。

「それもそうなのですが、一つ聞きたいことがあります」

私は静かに十和子の目を見つめた。

「なんだか、緊張するわ。いつもと違うわね。どうぞ、なんでも聞いてください」

十和子は微笑んだ。

「社長は、結城伸治という人物をご存じですか？」

私は聞いた。

「誰？　知らないわ」

十和子は、表情を変えずに、即座に否定した。

私は、その様子に、違和感を覚えた。なんの反応もないことがひっかかるのだ。

「あなたの背後には、結城伸治氏がいて、あなたは彼の指示で動いていると言う人がいます」

私は言った。

「なに、それ？　どうして私が知らない人の指示を受けるの？　それに失礼よ。なにか、私が企んでいるみたいじゃないの」

十和子は、目の辺りを興奮で赤く染めている。

「言葉が過ぎたのならすみません。結城氏は、DFSの創業者です。とても仕事を愛し、従業員を愛していました。しかし、一時期の資金繰りに追われ、自分の株をJRFの山本社長に売却し、会社を去りました。売却した代金は、ほとんどDFSの借金などの返済に使われたようです。彼の失敗は、店舗急拡大の夢を追ってしまったことです。本来は、地道に、飲食業の道を究めるつもりでしたが、周りに乗せられてしまったのでしょうか。私は、彼の失敗の後始末をやらされているわけです。こんな割の悪いことはありません。しかし、彼のことを考えると、あまり怒る気にもならないのです。彼は、今でも従業員に慕われています」

私は、岸野や渋川たちの顔を思い出した。

十和子は、真剣な顔で、私の話を聞いている。

「私は、DFSの再建には、飲食業を心から愛している人材が必要だと思います。それは私でしょうか？ そうではないでしょう。私は、あくまで金融屋です。後始末は出来ますが、未来のDFSを作るのは私ではないように思えるのです。それでもしある人間が言うようにあなたと結城氏が知り合いならば、なんらかの形で結城氏にも再建に加わっていただければと思うのです」

私は、十和子をじっと見つめた。十和子は、何も言わない。

「私は、結城氏に会ったことがあります。彼は、こう言いました。会社を分割してほしい。

その会社を従業員のために私に買わせてほしいと……。その時は、なんと虫のいいことを言うのかと私は腹を立てました。しかし、実は銀行からも会社分割をしろと言われたのです。そこには宮内や大友も同席していました。彼らの目的は、融資回収と自分たちの実績を上げることだけです。DFSのことも、従業員のこともなにも考えていません。その時、私は、腹を決めました。ワルになろうと……」

「ワルに?」

十和子が、初めて表情を動かした。

「DFSを再建するのは、誰のためなんだろうと思ったのです。勿論、第一義は、DFSを愛してくださっているお客様のためですが、なによりも従業員のためじゃないかって。株主や銀行のために再建するんじゃないって、そう思ったのです。そうしたらすっきりしました。その時、結城氏の考えと一緒になったのです。私も従業員のために会社を分割して、彼らを代表者に据えて、彼らに経営させようと思ったのです。許せないのは、融資を回収しようとするだけの銀行と、自分たちのためにDFSを利用しようとする宮内と大友です。彼らにひと泡吹かせてやりたい。そのためにワルになろうと思ったのです」

私は、口角を引き上げた。

「どんなワルになられるのですか?」

十和子が私を見つめた。

「もしあなたが結城氏と組んでいらっしゃるなら、具体策を相談して、結城氏とあなたにこれからのＤＦＳを経営してもらいたいと思っているのです。勿論、従業員のために、です」

私は伊坂商事のことは、まだ黙っていた。ＤＦＳの経営には、伊坂商事を関係させるつもりだ。まだ具体的ではないが、小沢とは宮内たちに秘密で協力関係の合意が出来ている。

「あなたが結城氏をご存じないのであれば、計画は再検討です」

私は、うっすらと笑みを浮かべた。十和子を見つめた。やや長い時間に思えた。

十和子の顔が、急に崩れた。どんなときにも凜とした美貌を見せていたのに、眉が下がり、目は潤み、鼻汁を啜りあげた。身も世もないとはこのことを言うのだろうか。だらしないほど泣き始めたのだ。泣き声を出さないように我慢している姿が痛々しい。

「ごめんなさい、嘘をついて……」

十和子は、顔を両手で覆い隠し、テーブルに突っ伏した。

「さあ、相談しましょうか？」

私は笑みを浮かべ、泣きじゃくる十和子を見下ろしていた。

第十一章　人生ってなんて味わい深いんだ

1

大友は、晴れやかな顔で入ってきた。その様子を見守っている岸野や柏木らに手を振っている。まるで凱旋将軍のようだ。社長を退任して初めて訪ねて来たとは思えない。

「やあ、みんな元気だった？」

「岸野君、ちょっと痩せたのではありませんか？」

軽口を叩いている。岸野たちの反応が悪くても、まったく気にならないようだ。完全に自分だけの世界に酔っている。

彼の後ろから宮内が続いている。こちらの方は、やや表情が硬い。緊張するような男ではないが、前職の銀行員であった当時の癖が抜けないのだろう。銀行員は、自分が生殺与奪の権を握っていると思っている会社を訪問する際、絶対ににこやかな笑みは浮かべない。威厳を保たないといけないと思っているのか、いかにも悩んでいるような顔、ありていに言えば、くそ面白くないという顔をする。おきまりなのだ。

二人が、DFSの新宿の本社を訪ねて来たのは、私が呼んだからだ。

「お忙しいところをありがとうございます」

私は、自分の机から離れて、わざわざ出迎えた。

「いやあ、樫村さん」

何が、「いやあ」だ。厚顔とはこのことを言うのだろう。

「大友さん、久しぶりですから、懐かしいでしょう」

私は、心にもないことを口にし、社内を見渡した。岸野と目があった。岸野が、苦しそうに片目をつむった。ウインクのつもりだ。私は、思わず手で口を押さえて笑いを我慢した。

「懐かしいですね。いやあ、懐かしい」

大友は、意味も無く同じ言葉を繰り返した。

「杉山課長や斎藤さんは？」

私は、WBJ菱光銀行の二人がいないことに気がついた。

「後から来る」

宮内が言った。

「じゃあ、先に始めるか？」

私は、会議室に大友と宮内を案内した。岸野が私の後ろに続いた。全員が席に着くと、柏木が書類を持って来た。

「皆さんに配ってください」

柏木が、書類を配った。まだ来ていない杉山と斎藤の分も置いた。

柏木は書類を配り終えると、会議室から出て行った。

「お二人を待ちましょうか？」

私は聞いた。

「いいよ、待たなくても」

宮内が言った。なんとなく不機嫌だ。

「いや、待ちましょう」

大友が言った。大友は、書類のページをめくっている。読んでいる様子はない。ただ所在なげに眺めているだけだ。

大友にとっての関心ごとは、この書類に記載してある会社分割案ではない。ＤＦＳの一連の改革や分割後の子会社の売却などの業務を請け負い、それを実績として今の会社の社長になることだ。

「銀行員の癖に、遅れるとは、許せないなぁ」

宮内が腕時計を見ながら、不服を洩らした。

「まだ五分を過ぎただけだよ」

私は言った。

「五分でも遅刻は、遅刻だ」

宮内が、攻撃的な視線を私に向けた。

「すみません。野暮用で」

杉山が息を切らせて会議室に飛び込んできた。斎藤も一緒だ。

「遅いですね。遅刻ですよ」

宮内が不機嫌そうに言った。

「申し訳ありません。さあ、始めましょうか。これですかね」

杉山は、テーブルに配られた書類を手に取った。

斎藤は、何も言わずにむっつりしたまま書類に目を落とした。

「では始めますか」

私は、「会社分割案」を説明し始めた。

岸野と柏木が中心になってまとめてくれた案だ。ＤＦＳを純粋持ち株会社にして、五つの会社に分割する。それぞれに債務と資産も譲渡する。

私は、淡々と説明を終えた。

「完璧じゃないですか」

真っ先に大友が発言した。

「皆様の意図に沿っているでしょうか？」

私は聞いた。

「沿うも沿わないも、完璧でしょう」

大友は、意味の無い言葉を繰り返している。

「この中で直営店を直接的に傘下に持っているのは？」

斎藤が冷静に聞いた。

前回の面談で余りに小うるさいので「小僧！」とののしってしまったが、今の表情からは根に持っている様子はない。いつも言われ慣れているのかもしれない。だとすれば、敵ながらあっぱれだ。

「東京ＤＦＳと札幌ＤＦＳになります。しかし他の会社が経営をサポートします」

私の説明を聞き、杉山と小声で囁き、頷きあっている。

「樫村、それぞれを売却したら、お前、どうするんだ？」

宮内が聞いた。口元が僅かに緩んでいる。

「さあ、私のことは何も考えていない」

私は、答えた。

「俺たちが、無理に会社を分割させ、お前を追い出したようにうらむなよ」

私は、にんまりとして「おいおい、もう追い出されることに決まっているのか。しかし、そうなってもお前をうらまないさ」と言った。

「どうですか？　皆さん、この案は」

大友が杉山らに声をかけた。

「なかなか良くできていると思いますが、実際に売却できますか」

杉山が、眉根を寄せ、さも慎重そうな意見を言った。

「大丈夫、伊坂商事は乗ってきます。間違いない。小沢常務に頼めば大丈夫です」

大友が勇んで言う。

「本当に大丈夫なんでしょうね。先ほど、ここへ来る前に伊坂商事の小沢常務に面談を依頼しましたら、断られましたよ」

杉山が口をへの字に曲げた。

「えっ、小沢常務に面談依頼？　どういうことですか、それ？」

大友が気色ばんだ。

杉山は、目の周りを赤らめた。まずいことを言ったという顔だ。

「そりゃあ、この話は、伊坂商事があっての話ですからね。伊坂商事が手を出しやすいように会社分割しようというのが、大友さんのアイデアでしょう？　債権者として伊坂商事の裏付けを取るのは普通でしょう」

「なにが普通です。そんなことをして話が壊れたらどうするんですか」

大友がさらに声を荒らげた。

私は黙って彼らを眺めていた。

「分からないでもない」

宮内が言った。

「何が分からないでもないです」

大友が宮内を睨んだ。

「私も実は、小沢常務にコンタクトを取ろうとしたが、断られた。一度くらい、DFSの話でお会いできたらと思ったのだが……」

「あなたまで、フライングしようとしたのですか」

大友は唇をわなわなと震わせた。

「フライングというのではなくて、DFS買収計画を伊坂商事と一緒にやらなくてはならないから、事前の挨拶程度はしておかないと、という気持ちですよ」

宮内は冷たい目で大友を見た。ここに入ってきた際、宮内はなんとなく不機嫌そうだったが、やはり想像した通り小沢にコンタクトが取れないのだ。

大友が何か言いだしそうだったが、その話を中断させるようにして「杉山さん」と私は言った。杉山が顔を上げた。

「伊坂商事がこの話のバックアップをすれば、銀行としてはどうなのですか？　融資などの継続は？」

「そんなの伊坂商事が乗り出してくれれば、メイン取引でバンバン融資しますよ。そのために大友さんの案に賛成しているんだから。ねえ、斎藤君」

杉山は、斎藤に同意を求めた。

「その通りです。ですから社長は、私たちが伊坂商事と話をつけるのを待っていただきたい」

斎藤が傲慢（ごうまん）そうな顔を向けた。

どこまで行ってもいけすかない奴だ。何が、待っていただきたい、だ。この野郎。私は、斎藤に対する罵倒（ばとう）の言葉が口から飛び出しそうになった。

「それなら安心です」と私は無理に笑みを浮かべ、「大友さん、伊坂商事はオーケーなんですね。今、皆さんのお話を聞いていると、ちょっと心配に……」と言った。

大友は、険しい顔になって「大丈夫。小沢常務の了解は取ってあります。彼は、まだ正式の内部承認を得ていないから慎重なのでしょう。それだけです」と口を尖（とが）らせた。

「それならいいのですが」

私は、小沢がこの大友の姿を見たら、なんと思うだろうかと悲しく思った。

2

「飲食業には関心があります」

　小沢は言った。

「そうですか」

　私は、身を乗り出した。

　突然、小沢を訪ねた。大友の話だけでは信用できず、本当にDFSに関心があるのかを確認したかったからだ。懸念した通り、小沢は、DFS買収の話など、大友から一切、相談を受けていなかった。しかし、幸いなことに小沢は私の話を詳しく聞きたいと言ってくれたのだ。

　私は、持ち合わせていた会社分割の書類を見せながら、説明した。DFSの極秘事項だが、構わないと思った。私の構想に伊坂商事は不可欠だったからだ。この機会を逃すわけにはいかない。

　私が説明を終えると、小沢は書類を机に置いた。

「私たちは、モノを右から左に動かして、その口銭を取るという商売から、開発型に転化しています。すなわち自分たちで川上の開発から、川下の流通、販売まで手掛け、その流れを全て押さえることで、より収益機会を増やそうというのです。当然、従来より資本が固定化するリスクは増大しますが、それ以上に利益が大きいと考えています」

小沢は、商社ビジネスについて語り始めた。私は、新鮮な気持ちで耳を傾けた。思えば、DFSに行き、社長に就任して以来、自分で悶々と考えることはあってもこうして経済人の話に耳を傾ける機会などなかった。銀行員の時は、経済人の話を聞くこと、それが仕事だったから、腐るほど聞いた。感動は薄れ、早く終われと思っていた。しかし、今は違う。滅多に無い機会だから、一言一句聞き逃さないという気持ちになる。

「海外でも資源などで多くの開発型ビジネスを行っています。国内では農業だと思っています。今、国内の農業は高齢化などで疲弊しています。このままだと国土は荒れ果ててしまいます。そこで私たちは農業に乗り出します。商社が乗り出すと、だだっ広い土地で野菜を作るなどと思い浮かべられるでしょうが、それは誤解です。まず第一に、日本の風景を守ることを優先します。それぞれの地域の風景を守ってこそ、付加価値の高い農産物を作ることが出来るのです。併せて風景を守ることで、それに繋がる川、海を守り、育てます。森や風景があってこそ日本の川や海の美しさ、豊かさがあると考えるからです。さらに漁業にも乗り出す計画です。私たちが開発するエリアでのエネルギーは、太陽光であり、地熱であり、糞尿などから得られるメタンです。クリーンなエネルギーでクリーンな食材を生産する。そこは観光農園になり、観光漁港になります。第一次産業は、地味で、真面目な産業です。そこでは老若男女を問わず、身体などが不自由な人も雇用できるでしょう。私は、農業や漁業こそ、国益に適うビジネスだと思います」

小沢は滔々と夢を語る。否、夢ではない。すでに伊坂商事内では、農業や漁業への進出プランが具体的に進められているに違いない。生き生きと語る小沢の表情を見ていると、私は胸が熱くなってきた。

「そして飲食業は、私たちが生産した食材を消費者に届ける窓口です。ここで一挙に付加価値が高められます。その意味で、飲食業には強い関心があるのです」

小沢は、机に置いた書類を指差した。

「それでは具体的に我がＤＦＳとの提携、ないしはこの会社分割後の子会社買収などの協議をしてくださるというのですか？」

私は、小沢に飛びかからんまでに身を乗り出した。

「ええ、進めましょう。私はあなたと話したい」と小沢は強く言い、「大友たちには内緒でね」と、まるで子どものように笑った。

3

「秘密保持契約を結びましょう」

大友は言った。

秘密保持契約を締結することでそのコンサルタント会社を専任することになる。だから大友は、締結を急いでいるのだ。

「そうだ。それを結ばなければ話にならない」

宮内が私を見た。

「ちょっと急ぎ過ぎでしょう」

私は言った。

「何が急ぎ過ぎなんだ」

宮内がつっかかってくる。

「だって伊坂商事のことは不確かなのでしょう？　ここで大友さんの会社と秘密保持契約を結んだら、私の方が手足を縛られることになるでしょう」

「なんだと、他の会社と話を進めるというのか」

宮内の顔が険しい。この男は、口では大友が社長に就任するために実績が欲しいと言っているが、本当は自分のためではないのか。宮内が自分の発案で、金融会社を作り、大友を迎えたのが実情で、その金融会社が順調に行くことが、自分自身の実績になるのだ。それで焦っているのだろう。そうに違いない。

「他の会社と話を進めてはいけないのか？」

「そんなことをしてみろ、ＷＢＪ菱光銀行が、即刻融資を引き揚げるぞ」

宮内は、杉山を見た。

杉山は苦笑して、「即刻などということはいたしませんが、将来の見込みが無ければ、取引の継続は難しいでしょうな」と言った。

「当行としては、融資の回収が順調に進むことが第一義です」

斎藤がつれない様子で口を挟む。

「我々が、この分割案を提案したんだ。我々がこの計画に従って、売れるところに売るのが当然だ」

宮内が、まるで会社をバッタもんか何かのように言う。

「まあ、焦るなよ。ＤＦＳは、痩せても枯れても上場会社だ。会社分割の方向を決めたら、適時に開示しなければならない責任がある。その際には、なぜ分割したのかと問われることになる。それをＷＢＪ菱光銀行の貸し剝がしにあっていまして、融資を返済するために行いますとは言えないだろう」と私は、杉山と斎藤にちらりと目をやった。

杉山と斎藤が、顔を見合わせ、不愉快そうに口元を歪めている。

「はっきりとそう言えばいいじゃないか」

宮内が言った。

「そんなこと、止めてください」

斎藤が慌てて言った。

「樫村さんは、私たちと仕事をしたくないのですか」

大友が不服たっぷりの顔をしている。

「そうじゃありません。大友さんのお話は、伊坂商事があってこそ魅力的です。私は、記者会見で再建についても説明します。その際、伊坂商事が支援してくれるということを発表できれば、これほど素晴らしいことはありません。それが重要です」

私は、ちょっと怖くなった。こんなに表情も口調も変えずに嘘をつけるとは、思わなかったからだ。

伊坂商事の支援については、今、小沢との間で着々と話が進みつつある。隣に、まるで野ざらしの地蔵のように無表情で座っている岸野もそれに加わっている。

私は、自分では微妙に言葉を選んでいる。伊坂商事が支援してくれれば素晴らしいという、至極当たり前のことしか口にしていない。伊坂商事をここに連れて来ることなどの条件は提示していない。条件を提示し、もし万が一、それが果たされたら契約をしないと信義にもとることになるが、条件を提示していないのだから、それもない。心配することはない。絶対に小沢は、大友たちと話をすることはないのだから。

宮内、杉山、斎藤の視線が大友に集まった。

それに対抗するように大友が睨み返している。

「だから大丈夫だと言っているでしょう。私と小沢常務とは、刎頸の交わり、管鮑の交わりなんだ」

「刎頸というのは、友のためなら首を刎ねられてもいいという友情だとは知っているが、そのカンポウってなんですか？」

宮内が聞いた。

「管鮑の交わりとはですね、管仲と鮑叔との友情です。杉山さんはご存じでしょうね」

「さあ」と杉山も斎藤も首を傾げた。

「ちょっと情けないですね。若い銀行員が、客から教養がないと馬鹿にされるのも分かる気がします。仕事の話、銀行の儲け話しかしないですからね。『史記』っていう司馬遷の歴史書があるでしょう？　その春秋時代に管仲と鮑叔は、幼馴染みでしてね、ともに斉の国のそれぞれ違う公子、まあ、お世継ぎに仕えていたんです。ところがそれぞれの公子が争いになった。当然、二人は敵同士になったんです」

「それで」

宮内が面白くない顔で促した。

「敵同士になっても仲が良かったっていう話です」

大友は、投げやりに言った。

「管仲が仕えた公子が敗れ、囚われの身になった管仲を鮑叔は、助けたばかりか、彼を宰相に据え、自分はその部下に就くことを勝った公子、すなわち斉の桓公に進言した。斉は管仲を宰相にしたおかげで天下の覇者になった。人々は、鮑叔の友情と人を見る目を称えて、管鮑の交わりと称するようになった。そういう話ですね」

私は言った。

大友が口をぽかんと開けて私を見ている。宮内、杉山、斎藤も驚いた顔だ。

「知っているんですね」

大友が目を瞬かせた。

「ええ、有名な話ですから。ちなみに刎頸の交わりも『史記』から出ています」

「だから、私と小沢常務は管鮑の交わりなんですよ」

「管鮑だか、漢方薬だか知りませんが、とにかく小沢さんと話をつけてくださいよ」

宮内が言った。

「宮内、すでに小沢常務と話をつけているんじゃなかったのか?」

私は意地悪く言った。

「ああ、つけているよ。だからお前にこの話を持って来たんだ。ただし、小沢常務担当は、俺じゃない。大友さんに任せている。まあ、時間の問題だよ。それよりお前、他に考えているのは、やはり十和子フードなんだろう?」

「さあ、どうかな」

私はとぼけた。

4

十和子は、涙を拭い、盛んに「ごめんなさい」「ごめんなさい」と繰り返した。

「十和子さん、顔を上げてください」

私は、言った。

十和子は、捩るようにして体を起こした。マスカラが融け、目の周りが黒くなっている。

「パンダになっていますよ」

「あら、嫌だ。ちょっと失礼」

十和子は、部屋から出て行った。女性というのは、何よりも化粧の崩れを直すのが優先するようだ。とてつもない災害にあい、化粧直しに手間取って命を落とす女性もいるに違いない。

しばらくするとすっかり化粧を整え、息遣いも、気持ちも落ち着かせて十和子が戻ってきた。

私の顔をじっと見ると、ぴょこりと頭を下げた。

「樫村さんを騙すつもりはなかったのです。申し訳ありません」

「そんな物騒なこと言わないでください。結城さんとは親しいのですね」

「ええ、とても。結城は、飲食業における私の師匠、憧れの人です。飲食ベンチャー企業の集い(つど)で知り合い、元金融マンということもあり、親しくしていました。塩田さんの紹介で樫村さんが来られた時、これは天の配剤だと思いました。なんとか結城を復活させる機会にならないかと思ったのです」

十和子は、今までにない素直な顔だ。きっと結城と他ならぬ親密な関係にあったのだろう。それがこの素直な顔の理由だ。恋は、人を素直にするものだ。

「結城のためにＤＦＳを買収したいと考えました。それで樫村さんを誘惑しようと思い……」と十和子は恥ずかしそうな笑みを浮かべた。

「本当にギリギリでしたね。よく耐えましたよ」

私は声に出して笑った。

「本気になさったらどうしようかと思いました。ベッドに入ってから逃げ出すわけにはいかないですもの」

十和子はぽっと頬を染めた。

「あなたは私を評価して、そのまま社長として残るように言われましたが、あれは嘘ですか」

「嘘というのではありません。買収が終われば、あなたに事情をお話しして結城を会長に据えたいと思っていました。あなたなら同意してくださるような気がしていました。飲食のプロでないことに謙虚でしたから」

「そうでしたか。この計画は結城さんと練ったのですか？」

私の問いに、十和子は、きっとした顔になり「それはありません」と言い切った。

私は意外だという顔で、小首を傾げた。

「結城とは、今でも時々、会っています。商売の相談をするためです。樫村さんが結城と会ったことも聞きました。でもDFSに結城を復帰させようという話はしていません。結城は、自分からは言いださないでしょうし、また今の段階ではそれを受けないでしょう。失敗し、一度は手放した会社ですからね。それに社員たちの反応も怖いのではないですか」

結城のことは、儲け主義のベンチャー起業家だという先入観があったが、今、思い返してみると、そうではなく、誠実な面もある人物に見える。十和子の言う通り、自ら復帰を画策するようなことはないだろう。

「そうでしたか」

「ですから資金を用意するのも私です。結城は、私が樫村さんを誘惑してまでDFSを買収しようとしていることを知ったら、怒りだすでしょう」

十和子は、照れたように微笑んだ。

「それを伺って安心しました。要するに結城さんの才能を惜しんで、十和子社長が身を挺（てい）したということですね」

私も微笑んだ。

「身を挺しただなんて……。ちょっと他人聞きが悪いですわね」

十和子は、口に手を当てて笑った。

「お願いがあります」

私は、真面目な顔になった。

「なんでしょうか？」

十和子が緊張している。

「もう一度、身を挺していただきたいのです。もう一度、誘惑をしていただきたいのです」

「樫村さんを……？」

十和子が目を丸くする。

「そうであればいいのですが、違います。ＤＦＳの大株主であるＪＲＦの山本知也という男です」

「なぜ、そんなことを……」

十和子は目元に怒りをにじませた。

「彼は、あなたに会いたがっています。そしてＤＦＳの株を手放したがっています。あなたが提示された八億円でＤＦＳの支配権を握っていただきたいのです。そのためには彼を誘惑する必要があります」

私は、自分の計画を説明した。結城を迎え入れ、DFSを再建すること、伊坂商事になんらかの形で経営参加を求めることなどだ。

「伊坂商事が経営に？」

十和子が再び目を丸くした。

私は、小沢との協議を話した。

「伊坂商事のことを山本に話せば、彼は経営権を手放さないでしょう。それであなたに一役買ってもらいたいのです」

私はにんまりとした。

「ワル、ですね」

十和子もにんまりとした。

「ええ、ワルですわ。ところで宮内さんたちはどうするのですか？」

「彼らには何も説明しません。DFSを単なる投資対象にしている山本や融資の回収だけを考えている銀行や自分の儲けしか考えない宮内や大友は、それぞれの夢を勝手に見ていればいいのです。私とあなたはDFSが最もいい形に再建されるように、ひと肌脱ぎましょう」

私は強く言った。

「理解しました。自分の欲だけに囚われている人には、開けてびっくり玉手箱ということになるわけですね」

「ええ、その通りです。お願いできますか？」

「ええ、でも、本当にひと肌脱ぐことになったらどうしましょうか？」

十和子は、妖しい視線を送ってきた。

「その時は、飛び込んで行ってあなたを助けますよ。なに、しやがる。俺の女に手を出すなってね」

私は、腕まくりをする真似をした。

「あらあら、それじゃあ、まるで美人局（つつもたせ）じゃありませんか」

十和子は、身体を捩って笑った。

私もつられて笑ったが、今のセリフは、少しだけだが、本音が混じっていた。

5

「十和子フードに再建を頼んだら樫村なんか、あの女狐に骨の髄までしゃぶりつくされるぞ」

宮内は口元を歪めながら言い放った。

「さあ、どうかな。とにかく僕は、社長としてDFSをなんとしてでも再建する責任がある。そのためにも大友さんが伊坂商事を連れて来てくれるのを楽しみにしているよ」

「ふん」と宮内は、嫌味な視線で私を見ると、「随分、強気だけど、結局、何もできないぜ。銀行に見放されたらね」と言った。

「そうですよ。私は小僧ですが、きちんと対応していただかなかったら、どんなことをしても融資を引き揚げますから」

斎藤が暗い顔を私に向けた。

「あの小僧発言は、申し訳ありませんでした」

「根に持っていませんよ。だけど、信頼関係は壊れましたね」

「斎藤君、言い過ぎ、言い過ぎ」

杉山がたしなめたが、あまり本気ではない。

「いずれにしても大友さん」と宮内が大友を見て、「あなたにかかっています。この話は小沢常務あっての話だ。せめて私が電話したら、電話にくらい出てくださってもいいじゃないですかね。よろしく言っておいてくださいよ」と言った。

「分かりました。必ず」

大友は、宮内の顔を見ずに投げやりに答えた。

「ちょっと出かける予定がありますから。また具体的な協議は後日ということにさせてください」

私は言った。

「社長、あまり時間はありませんからね」

斎藤が念を押した。

「よく分かっています。大友さん、宮内、よろしくお願いします」

私は丁寧に頭を下げた。

四人は、書類を鞄（かばん）にしまいこむと、会議室から出て行った。

「行きましょうか」

私は行かねばならないところがあった。その場所は岸野に伝えていない。

「どこへですか？」

岸野がとぼけて聞く。私は、岸野の顔をじっと見つめた。岸野は、表情一つ変えない。この顔は、私が何を考えているか分かっている顔だ。

「どこへ行くと思いますか？」

「さあ？」

「結城さんのところですよ」

「承知しました」

岸野が軽く頭を下げた。

岸野には、私の考えを全て伝えているわけではない。しかし、岸野は、私が結城に会い、何をしようとしているのか、推測がついているのだろう。結城に会いに行くと言っても全く動揺しないばかりか、当然のような態度だ。

不思議な人だ。女房役という言葉がある。首相と一体となって内閣を守る官房長官を評するときによく使われるが、ビジネスの現場でも成功した経営者には、必ず彼を補佐する女房役がいる。

岸野のような人を女房役と言うに違いない。絶対に出しゃばらず、虎の威も借りない。そして私の考えの一歩前、いや半歩前を読み、そして何事も無ければ後ろからついてくる。もしつまずきそうな石が出ていたり、滑りそうなバナナの皮が落ちていれば、それらを黙って取り除く。主役は、彼となら安心して夜道を歩くことができる。

岸野は、出会った当初は、私のことを敵視していた。逆らってもいた。しかし、時間を経るにつれて、本当によく私を支えてくれるようになった。よくぞ、ここまでの関係を築けたものだと、私は自分のことを褒めてやりたくなった。

本社を出たところでタクシーを止め、日本橋の結城の事務所に向かう。

「聞かないのですか」

後部座席に身体を預けながら、私は岸野に話しかけた。

「何をでしょうか？」

岸野は言う。

「何のために結城さんのところに行くのか、ですよ」

私は、岸野を見た。岸野は微笑んで、「お任せしておりますから」と言った。

「そうか、お任せね。それはいいや。ちょっと眠るから」

私は目を閉じた。

「到着しました」

岸野が言った。

目を開けた。タクシーから降りると、十和子がビルの前に立っているのが見えた。

十和子がゆっくりと近づいてくる。今日は、淡いピンクのスーツ姿だ。着物姿を見慣れているが、スーツ姿もいい。美しい身体の線が、悩ましい。

「待たせましたか？」

「いいえ」

「岸野部長、紹介しますよ。十和子フードの岡田社長だ。十和子さん、こちらは岸野財務部長。というより私を支えてくれる大切な人です」

私は十和子と岸野を引き合わせた。

「よろしくお願いします」

十和子は丁寧に頭を下げた。

「岸野と申します。よろしくお願いします」

岸野も頭を下げた。

なぜ、ここに十和子がいるのかと岸野は不思議に思ってもいいはずだ。しかし、岸野は、特に警戒心も抱いていない。お任せね、私は言葉にならない声で呟いた。

十和子をここに連れてきたのは、彼女に重要な役割を演じてもらわねばならないからだ。結城を説得するという役割だ。

結城は、会社分割して従業員にそれらの会社を経営させてほしいと私に言った。そのアイデアはぜひ採用したいと思っている。しかし、それらを統括するリーダーが必要だ。それは私ではない。結城でなくてはならないというのが私の思いだ。それを結城に認めさせたい。

「行きますか」

私は十和子と岸野に言った。

「行きましょう」

十和子が緊張気味に言った。岸野は、相変わらずだ。

エレベーターで五階に上がる。ＳＹカンパニーの表示が見える。腕時計で時間を確認する。約束の時間だ。彼は、中で私を待っているはずだ。十和子が同行することは話していない。驚くに違いない。

「失礼します」

私はドアを開け、声をかけた。

「わざわざすみません……」

目の前の結城の顔が強張った。目が点というのは、このことを言うのだろう。私の背後にくぎ付けになっている。十和子を見ているのだ。

「なぜ、君が……」

言葉を失っている。

「まあ、詳しいことは、後でゆっくり話します。中に入っていいですか」

私は、結城の驚きを楽しむように事務所内に入り込んだ。

「失礼します」

十和子が、言葉も少なく挨拶をして続いた。その後ろには岸野だ。

「まあ、どうぞそちらにおかけください」

結城は、会議用のテーブルを示し、そこの椅子にかけるように言った。まだ戸惑いが抜けていない。なにやらそわそわとしている。

「コーヒーを淹れますが、いいですか」

結城は自分でキッチンに向かった。

「お気を遣わないでください」

私は言った。

「どうせインスタントですから」

結城が言った。

十和子が立ちあがろうとした。自分がコーヒーを淹れるつもりなのだろう。私は、首を左右に振り、そのまま座っているように伝えた。

十和子は、腰を下ろした。

「今日は、どんな話でしょうか？　樫村さんが、わざわざいらっしゃるというので緊張しました。それに岡田社長まで」

結城は、コーヒーカップを私たちの前に並べた。

「お願いに参りました」

私は、開口一番に言った。

「お願いですか？　前回は、私がお願いしましたが……」

「今回は、私からのお願いです。それで岡田社長にも来ていただきました」

「さあ、なんでしょうか？　ちょっと緊張しますね」

結城は、上目遣いに私を見て、コーヒーに口をつけた。

「結城さん、あなたにDFSの経営者として戻っていただきたいのです」

私は言った。

「突然、どうされたのですか？　私は樫村さんに会社分割して従業員を社長にしてほしいとは言いましたが、私を経営に戻してくれとは言ったことはありません。それはあり得ないでしょう。私は、一度、失敗した人間ですから」

結城は、静かに言った。

「そうおっしゃると思っていました。ですが私の考えは違います。私は人間には二通りの種類があると思います。一つは、道を切り開く人間、もう一つは現状を維持する人間です。事業を起こすのは、前者です。事業を継続維持するのは後者です。この二種類の人間がうまく嚙み合ってこそ企業は上手く行きます。私は、所詮(しょせん)、銀行屋です。前者ではありません。どうにか後者に属する程度です。今、DFSに必要なのは、前者のような、そう、結城さんなのです」

「私は、借金を返済するためにDFSの株をJRFの山本社長に売却して、逃げ出したのです。そんな人間にDFSを経営する資格はありません」

結城は、淡々とし、感情を表に出さない。

「そのJRFは株を手放すことになりました。次の大株主は、この人です」

私は、十和子を見た。

「えっ」

結城は絶句した。目を見開き、十和子を食い入るように見つめると、硬い音を立てて、コーヒーカップをソーサーに落とした。焦げ茶のコーヒーの滴がカップから飛び出し、テーブルを汚した。

6

山本の懐柔は、私の読みどおりの顚末だった。

あれからまもなく、私と十和子は、西麻布の割烹「するとみ」の別室にいた。

十和子は、利休鼠と言うのだろうか、淡く緑色がかったグレーの着物を着ている。アップにした髪から流れるような襟足がなんとも色っぽい。

「今日は、特別きれいですね」

私は、並んで座っているだけで下半身がもぞもぞしてくる。

「だって身を挺しているから」

十和子が微笑した。ぞくぞくする。

「この店、素敵ね。評判がいいんでしょう」

「ええ、僕のとっておきです。ここのご主人は若いけれど、腕はしっかりしています。僕は天才だと思いますよ」

「まあ、そんなに！」

「それにまた奥さんがいいのです」

「お客様のお相手をされているのが奥様？」

「そうです。奥さんと二人で真面目にやってますね。ここの料理は食べ終わると、満足感とともに身体がきれいになったような気がするんですよ」

「早くいただきたいわ」

「でも今日は、目的が別にありますから。料理をじっくり味わえないかもしれませんね」

私と十和子は、JRFの山本を待っていた。

山本が、十和子とぜひ会いたいと言うからだ。私は、山本の持ち株を十和子に売却させたいと思っている。十和子は、DFSを愛しているわけではない。投資家だから当然だとも言えるが、ただの投資先と考えているだけだ。有利な先があれば、どこにだって売却しかねない。そんなことをさせてはならない。

山本は、女に弱い。魅力的な女を見る度に涎を流すタイプだ。ある山本の知人は、そんな山本の女好きを「動いているものにはなんにでも飛び付く」と揶揄したことがある。

十和子を見れば、その魅力にパートナーになりたいと考えるに違いない。そうなればこっちのものだ。

「おう、待たせたね」

山本が店に入ってきた。

私と十和子は立ちあがって、山本を迎えた。

山本は十和子を見つめて、呆然としている。奥の席に着くのを忘れて、ボーッとつっ立っている。

「山本さん、こちら岡田十和子さん」

「あん、はい、わかりました。私、初めまして、山本、はい」

やっと眠りから覚めたかのように、意味不明なことを口にし、それでも名刺を差し出した。

「岡田十和子と申します。ささやかに飲食業をやっております」

十和子も名刺を差し出した。

「お揃(そろ)いでしょうか。飲み物は如何いたしましょうか？」

するとみの奥さんが注文を聞きに来た。

「どうしますか？」

私は山本と十和子に聞いた。

「シャンパンを貰いましょう。今日の出会いに感謝したいのでね。いいですか？」

山本が楽しそうに言った。

「はい、それで結構です」

十和子がにこやかに言った。

「では皆様、シャンパンでよろしいのでしょうか？　グラスで？」

奥さんが聞く。

「どーんと一本持って来てください。ぐーんと冷やしてね」

山本がはしゃいでいる。

「承知いたしました」

奥さんが静かな笑みを浮かべている。

山本が、最初からこんなに調子づくとは思わなかった。私は、十和子を一瞥した。十和子は、山本から視線を外さないでいる。彼女の目から色っぽい光線が山本に向かって放射されている。山本は、その光線に射ぬかれ、顔をほころばせ、喋り続けている。

山本のグラスに注がれたシャンパンがたちまち空になる。料理は、最初は蒸し鮑だ。柔らかい食感、ほんのりとした甘味が絶妙だ。

山本は、自分の生い立ちや事業のことなどを必死で喋っている。

シャンパンが空になった。次は、白ワインが来た。

十和子は、山本に合わせて、時には小さく声に出し、身体を小刻みに揺するようにして笑う。酒は、強い。乱れることは一切ない。

料理は、どれも美しく、そして美味い。ここに案内した私としても誇らしい。刺身の雲丹は、食べ比べてほしいと二ヵ所の海で収獲されたものが供された。まったく違う。爽やかな口溶けとねっとりとした口溶け。どちらも美味いが、収獲される海によって、雲丹の味がこれほどまで違うとは！　新しい発見だった。

赤ワインが来た。

そろそろ真面目な話をしなくてはならない。

「岡田社長は、DFSの経営に関心があります。その話はさせていただきましたね」

私は山本に言った。

山本の顔が酒のせいで火照っている。

「聞いた、聞きました。でも私、結構、投資してましてね」

「伺っております。でも今のままのDFSなら一文の価値も無くなりますわ」

「価値が完全に無くなる前に投資の手仕舞いをしろとおっしゃるのですね」

山本の目から、一瞬、酔いが抜けた。

「その通りです」

十和子はきっぱりと言った。山本以上に飲んでいるはずだが、全く顔に出ない。

「付き合ってくれますか？」

山本が赤ら顔を十和子につき出した。

十和子の顔に戸惑いが浮かんだが、すぐに平静に戻り、「株をお売りいただければ」と答えた。

山本は、笑いだした。

「いやあ、その冷静さが素晴らしい。パートナーとして最高だ。一緒に事業をやりましょう」

山本は、グラスの赤ワインを一気に空けた。

「お話次第では……」

十和子は、のどぐろの焼き物に箸をつけた。

「ではお話ししましょう。おい、樫村さん、話はついた。今日は、大いに飲もうじゃないか」

山本は、もうでれでれと言っていい状態だ。

「分かりました。私は邪魔ではないですか」

私は、山本に聞いた。

「うーん、邪魔だな」

山本は、顔をしかめた。

「山本さんと二人きりになったら、私、殺されちゃいますわ」

十和子が科（しな）を作った。

「いやあ、殺したいですな。そして取って食いたい」

山本が、赤く濁った目で十和子を見つめた。それに応えて十和子が山本を見つめた。

シメのご飯は三種から選ぶことが出来るが、十和子の選択で、鮑と雲丹の炊きこみご飯になった。

するとみを出た時には午後十時を過ぎていた。

「さあ、もう一軒行こう」

山本がタクシーを止めた。山本が、強引に私たちをタクシーに押し込んだ。十和子は逆らわずタクシーに乗り込んだ。私も付き合った。

「銀座！」

山本は言った。馴染みのクラブに行くのだろう。

翌日から山本と十和子のビジネスについての具体的な協議が始まった。

さすがに酔いが覚めた山本はしたたかなビジネスマンに戻ったが、私には分かっていた。なにがなんでも十和子と繋がっておきたいのだ。

交渉は容易とは言えなかったが、なんとか同意にこぎつけた。山本のＪＲＦの支配下にあるＤＦＳの株を総額約八億円で十和子フードなどに市場外で譲渡することになった。この結果、ＤＦＳの株を十和子フードが三十五％、十和子個人で十五％、十和子フード専務取締役の十和子の父親が五％保有することになった。

「大損ですな」と山本は、苦笑しつつも満足そうだった。というのは、十和子フードの五％の株を保有することになったのだ。

「いつか上場されるでしょうからその時、儲けさせてもらいますよ」

山本は言った。

抜け目のないことだ。それに十和子フードの社外取締役にも就任した。これでいつか十和子を自分の女にすることが出来ると、下心を抱き続けるのだ。

私は、十和子に「これでいいのですか」と山本の十和子フードへの経営参加のことを聞いた。

十和子は「身を挺してますから」と不敵な笑みを浮かべた。

7

「そうですか。よく山本さんが株を手放しましたね」

結城は驚きがまだ覚めない様子で言った。

「十和子さんが頑張りました。あなたを経営に復帰させたい一心で」

私は言った。

また結城が驚いた。私が、結城と十和子との関係に言及したからだ。

「樫村さんは、なんでもご存じなのですね」

「ええ、もともと銀行員で調査は得意ですから」

「DFSを十和子フードに支配させて、これからどうするのですか?」

「伊坂商事が支援に入ってくれます」

結城は目を剝いた。また驚いたのだ。

「それは本当ですか？」

「本当です。まだ最終的な詰めは残っていますが、十和子フードの株主になること、分割後の会社である東京ＤＦＳや札幌ＤＦＳに資本参加をすることになっています。それぞれの会社では従業員を社長にします。辞めた渋川を社長に迎えるつもりです」

「渋川を……」

渋川は、結城に忠実な社員だった。

「あなたはどうするのですか？　先ほどは、現状維持タイプだとおっしゃいましたが」

「私ですか？」

私は結城に確認し、考えを整理するために少し沈黙した後、話し始めた。

「私は、このＤＦＳに来てとてもいい勉強をさせていただきました。会社というのは、なによりもそこで働く従業員のものです。彼らが生き生きと楽しく働く会社を作ること、彼らが夢を抱いて働くことができる環境を作ること、それが経営者の務めです。私は、それを学びました。そして冷静に自分の資質を考えました。私では、彼らに夢を与えられません。計画は与えることはできるでしょう。しかし、それは遮二無二（しゃにむに）働きたい、頑張りたいという夢ではありません。それを与えられるのは、道を切り開く資質を持ったあなたです。私は、退きます」

隣の岸野が、鋭く反応した。ぴりぴりとした緊張が伝わってくる。岸野にも、私の決意を話していないからだ。

「DFSを伊坂商事に支援させ、十和子フードを経営参加させ、なんとかやっていける体制を整えながら、退くのですか」

結城は、信じられないという顔をした。

「出来ることはやります。しかしこれからは私の出番ではないでしょう」

「社長、本気ですか？」

岸野がやっと口を開いた。

「ああ、本気です。私は、なんとか体制を整えます。あとは岸野さん、皆さんが頑張るのです。結城さんのリーダーシップを得てね」

私は微笑んだ。

「結城さん、お願い。一緒にやりましょう。樫村さんは、あなたの才能を惜しんでおられるの。やっとあなたを迎え入れる体制を整えられたわ」

十和子が訴えた。

結城が苦しそうに顔を歪めた。

「十和子さんの気持ちを分かって上げてください。あなたは確かに失敗した。しかし、その失敗を次の成功に生かせばいい。この国は、一度失敗すると、なかなか復活できない。あなたは不正をしたわけではない。見込みが甘かっただけだ。心底、飲食業が好きな従業員のために、もう一度、頑張るべきだ」

私は、店長やアルバイトの顔を思い浮かべていた。彼らに夢を与えなければ、本当のDFSの再建はない。

「考えさせてください」

結城は、静かに言った。その顔は、決意に満ちているように見えた。

「考えてください」

結城は、戻ってくる。私は確信した。

8

「いったい、これ、これはなんだ」

宮内と大友が、DFSの本社に飛び込んできた。

右手に新聞を握りしめている。朝毎新聞だ。

「どうしたのですか？　大騒ぎして」

私は、椅子から立ち上がった。

唾が顔にかかるほど、宮内が顔を近づけてきた。大友も宮内の横から顔を出してきた。

「落ち着けよ、宮内」

「落ち着けるか、この記事は本当か」

「どれどれ」

私は、宮内から新聞を奪い取ると、机に広げた。

「飲食チェーンのDFSが伊坂商事、十和子フードと資本、業務提携。将来は、伊坂商事と共同で飲食グループ企業を設立か。いい記事じゃないか」

朝毎新聞の木佐貫が書いた記事だ。彼は、DFSの債務超過の記事を書きたくて、私を追いかけていた。私は、彼に十和子フードと伊坂商事との資本、業務提携をリークした。債務超過などの後ろ向きのことは書かないことを条件にした。将来の共同会社設立は、木佐貫の飛ばしだ。

「いい記事もなにもないだろう。伊坂商事は、我々の交渉相手だ」

宮内が怒鳴った。

「伊坂商事とは私が交渉していた」

大友も唾を飛ばした。

私は、興奮する二人を黙って見つめていた。

「こんな騙しうちみたいな話があるか。我々の交渉はどうしてくれる」

宮内の興奮は収まらない。

「そうだ。どうしてくれる」

大友が顔を突き出してくる。

「ちょっと待てよ、宮内。伊坂商事とはどんな交渉をしていたんだ。こちらには何も提案がなかったじゃないか」

「お前、勝手に伊坂商事と話をしたのか」

宮内の唾が顔にかかった。私は、ハンカチで拭った。

「樫村さん、あなたがそんな人だとは思いませんでした。契約違反でしょう」

大友が顔を怒りで膨らませている。

「ちょっと待ってくださいよ。いつあなた方と契約しましたか？　契約なんかしていない。あなた方はありもしない伊坂商事の話を作り上げていただけだ」

「なんだと！　ありもしないだと！　大友さん、何か言いなさいよ」

宮内が大友の背中を押した。

「失礼だよ。樫村さん」

大友が唇を震わせた。

「なにが失礼なものか。失礼なのは、そっちじゃないか。架空の話を持ってきて、企業経営をもてあそぼうとする。それも自分たちの欲望のために。あなた方は最低だ。飲食業を、会社を、ＤＦＳをちっとも愛していない。そんな人間を信頼して、会社の将来を託すると思ったのか。ここにいる」と私は社内を見渡し、「従業員一人一人はDFSを愛し、飲食業を通じてお客様を幸せにしようと集まった人間ばかりだ。そんな人間の前で、あなた方は恥ずかしくはないのか。帰ってくれ！」

「うっ、うっ」

宮内は言葉に詰まった。大友も顔を真っ赤にして、歯ぎしりしている。

「WBJ菱光銀行の杉山様と斎藤様がお見えになりました」

岸野が伝えてきた。

入口を見ると、杉山と斎藤が立っている。いつものように我が物顔で入って来ない。

突然、宮内が駆けだした。入口に向かっている。何をするのかと見ていると、宮内は杉山と斎藤の腕を摑んで私の前に連れて来た。

「杉山さん、回収、回収してくださいよ。このDFSへの融資を回収してください。この男は、私らを騙していたんだ。勝手に伊坂商事と交渉し、勝手に話をまとめたんだ。メイン銀行を騙したんだ。こんな奴と取引するな」

宮内は杉山の腕を摑んだままわめき散らした。

「そうだ、そうだ。信義にもとる。伊坂商事を紹介したのは私じゃないか。杉山さん、斎藤さん、なんとかしてください」

大友も杉山の腕を摑んだ。

杉山は、宮内と大友の腕を身体を捻じって、振りはらった。あまりの勢いに、宮内と大友が目を見開いて唖然としている。

「斎藤君、いいか」

杉山が斎藤に言った。

「はい」

斎藤は、唇を捻じ曲げるような顔をした。悔しくて、情けなくて仕方がないといった感情が溢れている。

杉山と斎藤は、床に膝と両手をついた。土下座スタイルだ。

杉山が顔を私に向け、「どうか融資を返済しないでいただきたい。このままメイン取引を継続いただきたい」と喉を搾るような声で言い、床に頭をつけた。斎藤も「お願いします」と杉山に倣った。

「どういうことだ？」

宮内が、信じられないという顔で言った。

「本日、営業部に伊坂商事の財務担当役員が来られまして、ＤＦＳとの取引は、今後、ミズナミ銀行に切り替えるとの申し出がありました。当行とＤＦＳとは信頼関係が失われているというのが理由です。ミズナミ銀行は、伊坂商事の並列メイン行です。このことが頭取の耳にも入り、大問題になったのです。助けてください」

杉山は目を潤ませた。

斎藤は頭を下げたままだ。

小沢が、伊坂商事の財務部門に手を回したのだろう。

「なんてことだ」

大友が叫んだ。

杉山が、それを聞き、大友を睨むと「あんたらがいい加減な情報を吹きこむから、こんなことになったんだぞ」と声を荒らげた。

「なんだと、この野郎！　お前らが融資の回収をしたいと言ったからじゃないか」

宮内が、膝を曲げ、杉山に摑みかかった。

「社長、数々の失礼は心から謝ります。私は、馬鹿な小僧でした。なんとか伊坂商事をご説得ください。引き続きの取引をお願いします。同じＷＢＪ菱光銀行の後輩としてお願いします」

斎藤が目を赤くしている。伊坂商事が直々にＷＢＪ菱光銀行の営業部に苦情を言い、ＤＦＳの取引を他行に移すことを要望してくるなど、前代未聞だ。余程、行内で大きな問題になっているのだろう。

「そんな格好は、止めてください」

私は杉山と斎藤に立ち上がるように促した。

「いえ、社長が、伊坂商事に取りなすと言ってくださるまで、ここから動きません」

杉山と斎藤が口を揃えた。

彼らは、習性として本気で反省することはない。問題があっても謝り、それで上手くいけば、後ろに回ってぺろりと赤い舌を出すだけだ。

「そうですか？　銀行取引の件は、伊坂商事さんと相談していますから、私ではどうしようもありません」

私は、二人を見下ろして、平然と言い放った。

「社長、そろそろ」

岸野が近づいてきた。

「そうですね、行きましょうか」

私は机を離れた。

「どこへ行くんだ」

宮内が言った。険しい顔だ。

「記者会見だ。東証で行う。伊坂商事や十和子フードと一緒だ。来るかい？」

私は笑みを浮かべた。

宮内は、思いっきり眉根を寄せ、何も言わない。

「社長！」

杉山が膝をついたまま叫んだ。

「なんとかしてください」

斎藤が、にじり寄ってきた。

「床は冷えますから、痔になりますよ。気をつけてください」

私は言った。

「君を社長にしたのは、私の最大の誤り、最大の痛恨事だ」

大友が悔しそうに言った。

「大友さん、あなたは一度でもここにいる従業員たちを愛したことがありますか？　従業員を愛せない人に社長の資格はありません。結果論ではありますが、あなたをＤＦＳから追い出したこと、それが私の一番の業績です」

私は、大友を睨みつけた。

大友は唇を固く閉じ、への字に曲げた。歯ぎしりが聞こえてくるようだった。

9

私は、書類を片付けていた。時間は、午後の十一時を回っている。社内には誰もいない。遅くなるからと言い、従業員たちを帰宅させた。一人になりたかったからでもあった。

記者会見は無事終わった。木佐貫が、スクープした手前もあり、質問をリードしてくれたのはありがたかった。

会社を分割し、それぞれ従業員の中から社長を選んだ。辞めた渋川も連れ戻した。DFSは十和子フードが主力株主になり、伊坂商事は、十和子フードの二十％の株主になり、役員を送り込んだ。最大の株主だ。DFSには直接出資しないで、間接支配をする。やはり債務超過の懸念がある会社には出資を躊躇したのだ。その代わり東京DFSや札幌DFSという直営店やフランチャイズ店を管理する会社に出資し、実質的に子会社とした。彼らにとって魅力なのは直営店やフランチャイズ店なのだ。

DFSの社長には十和子が就任した。それに結城がDFSの顧問を引き受けた。

「結城さんは、元DFSの社長ですね。どうして戻ってきたのですか」

木佐貫が質問した。

「結城氏の飲食業における経験が、これからのDFSの未来にぜひ必要だからです。私からお願いして、戻っていただきました」

私は答えた。

「将来、伊坂商事とDFS、十和子フードはどういう関係になっていくのですか？　伊坂商事のグループ会社になるのでしょうか？」

別の記者が聞いた。

「それは将来の三社の信頼関係にかかっていますが、より進化した関係になることを期待しています」

私は、将来は伊坂商事という強力な後ろ盾を得て、ＤＦＳと十和子フードがさらに飛躍することを夢見ていた。

「ところで樫村さん、あなたはどうされるのですか」

木佐貫が聞いた。

「私は退任します。新しい組織は、新しい人にお任せします」

私は言った。記者たちに「ありがとうございました」と頭を下げ、会場を後にした。

爽やかな、やるべきことをやったという満足感があった。

「さあ、帰るかな」

私は立ち上がった。明日からは、十和子への引き継ぎを兼ねた挨拶回りだ。

電話が鳴った。

受話器を取った。深夜の電話はロクなことがない。あまりいい気持ちがしない。

「もしもし」

「社長、柏木です。そろそろ仕事を終えられる時間だと思っていましたので」

「今頃、どうしたんだい？　何かトラブル？」

「違いますよ」と柏木が電話口で笑っているのが分かる。

「みんな集まっているんですよ。今すぐ北京秋天新宿店に来てください」

「みんなってみんなですよ。では待っていますから」

柏木は、一方的に電話を切った。

「仕方がない。顔を出すか」

私はぶつぶつと言い、北京秋天に向かった。あの店は、思い出の店だ。閉店にしようと思ったら、柏木の恋人の美由紀たちの力で再生した。今や稼ぎ頭の店になった。従業員が一丸になったら、大きな力を発揮する典型だ。私は、毛沢東（もうたくとう）の言葉を真似て「店の再生は北京秋天に学べ」と不振店に発破をかけたものだった。

みんな頑張ってくれたなぁ。

私は、思い出にふけりながら北京秋天の入居しているビルに入った。深夜のビルは気持ちのいいものではない。私の靴音だけが異様に響く。

北京秋天の前には明かりがついていない。柏木は、この店を指名したはずだが……。入口には人の気配はない。店の前に立った。自動ドアが開いた。突然、明かりがついた。私は、眩（まぶ）しくて目を細めた。あちこちからクラッカーの弾（はじ）ける音が響いた。

「社長、お疲れさまです」

会場に大きな声が響き渡った。

私は、驚いた。北京秋天の中には本当にみんながいたのだ。岸野や柏木、佳奈など本部スタッフ、そして水島たちフランチャイジー支援スタッフ、美由紀たち店舗のスタッフ……。なんども店の再建について議論した連中ばかりだ。渋川の顔も見える。よくこれだけの従業員たちを集めたものだ。

岸野が、前に進み出た。

「社長、本当にありがとうございました。社長が、私たちのために一生懸命になっていただいたことを心から嬉しく思います」

「岸野さん、照れくさいよ。よしてくれよ」

美由紀が、花束を持って現れた。

「社長こそ、本当の社長だと、私たち、思っています。尊敬しています」

「ありがとう。君には多くのことを教えてもらったよ」

それは本当の気持ちだった。私こそ君たちを尊敬している。

「それでは樫村社長に感謝の気持ちを込めて、花束を贈呈したいと思います」

美由紀が言うと、私の目の前の人だかりが、さっと左右に割れて、道が出来た。目の前に人が立っていた。私は目を凝らした。それは明子と幸太郎だった。

明子は、少し照れくさそうに笑っている。幸太郎は眠そうだ。

美由紀が、明子のところに歩いて行き、花束を渡した。

明子は、花束を抱き、幸太郎の手を引きながら、私に向かってゆっくりと歩いてくる。

私も明子に向かって歩を進めた。ちょうど道の真ん中で出会った。

私と明子と幸太郎を取り囲むように人垣が出来た。

「お疲れさま」

明子が言った。

「パパ、お疲れさま」

幸太郎が明子の真似をした。

明子が花束を差し出した。私はそれをしっかりと抱きしめた。

「ありがとう」

私は小さな声で言った。

一斉に拍手が沸き起こり、会場に響き渡った。それは温かさ、優しさ、感謝、思いやり、そして何よりも新しく出発する私への励ましだった。

私は、目を擦(こす)った。人垣の中に、あの占い老女の顔が見えたからだ。

「人生、七味とうがらし。人生ってなんて味わい深いんでしょうね」

私は呟いた。

拍手は、波のように途絶えることなく続いていた。

本書は二〇一三年十二月、徳間文庫より刊行された
『人生に七味あり』を改題したものです。

|著者|江上 剛　1954年、兵庫県生まれ。早稲田大学政治経済学部政治学科卒業後、第一勧業銀行（現・みずほ銀行）に入行。人事部、広報部や各支店長を歴任。銀行業務の傍ら、2002年には『非情銀行』で作家デビュー。その後、2003年に銀行を辞め、執筆に専念。他の著書に、『絆』『再起』『企業戦士』『リベンジ・ホテル』『起死回生』『東京タワーが見えますか。』『家電の神様』『ラストチャンス　参謀のホテル』（すべて講談社文庫）などがある。銀行出身の経験を活かしたリアルな企業小説が人気。

ラストチャンス　再生請負人（さいせいうけおいにん）

江上 剛（えがみ ごう）

2018年4月13日第1刷発行
2020年9月11日第6刷発行

発行者――渡瀬昌彦
発行所――株式会社　講談社
東京都文京区音羽2-12-21　〒112-8001
電話　出版（03）5395-3510
　　　販売（03）5395-5817
　　　業務（03）5395-3615

Printed in Japan

講談社文庫

定価はカバーに
表示してあります

デザイン―菊地信義
本文データ制作―講談社デジタル製作
印刷―――豊国印刷株式会社
製本―――株式会社国宝社

ISBN978-4-06-293889-1

講談社文庫刊行の辞

二十一世紀の到来を目睫に望みながら、われわれはいま、人類史上かつて例を見ない巨大な転換期をむかえようとしている。

世界も、日本も、激動の予兆に対する期待とおののきを内に蔵して、未知の時代に歩み入ろうとしている。このときにあたり、創業の人野間清治の「ナショナル・エデュケイター」への志を現代に甦らせようと意図して、われわれはここに古今の文芸作品はいうまでもなく、ひろく人文・社会・自然の諸科学から東西の名著を網羅する、新しい綜合文庫の発刊を決意した。

激動の転換期はまた断絶の時代である。われわれは戦後二十五年間の出版文化のありかたへの深い反省をこめて、この断絶の時代にあえて人間的な持続を求めようとする。いたずらに浮薄な商業主義のあだ花を追い求めることなく、長期にわたって良書に生命をあたえようとつとめるところにしか、今後の出版文化の真の繁栄はあり得ないと信じるからである。

同時にわれわれはこの綜合文庫の刊行を通じて、人文・社会・自然の諸科学が、結局人間の学にほかならないことを立証しようと願っている。かつて知識とは、「汝自身を知る」ことにつきていた。現代社会の瑣末な情報の氾濫のなかから、力強い知識の源泉を掘り起し、技術文明のただなかに、生きた人間の姿を復活させること。それこそわれわれの切なる希求である。

われわれは権威に盲従せず、俗流に媚びることなく、渾然一体となって日本の「草の根」をかたちづくる若く新しい世代の人々に、心をこめてこの新しい綜合文庫をおくり届けたい。それは知識の泉であるとともに感受性のふるさとであり、もっとも有機的に組織され、社会に開かれた万人のための大学をめざしている。大方の支援と協力を衷心より切望してやまない。

一九七一年七月

野間省一

内田樹・釈徹宗　現代霊性論
上橋菜穂子　獣の奏者〈I闘蛇編〉
上橋菜穂子　獣の奏者〈II王獣編〉
上橋菜穂子　獣の奏者〈III探求編〉
上橋菜穂子　獣の奏者〈IV完結編〉
上橋菜穂子　獣の奏者〈外伝　刹那〉
上橋菜穂子　物語ること、生きること
上橋菜穂子　明日は、いずこの空の下
上田紀行　ダライ・ラマとの対話
上田紀行　スリランカの悪魔祓い
嬉野君　黒猫邸の晩餐会
植西聰　がんばらない生き方
海猫沢めろん　愛についての感じ
海猫沢めろん　キッズファイヤー・ドットコム
遠藤周作　ぐうたら人間学
遠藤周作　聖書のなかの女性たち
遠藤周作　さらば、夏の光よ
遠藤周作　最後の殉教者
遠藤周作　反逆(上)(下)

遠藤周作　ひとりを愛し続ける本
遠藤周作　深い河（ディープ・リバー）
遠藤周作　周作塾〈読んでもタメにならないエッセイ〉
遠藤周作　新装版　海と毒薬
遠藤周作　新装版　わたしが・棄てた・女
江波戸哲夫　新装版　銀行支店長
江波戸哲夫　集団左遷
江波戸哲夫　新装版　ジャパン・プライド
江波戸哲夫　起業の星
江波戸哲夫　ビジネスウォーズ〈カリスマと戦犯〉
江上剛　頭取無惨
江上剛　不当買収
江上剛　小説　金融庁
江上剛　絆
江上剛　再起
江上剛　企業戦士
江上剛　リベンジ・ホテル
江上剛　起死回生
江上剛　瓦礫の中のレストラン

江上剛　非情銀行
江上剛　東京タワーが見えますか。
江上剛　慟哭の家
江上剛　家電の神様
江上剛　ラストチャンス　再生請負人
江上剛　ラストチャンス　参謀のホテル
江國香織　真昼なのに昏い部屋
江國香織・文　松尾たいこ・絵　ふりむく
M・モーリス　江國香織訳　宇野亜喜良絵　青い鳥
江國香織他　100万分の1回のねこ
遠藤武文　プリズン・トリック
円城塔　道化師の蝶
江原啓之　スピリチュアルな人生に目覚めるために〈心に「人生の地図」を持つ〉
大江健三郎　新しい人よ眼ざめよ
大江健三郎　取り替え子（チェンジリング）
大江健三郎　憂い顔の童子
大江健三郎　さようなら、私の本よ！
大江健三郎　水死
大江健三郎　晩年様式集（イン・レイト・スタイル）

小田 実 何でも見てやろう
沖 守弘 マザー・テレサ〈あふれる愛〉
岡嶋二人 そして扉が閉ざされた
岡嶋二人 解決まではあと6人〈5W1H殺人事件〉
岡嶋二人 99%の誘拐
岡嶋二人 クラインの壺
岡嶋二人 ダブル・プロット
岡嶋二人 新装版 焦茶色のパステル
岡嶋二人 チョコレートゲーム 新装版
太田蘭三 殺(きっ)・風(ぷう)景(けい)〈警視庁北多摩署特捜本部〉
大前研一 企業参謀 正・続
大前研一 やりたいことは全部やれ！
大前研一 考える技術
大沢在昌 野獣駆けろ
大沢在昌 相続人TOMOKO
大沢在昌 ウォームハート コールドボディ
大沢在昌 アルバイト探偵(アイ)
大沢在昌 調毒師を捜せ アルバイト探偵(アイ)
大沢在昌 女王陛下のアルバイト探偵(アイ)

大沢在昌 不思議の国のアルバイト探偵(アイ)
大沢在昌 拷問遊園地 アルバイト探偵(アイ)
大沢在昌 帰ってきたアルバイト探偵(アイ)
大沢在昌 雪 蛍
大沢在昌 ザ・ジョーカー
大沢在昌 亡命者〈ザ・ジョーカー〉
大沢在昌 夢の島
大沢在昌 新装版 氷の森
大沢在昌 暗黒旅人
大沢在昌 新装版 走らなあかん、夜明けまで
大沢在昌 新装版 涙はふくな、凍るまで
大沢在昌 語りつづけろ、届くまで
大沢在昌 罪深き海辺 (上)(下)
大沢在昌 やぶへび
大沢在昌 海と月の迷路 (上)(下)
大沢在昌 鏡の顔〈傑作ハードボイルド小説集〉
大沢在昌／藤田宜永／堂場瞬一／井上夢人／今野敏／月村了衛／東山彰良 激動 東京五輪1964
逢坂 剛 十字路に立つ女
逢坂 剛 重(じゅう)蔵(ぞう)始(し)末(まつ)

逢坂 剛 じぶくり伝兵衛〈重蔵始末(二)〉
逢坂 剛 猿曳遁兵衛〈重蔵始末(三)〉
逢坂 剛 嫁盗み〈重蔵始末(四)長崎篇〉
逢坂 剛 陰の声〈重蔵始末(五)長崎篇〉
逢坂 剛 北門の狼〈重蔵始末(六)蝦夷篇〉
逢坂 剛 逆(げき)浪(ろう)果つるところ〈重蔵始末(七)蝦夷篇〉
逢坂 剛 新装版 カディスの赤い星 (上)(下)
逢坂 剛 さらばスペインの日日 (上)(下)
オノ・ヨーコ 飯村隆彦編 ただの私(あたし)
オノ・ヨーコ 南風椎訳 グレープフルーツ・ジュース
折原 一 倒錯のロンド
折原 一 倒錯の死角〈201号室の女〉
折原 一 倒錯の帰結
小川洋子 密やかな結晶
小川洋子 ブラフマンの埋葬
小川洋子 最果てアーケード
小川洋子 琥珀のまたたき
乙川優三郎 霧の橋
乙川優三郎 喜知次

講談社文庫 目録

講談社文庫　目録

倉阪鬼一郎 大江戸秘脚便
倉阪鬼一郎 娘飛脚を救え〈大江戸秘脚便〉
倉阪鬼一郎 開運十社巡り〈大江戸秘脚便〉
倉阪鬼一郎 決戦、武甲山〈大江戸秘脚便〉
倉阪鬼一郎 八丁堀の忍
倉阪鬼一郎 八丁堀の忍(二)〈大川端の死闘〉
倉阪鬼一郎 八丁堀の忍(三)〈遥かなる故郷〉
黒木 渚 壁の鹿
栗山圭介 居酒屋ふじ
栗山圭介 国士舘物語
黒澤いづみ 人間に向いてない
決戦！シリーズ 決戦！関ヶ原
決戦！シリーズ 決戦！大坂城
決戦！シリーズ 決戦！本能寺
決戦！シリーズ 決戦！川中島
決戦！シリーズ 決戦！桶狭間
決戦！シリーズ 決戦！関ヶ原2
決戦！シリーズ 決戦！新選組
小峰 元 アルキメデスは手を汚さない

今野 敏 ST警視庁科学特捜班 エピソード1〈新装版〉
今野 敏 ST警視庁科学特捜班 毒物殺人〈新装版〉
今野 敏 ST警視庁科学特捜班〈黒いモスクワ〉
今野 敏 ST警視庁科学特捜班〈青の調査ファイル〉
今野 敏 ST警視庁科学特捜班〈赤の調査ファイル〉
今野 敏 ST警視庁科学特捜班〈黄の調査ファイル〉
今野 敏 ST警視庁科学特捜班〈緑の調査ファイル〉
今野 敏 ST警視庁科学特捜班〈黒の調査ファイル〉
今野 敏 ST為朝伝説殺人ファイル〈警視庁科学特捜班〉
今野 敏 ST桃太郎伝説殺人ファイル〈警視庁科学特捜班〉
今野 敏 ST沖ノ島伝説殺人ファイル〈警視庁科学特捜班〉
今野 敏 ST化合 エピソード0〈警視庁科学特捜班〉
今野 敏 STプロフェッション〈警視庁科学特捜班〉
今野 敏 ギガース〈宇宙海兵隊〉
今野 敏 ギガース2〈宇宙海兵隊〉
今野 敏 ギガース3〈宇宙海兵隊〉
今野 敏 ギガース4〈宇宙海兵隊〉
今野 敏 ギガース5〈宇宙海兵隊〉
今野 敏 ギガース6〈宇宙海兵隊〉

今野 敏 特殊防諜班 連続誘拐
今野 敏 特殊防諜班 組織報復
今野 敏 特殊防諜班 標的反撃
今野 敏 特殊防諜班 凶星降臨
今野 敏 特殊防諜班 諜報潜入
今野 敏 特殊防諜班 聖域炎上
今野 敏 特殊防諜班 最終特命
今野 敏 茶室殺人伝説
今野 敏 奏者水滸伝 白の暗殺教団
今野 敏 フェイク〈疑惑〉
今野 敏 同期
今野 敏 欠落
今野 敏 変幻
今野 敏 警視庁FC
今野 敏 継続捜査ゼミ
今野 敏 蓬萊〈新装版〉
今野 敏 イコン〈新装版〉
後藤正治 天人〈深代惇郎と新聞の時代〉
幸田 文 崩れ

幸田　文　台所のおと
幸田　文　季節のかたみ
小池真理子　冬の伽藍
小池真理子　ノスタルジア
小池真理子　夏の吐息
小池真理子　千日のマリア
幸田真音　日本国債(上)(下)〈改訂最新版〉
五味太郎　大人問題
鴻上尚史　あなたの魅力を演出するちょっとしたヒント
鴻上尚史　あなたの思いを伝える表現力のレッスン
鴻上尚史　八月の犬は二度吠える
鴻上尚史　鴻上尚史の俳優入門
鴻上尚史　青空に飛ぶ
小泉武夫　納豆の快楽
近藤史人　藤田嗣治「異邦人」の生涯
小前　亮　李世民
小前　亮　趙匡胤〈宋の太祖〉
小前　亮　朱元璋　皇帝の貌
小前　亮　覇帝フビライ〈世界支配の野望〉

小前　亮　唐玄宗紀
小前　亮　賢帝と逆臣と〈康熙帝と三藩の乱〉
小前　亮　始皇帝の永遠〈天下一統〉
香月日輪　妖怪アパートの幽雅な日常①
香月日輪　妖怪アパートの幽雅な日常②
香月日輪　妖怪アパートの幽雅な日常③
香月日輪　妖怪アパートの幽雅な日常④
香月日輪　妖怪アパートの幽雅な日常⑤
香月日輪　妖怪アパートの幽雅な日常⑥
香月日輪　妖怪アパートの幽雅な日常⑦
香月日輪　妖怪アパートの幽雅な日常⑧
香月日輪　妖怪アパートの幽雅な日常⑨
香月日輪　妖怪アパートの幽雅な日常⑩
香月日輪　妖怪アパートの幽雅な食卓〈るり子さんのお料理日記〉
香月日輪　妖怪アパートの幽雅な人々〈妖アパミニガイド〉
香月日輪　妖怪アパートの幽雅な日常〈ラスベガス外伝〉
香月日輪　大江戸妖怪かわら版①〈異界より落ち来る者あり〉
香月日輪　大江戸妖怪かわら版②〈異界より落ち来る者あり　其之二〉
香月日輪　大江戸妖怪かわら版③〈封印の娘〉

香月日輪　大江戸妖怪かわら版④〈天空の竜宮城〉
香月日輪　大江戸妖怪かわら版⑤〈雀、大浪花に行く〉
香月日輪　大江戸妖怪かわら版⑥〈魔狼、月に吠える〉
香月日輪　大江戸妖怪かわら版⑦〈大江戸散歩〉
香月日輪　地獄堂霊界通信①
香月日輪　地獄堂霊界通信②
香月日輪　地獄堂霊界通信③
香月日輪　地獄堂霊界通信④
香月日輪　地獄堂霊界通信⑤
香月日輪　地獄堂霊界通信⑥
香月日輪　地獄堂霊界通信⑦
香月日輪　地獄堂霊界通信⑧
香月日輪　ファンム・アレース①
香月日輪　ファンム・アレース②
香月日輪　ファンム・アレース③
香月日輪　ファンム・アレース④
香月日輪　ファンム・アレース⑤(上)(下)
近衛龍春　加藤清正〈豊臣家に捧げた生涯〉
木原音瀬　箱の中